国家出版基金项目
NATIONAL PUBLICATION FOUNDATION

华北抗日根据地及解放区文艺大系

陈 晋 郑恩兵 主编

《晋察冀日报》文艺文献全编

散文报告文学

第四卷

关小彬 编

河北出版传媒集团
河北教育出版社

图书在版编目（CIP）数据

《晋察冀日报》文艺文献全编．散文报告文学．第四卷／关小彬编．-- 石家庄 ：河北教育出版社，2023.12
（华北抗日根据地及解放区文艺大系／陈晋，郑恩兵主编）
ISBN 978-7-5545-7636-6

Ⅰ．①晋… Ⅱ．①关… Ⅲ．①文艺－作品综合集－世界－现代②散文集－中国－现代③报告文学－作品集－中国－现代 Ⅳ．①I11 ②I266 ③I25

中国国家版本馆CIP数据核字(2023)第064016号

书　　名　《晋察冀日报》文艺文献全编·散文报告文学·第四卷
JINCHAJI RIBAO WENYI WENXIAN QUANBIAN SANWEN BAOGAO WENXUE DI-SI JUAN
编　　者　关小彬

责任编辑　刘宇阳
装帧设计　郝　旭
出　　版　河北出版传媒集团
河北教育出版社　http://www.hbep.com
（石家庄市联盟路705号，050061）
印　　制　石家庄众旺彩印有限公司
开　　本　787毫米×1092毫米　1/16
印　　张　22.5
字　　数　280千字
版　　次　2023年12月第1版
印　　次　2023年12月第1次印刷
书　　号　ISBN 978-7-5545-7636-6
定　　价　128.00元

丛书编委会

编纂说明

在中国共产党百年发展历程中，文艺始终是党领导人民开展进步事业的有机组成部分，是党在各个历史时期的中心工作的实时反映和重要推动力量。“华北抗日根据地及解放区文艺大系”，是一部全面展示抗日战争和解放战争时期华北地区党的历史创造、奋斗风采和形象建构的大型革命历史文艺文献丛书，对于深入研究华北地区革命文艺史、红色新闻史，弘扬伟大建党精神、梳理中国共产党人精神谱系，是必不可少的第一手资料，是我们在新时代坚定树立文化自信的重要思想资源。

一、编纂缘起

抗日战争及解放战争时期，华北地处各方政治与文化力量激烈博弈的前沿，这种特殊政治、军事、文化、地理环境中产生的革命文艺，具有鲜明的地域性特征，是五四新文化运动以来的革命文艺发展史上的突出标识。

但一直以来，由于史料文献整理不足，对华北抗日根据地及解放区文艺的研究，始终未能深入，其独特的地域性实践价值和蕴含的文化创新意义被严重遮蔽。这些史料文献主要以党报党刊的形式呈现，梳理汇编这些党报党刊中的革命文艺史料，借之以探索华北革命文艺的发展路径、发展方向、创造机制和创新经验，是深入贯彻习近平总书记关于“把红色资源利用好、把红色传统发扬好、把红色基因传承好”，“用好红色资源、赓续红色血脉”等系列重要讲话精神的有力举措，也是新时代文艺研究者不可推卸的责任。

2017 年 6 月左右，我们去中国社科院文学所拜访时任所长刘跃进先生，协商合作研究事宜，寻求中国社科院文学所的帮助。请教过程中，刘先生建议我们结合地方特色，做好地方红色文艺文献的搜集整理与编纂出版工作。经过一段时间筹备，2017 年底，我们以“河北红色经典系列丛书”为名，正式申报“2018 年度河北省省级宣传文化发展专项资金”项目并成功立项，旨在通过选定刊行河北红色经典作品、梳理汇编河北红色经典研究资料、系统阐述河北红色经典发展历史等基础性工作，打造一个集大成式的河北红色经典文献资料库。

项目最初设计共二十四卷，包括六大板块：《河北红色经典史》一卷、《河北红色文艺作品选》六卷、《河北红色经典作家作品索引》三卷、《河北红色经典研究资料汇编》四卷、《〈晋察冀日报〉副刊文学作品全编》六卷、《晋冀鲁豫抗日根据地文艺作品及〈新华日报〉太行版文艺作品汇编》四卷。但在项目实施过程中，我们充分吸收专家意见，认为网络时代和大数据背景下的科研活动有了很大变化，《河北红色经典作家作品索引》与《河北红色经典研究资料汇编》的编纂工作，在当前学术生态中价值不大，并予以取消。同时，在项目实施过程中我们发现，《晋察冀日报》《人民日报》等党报除刊发大量文艺作品外，还有大量记录边区文艺工作者行迹，反映边区戏剧、音乐、文学、美术、舞蹈、曲艺活动与报刊书籍出版发行等各方面情况的文艺史料，以及体现我党文艺方向、方针变化的政策文件与重要领导讲话，是华北地域党和人民对敌作战的重要宣传武器，更是飘扬在华北地区军民心中一面旗帜。这些史料是华北地域革命文艺发生、发展与壮大的真实记录，对我们正确认识革命文艺的特点与历史地位有重要的决定性作用。

为此，我们精心整理了《〈晋察冀日报〉文艺文献全编》《晋冀鲁豫〈人民日报〉文艺文献全编》《〈晋察冀画报〉文艺文献全编》《晋察冀日报社人物志》（共五十一卷），同时收入全国抗战时期和解放战争时期与河北地域相关且被广大群众所喜爱并广泛传唱的红色文艺作品，结集为《河北红色文艺作品选》（共六卷），至此形成丛书目前的五大板块，而且将名称由“河北红色经典系列丛书”改为“华北抗日根据地及解放区文艺大系”，方便以后在此基础上做进一步拓展。

二、地域范围及文艺特质

华北抗日根据地包括当时山东、河北、山西、察哈尔、绥远、热河全部及豫北、苏北、皖北部分地区，分晋绥、晋察冀、晋冀豫、冀鲁豫、山东五大块。1941 年，冀鲁豫合并到晋冀豫，称晋冀鲁豫。其中晋察冀抗日根据地作为开辟最早、地域最大、人口最众的模范抗日根据地，是华北抗日根据地的坚强堡垒，牵制和抗击了三分之一以上的华北日军和二分之一的伪军。

在河北及其邻省周边地区开辟与创建华北抗日根据地，是红军长征到达陕北之后党中央迅速做出的重大战略决策。这些根据地地处对日武装斗争最前线，不仅打开了抗战的新局面，成为华北敌后抗战的主战场，而且进行了新民主主义社会的实践探索，对解放战争的历史进程产生了巨大影响，成为我党开辟东北解放区的前进基地和逐鹿中原的战略后方。随着抗日根据地的开辟，延安文艺工作团、西北战地服务团、东北促进纵队干部队、八路军总政治部前线记者团等大批文艺工作者，随同党政干部一道陆续抵达华北，东北、平津的青年学生也纷纷冒着生命危险来到边区。他们一手拿枪，一手拿笔，深入农村与抗战前线，切身体会工农兵的生活，深刻了解工农兵的需求，从而根本上克服了艺术至上主义思想倾向。所以，华北抗日根据地及解放区文艺，既响应了伟大的民族抗战对文学艺术提出的时代要求，亦充分兼顾到广大人民群众的接受习惯和欣赏水平，真实地反映了华北人民火热的战斗与生产生活。很多作者本身就是农民、战士或基层工作者，他们把自己的经历和熟悉的人和事，通过小说、戏剧、诗歌、报告文学、歌曲、绘画、舞蹈等文艺样式记录下来，语言通俗平实，富有生活气息。由于产生于特定时代、特定区域而又适应特定需要，故而无论是题材、语言还是风格，在体现革命大众文艺共性的同时，又具有强烈的华北地域特性。

华北抗日根据地及解放区文艺的繁荣发展，是专业文艺工作者与工农兵群众共同创造的结果。人民群众不仅是革命文艺运动的主导主体、推进主体、受益主体，还是一切成败得失的评判主体。华北抗日根据地及解放区文艺，归根结底，是“以人民为中心”的文艺。

三、学术价值

今天的河北在抗日战争、解放战争时期是晋察冀、晋冀鲁豫两大根据地的中心区域，有着悠久的革命历史传统和丰厚的红色文化底蕴。据不完全统计，抗日战争和解放战争期间，仅晋察冀边区专区以上就办有报刊四百余种，编印图书五百余万册。如果将这种统计扩大到环绕河北的整个华北抗日根据地及解放区，时间扩展至从中国共产党成立到中华人民共和国成立，数据更为可观。这些红色图书、报刊的出版发行，团结了一大批来自全国各地的著名革命文艺家和专业文艺工作者，其中有大量文艺相关信息，是研究近现代中国革命文艺的重要史料。但因受当时物质条件及复杂局势影响，它们传播范围有限，保存困难，如今已普遍出现老化或损毁现象，面临着消失、断层的危险。

长期以来，由于对抢救、整理和利用红色文艺文献的意义认识不足，现行的科研评价、出版机制亦难以有效刺激科研工作者积极从事老旧报刊等红色文艺文献的系统整理，大量有待整理的红色文艺文献尚未进入学界的视野。特别是华北抗日根据地及解放区的文艺文献，有很多甚至还是学术盲区。如《冀中导报》《救国报》《边政导报》《冀南日报》《团结报》《前进报》《新察哈尔报》《冀热察导报》等各类党报，以及《冀热辽画报》《冀中画报》《北方文化》《五十年代》《新长城》《新群众》《诗建设》《诗战线》等期刊，虽有部分学者对其办报（刊）历程、思想以及传播等方面予以研究，但均无系统的文艺文献整理本。“华北抗日根据地及解放区文艺大系”整理的《晋察冀日报》、晋冀鲁豫《人民日报》、《晋察冀画报》，是当时华北抗日根据地及解放区党报党刊的典型代表，是党的理论和实践同文艺结合的主要媒介和载体，是华北革命文艺重要的传播平台。这些报刊，既客观记录了华北革命文艺的传播与发展，也完整展现了华北革命文艺的特殊使命与风格特征，具有极其重要的史料价值。在此基础上，我们还会将视角延伸到《晋绥日报》《新华日报·太行版》《新华日报·太岳版》等党报，不断地充实这套大型文献史料丛书，以此来系统建构华北抗日根据地及解放区的“文艺史料学”。

四、丛书特色

这套丛书的编纂，主要以抗日战争及解放战争期间华北境内各根据地、解放区出版、发行、制作之图书、期刊、报纸等红色文献中的文艺资料为内容。编纂特色主要包括：

（一）抢救珍贵历史文献，弘扬伟大建党精神。

华北抗日根据地及解放区的红色文献发行于条件艰苦的战争年代，数量少，印制质量粗糙，历经岁月的洗礼，留存下来的品相完好者已经很少，有些到今天已成孤本。这些文献作为特定历史时期和区域的产物，见证了中国共产党领导华北人民争取民族独立和人民解放的伟大历程，反映了华北近代社会的巨大变化，蕴含着珍贵的史料价值和鉴往知来的现实意义，是中国共产党领导的文艺事业、新闻出版事业与意识形态建设发展的历史见证。它们诠释了党的初心和使命，蕴含着坚定的理想信念与崇高的革命精神，到今天仍然具有强大的感染力与说服力，是陶冶情操、磨炼意志，走好新时代长征路的有效精神资源。抢救性搜集、整理与研究这些珍贵历史文献，有利于增强党政干部政治信仰，弘扬伟大建党精神和践行社会主义核心价值观。

（二）文艺与党史密切融合，拓展革命文艺与党史研究的新视野。

革命文艺作品的创作、发表和传播，和党的历史任务和奋斗实践是分不开的。在艰苦卓绝的革命岁月，奋斗前行的中国共产党始终强调，既要拿“枪杆子”，也要拿“笔杆子”。革命的文艺工作者，一手拿枪，一手拿笔，深入农村与抗战前线，以人民大众易于接受和欣赏的形式，宣传党的政策，推行党的方针，为中国共产党顺利完成不同历史阶段的中心任务和伟大使命发挥了独特而重要的作用。本套丛书收入的文献史料，主要是抗日战争与解放战争时期党报党刊中的文艺作品与文艺史料，它们鲜明生动地体现了党的历史，党领导人民争取民族独立、人民解放的奋斗历程和精神面貌，从而为学界从文艺角度研究党史和从党史角度研究文艺提供了有力支撑。

（三）作品汇编与史料梳理并行，还原革命文艺的历史场域。

“华北抗日根据地及解放区文艺大系”的编纂，全面辑录华北抗日根据地及解放区党报党刊上刊登的诗歌、小说、戏剧、报告文学、散文、歌曲、版画等文艺作品，并系统梳理当时文艺发生、发展、传播以及社会各界文艺活动的各类消息和报导，同时选编了大量的河北红色文艺作品作为补充。这种文艺史料与文艺作品的配合整理，还原了革命文艺的历史场域，有利于构建对革命文艺的科学认识。

五、丛书内容

（一）《〈晋察冀日报〉文艺文献全编》共三十八卷：

诗歌三卷

戏剧一卷

小说二卷

文艺评论三卷

文艺史料九卷

外国文艺二卷

散文报告文学十七卷

歌曲版画一卷

（二）《晋冀鲁豫〈人民日报〉文艺文献全编》共十一卷：

诗歌一卷

戏剧、小说、文艺评论一卷

散文报告文学五卷

文艺史料四卷

(三)《〈晋察冀画报〉文艺文献全编》一卷

(四)《晋察冀日报社人物志》一卷

(五)《河北红色文艺作品选》共六卷:

诗歌一卷

戏剧一卷

散文一卷

小说三卷

六、编纂体例

(一)整套丛书题材丰富、门类众多,在体裁上不做强行统一。

(二)丛书中所录作品均为当年报刊发表的原文。为确保丛书的文献性、学术性、专业性和资料性,丛书编辑加工的总原则为保持文献原貌,内容上不做改动。

(三)文字的使用

1. 丛书中文字的使用以2013年教育部、国家语言文字工作委员会公布的《通用规范汉字表》为准。

2. 丛书中的古体字、通假字、俗体字,以及所涉及姓名字号、职官地理等专用字,均予保留。

3. 丛书原文字迹模糊残损,但仍可辨认或可依上下文校正,以字外加方框“□”表示;原文缺字或无法辨识,且无法校补,每字以一个方框“□”表示;如无法统计所缺字数,则以“▨”表示。

4. 丛书中数字的使用,保持原貌。

（四）标点符号及其他符号的使用

1. 丛书在不改变原文意义的情况下，将旧式标点改作现行标点符号。

2. 丛书原文中出现代表文字的符号，如“×”“△”“○”“▲”等，保持原貌。

3. 丛书原文中的着重号、专名号等不再保留。

（五）其他

1. 丛书原文中的注释，保持原貌；编者亦出部分注释，供读者参考。

2. 因为原始文献本身产生于战争年代，保存不易，漫漶不清处较多，丛书疏误之处在所难免，希望专家读者批评指正。

七、鸣谢

本套丛书得以顺利面世，要特别感谢中共河北省委宣传部、河北省社会科学院、河北教育出版社的资金支持，以及北京大学陈平原教授、中国社科院文学所刘跃进研究员、南开大学文学院李扬教授、河北师范大学文学院王长华教授等，为丛书编纂提供了多方面的学术支撑；晋察冀日报社老报人及报史研究会诸位老师，中国社科院文学所现代室、中国丁玲研究会、中国现代文学馆各位专家，也在丛书编纂过程中提出了许多建设性意见；院内外的数十位年轻科研工作者，在原文录入和校对方面付出了艰辛劳动，确保了项目的顺利进行。在此一并致谢。

把艺术交给大众（代序）

——祝贺“华北抗日根据地及解放区文艺大系”结集问世

中国社会科学院　刘跃进

由河北省社会科学院文学研究所编纂、河北教育出版社出版的“华北抗日根据地及解放区文艺大系”结集问世，值得庆贺。

文艺是时代前进的号角。1937 年 7 月 7 日，卢沟桥事变爆发，全面抗战由此而起。广大的爱国知识分子和青年学生，表现出同仇敌忾的民族气节，走出书斋，走出校园，用知识，用智慧，用不屈的精神力量唤醒民众，用实际行动担负起抗日救亡的历史重任。在此后的岁月里，延安文艺和华北抗日根据地及解放区文艺，是中国共产党领导下的两大主体，双峰并峙，展示着那个时代的风貌，引领了那个时代的风气。

随着抗日根据地的开辟，延安文艺工作团、西北战地服务团、东北促进纵队干部队、八路军总政治部前线记者团等大批文艺工作者，随同党政干部一道陆续抵达华北，东北、平津的青年学生也纷纷冒着生命危险来到边区。他们一方面积极创作大量街头剧、活报剧、街头诗、墙头小说、木刻版画、歌曲、舞蹈等革命文艺，开展抗日救亡宣传运动；一方面也通过开办文艺干训班，开展各行业、各阶层甚至全民的文艺创作与评选活动，吸引工农兵群众加入文艺队伍，掀起了“晋察冀一周”“冀中一日”等具有深化性质的群众写作运动，以及“创造模范村剧团”“穷人乐”等群众戏剧运动，为晋察冀文艺史添上了浓墨重彩的一笔。

说到这里，我想起 2009 年参加《北平学生移动剧团团体日记》捐赠仪式的一段往事。从 1937 年到 1938 年，在中国抗战史上唯一以大学生组成的“北平学生移动剧团”在长达一年半的时间里，历尽艰难，转辗于国民党第五战区的各个战场，演出话剧，创办报纸，宣传抗日，鼓舞斗志，谱写出响彻云霄的时代赞歌。移动剧团的成员每人一周轮流记述，用日记形式记录了那段不平凡的岁月，《北平学生移动剧团团体日记》就是这部历史的记录。它不是写给个人看的私密记录，也不是为将来面世扬名。作者完全出于一种历史责任，真实客观地记录了那段鲜为人知的历史，体现出强烈的史家意识。日记封面上有这样一段题记，“北平学生移动剧团 · 愿我永恒 · 中华民国二十七年二月二十三日始 · 璧华”。孤立地看这部日记，也许没有什么轰轰烈烈的战斗业绩，也没有什么感人肺腑的情感纠结。客观、平实是它的本色，正是这种本色，为那个历史年代留下一段真实。“北平学生移动剧团”的抗日活动，是文艺工作者投身抗日洪流中的一个历史缩影。

随着抗战的胜利，察哈尔省会张家口解放，晋察冀文协、晋察冀剧协、晋察冀音协、晋察冀美协、晋察冀通讯社、晋察冀边区剧社、晋察冀日报社、晋察冀画报社等文化团体随中共晋察冀中央局和军区领导先后开赴华北根据地，一大批文艺工作者也随之来到华北，开展丰富多彩的文艺活动。他们坚持毛泽东《在延安文艺座谈会上的讲话》中指出的方向，一手拿枪，一手拿笔，深入农村与抗战前线，既为切身体会工农兵的生活，也为深刻了解工农兵的需求，从而在根本上克服了自身相当普遍和严重的艺术至上主义思想倾向，为工农兵而创作，为工农兵所利用，以人民大众易于接受和欣赏的形式，普遍写人民大众的生产战斗故事。譬如左翼作家邵子南，于 1938 年 10 月随西战团到晋察冀，主持战地社日常工作，主编《诗建设》；1943 年整风运动后，他到阜平任小学教员，在反“扫荡”中与群众、民兵一起转移、战斗，还直接在五丈湾跟随李勇的游击组对日寇展开地雷战；1944 年 5 月随团回延安，在鲁艺任教，后调陕甘宁文协搞专业创作，开始大量创作反映晋察冀边区生活的小说。他以亲身体验为基础创作的短篇小说《李勇大摆地雷阵》（后改为《地雷阵》），运用阜平农民群众的语言，以口语化方式讲述了爆炸英雄李勇的抗日故事，明显吸取了民间说唱文学的优点，特别是在白话叙述中还插入不少快板式的韵白，更适合群众的喜好，因而在当时广为流传，家喻户晓，起到了很大的宣传鼓动作用。其他作品，如《荷花淀》《太阳照在桑干河上》《漳河水》《赶车传》《王九诉苦》《孟祥英翻身》《新儿女英雄传》《白求恩大夫》《我的两家房东》《穷人乐》《李殿冰》《戎冠秀》《没有共产党就没有中国》《团结就是力量》《没有土地的人们》《白毛女》等，都是成功的文艺典范，在现代中国文学史上占据比较重要的位置。

在华北抗日根据地及解放区的文艺创作成果中，还有数以万计的文艺作品和极具研究价值的文艺史料刊发在根据地及解放区所办的报刊上。很多作者，本身就是农民、战士或基层工作者。他们把自己的经历和熟悉的人和事，通过小说、戏剧、诗歌、报告文学、歌曲、绘画、舞蹈等文艺样式记录下来，语言通俗，富有生活气息。人民既是历史的创造者，也是历史的见证者；既是历史的“剧中人”，也是历史的“剧作者”。让故事中的人物自己编词、自己表演的创作方式，很好地反映出人民的心声，并让人民群众从生动活泼的艺术作品中得到教育，这确实是一个成功的尝试。

配合党的中心工作，“把艺术交给大众”，通过文艺唤醒大众，这已成为华北文艺工作者的自觉意识。他们积极响应伟大的民族抗战对文学艺术提出的时代要求，充分兼顾到广大人民群众的接受习惯和欣赏水平，创作了大量的作品，真实地反映了燕赵儿女火热的战斗与生产生活，起到了良好的宣传教育与鼓动激励效果。刘萧无编排新闻报道剧《李殿冰》，编剧与演员一起住到李殿冰家里，以便于熟悉主人公的生活，搜集真实生动的群众语言，还模仿他们的动作，理解他们的心理，甚至还让主人公李殿冰等直接参与剧本的修改和编排。描写群众的生活，邀请群众参与创作，这是当时文艺工作者走群众路线的生动体现。该剧演出后获得当地老百姓的极大赞赏，鲁中实验剧团还专门学习该剧的创作方法，创编了三幕五场话剧《过关》。艾思奇《前方文艺运动的新范例》更是誉其开创了前方文艺的新范例。抗敌剧社的《王老三减租小唱》、冀中火线剧社的话剧《我们的母亲》，也都具有这种特色。

这些文艺作品，可能略显仓促，有的甚至急就于战火中，所以在素材提炼、人物形象塑造以及语言的使用、细节的刻画等方面还有很多不足。但是，这不是一般意义上的创作，而是燕赵大地为争取民族独立、人民解放的集体记忆和行动号角，是中国革命事业的重要组成部分。华北抗日根据地及解放区的文艺，有很多这样未经沉淀的纪实作品，不管其艺术性如何，但在发动群众、组织群众、铸就抗击日寇和国民党反动派铜墙铁壁方面，发挥了无可替代的作用。20 世纪五六十年代，河北地区涌现出大量的红色经典，便是华北抗日根据地及解放区文艺的传承和发展。

2017 年 6 月，河北省社科院文学所郑恩兵所长来京与我们协商合作研究事宜。我根据所了解的信息，建议他们结合地方特色，做好地方红色文艺文献的搜集整理与编纂出版工作。“华北抗日根据地及解放区文艺大系”就是那次商讨的成果。全书由五个部分组成：第一部分为《晋察冀日报》文艺文献全编，第二部分为晋冀鲁豫《人民日报》文艺文献全编，第三部分为《晋察冀画报》文艺文献全编，第四部分为晋察冀日报社人物志，第五部分为河北红色文艺作品选。全书收录各种文体的作品六千余种，包括小说、诗歌、文艺评论、戏剧、报告文学、散文、文艺通讯、美术、书法和音乐、文艺史料，还有文艺信息、文艺广告，基本涵盖了华北抗日根据地及解放区的文艺创作情况，具有很高的研究价值。

时值中华人民共和国成立七十五周年之际，我们有机会阅读这部皇皇五十余册的“华北抗日根据地及解放区文艺大系”，更加深切地感受到新中国的建立真是来之不易，她是无数条战线的可歌可泣的人们不懈奋斗的结果。在这样一个特殊的日子里，我们感念当年那些有名无名的作者，感谢参与整理工作的学者，当然，更要感激我们这个伟大的时代。

目录

庆祝中国共产党成立二十周年

李长工

今天——七月一日——是中国共产党成立的二十周年纪念日。中国共产党是中国无产阶级的政党，是中国老百姓的救星。二十年来，它在一天一天地强大着，在它的领导下，老百姓都有了出头的日子，中国更走上了光明远大的前程，这样，对它的成立的纪念日，咱们老百姓怎么能不欢天喜地地庆祝啊！

二十年来，中国共产党照着它的主义，领导着咱们为建立独立自由幸福的新中国，为着人民的解放来奋斗。在它的领导下，咱们坚决彻底地去反抗一切压迫，□从千百年的牛马奴隶生活里，挺起腰来。共产党的主义，是世界上顶好的救世救民的主义。

二十年来，共产党为了实现它伟大的主义，为着谋全中国老百姓的利益，不怕牺牲流血，受尽千□万苦；它是那样的勇敢，使一切敌人都抵挡不住它；它是那样的坚定，雪山草地也阻拦不住它。为了北上抗日，它曾举行了二万五千里长征！为了统一战线，它始终仁至义尽，宽宏大量，不念旧恶，在四年的抗战当中，它建立了无数的大功劳，共产党的革命精神、眼光、气量，真是无比的伟大啊！

共产党的领袖：延安的毛主席、八路军的朱总司令，不用说是全国人民尊敬拥护，世界驰名的领袖，在边区有彭真同志、聂司令员，全边区和华北老百姓都敬爱拥护着他们；共产党的党员，不论在什么地方，都是模范的工作同志，顶优秀的中华儿女；中国人民历来所有的优点，都在共产党的身上很好地发挥出来，中国社会上所有的坏处，都在共产党领导的地方上消灭下去，所以二十年来，每次当共产党胜利的时候，中国老百姓的生活就变得自由幸福，这就恰好证明了这个大道理：

有了共产党——中国老百姓就一定会得到自由解放！

这样，咱们老百姓自然要坚决拥护共产党了。

这样，要灭亡中国的日本帝国主义，要出卖中国的汉奸、托派、亲日派，以及一切黑透了良心、自私自利的坏家伙，自然要用尽阴谋诡计来反对共产党了。

可是，反对共产党。就是反对老百姓得到自由解放，不让中国走上光明幸福的道路，谁要这样干，就是全国老百姓的敌人，全国老百姓一定不能让他这样胡干下去的！

今天，纪念共产党的二十周年的时候，咱们一面要欢天喜地地庆祝中国人民有这样一个伟大的救星，一面更要照着共产党的救国办法，坚持团结、抗战、进步，反对一切明里“反共”，暗里准备妥协投降的阴谋！在边区，更要勇敢参加子弟兵，努力参加边区民主政治的一切建设，积极实行统一累进税等才不辜负共产党为咱们老百姓的苦心苦意，咱们老百姓才能得到自由解放！

（《晋察冀日报》1941 年 7 月 1 日，《老百姓》副刊第 67 期）

共产党万岁

张有福

以阳历说，今天是七月一日，是中国共产党成立的二十周年纪念日。对这样一个大好的日子，咱们大家都应该举起双手，诚心诚意地表示庆祝。我呢，也和大家一样，喜欢得不知该说些什么好！

我活了六七十岁了，也经过不少事情。先前是皇帝、官儿、衙役和地方恶霸们，一层一层地欺负老百姓，敲榨老百姓，这就不用说了。到了后来，民国成立了，说是“人人平等”“个个自由”，咱们老百姓，自然都很高兴。可是在这二十多年当中，我觉得咱们老百姓所受的苦楚，实在还是和从前差不多。咱们还不是照样没有一点自由，也没有什么平等？还不是照样“天下衙门朝南开，有理无钱难进来”？见了官，还不是一样都得低下头来？乡间的恶霸们，还不是一样串通官儿，对咱们老百姓一味欺压、敲榨？苛捐杂税有多少，什么都得钱、钱、钱。再说得大一点，今年直奉战、明年直皖战，闹得乌烟瘴气，一塌糊涂！咱们老百姓有苦楚，没人管，有冤屈，无处诉。

闹到后来，是来了个日本帝国主义。他无理地打咱们中国，是为了亡咱们的国，灭咱们的种。“九一八”占了东三省；“七七”又在卢沟桥寻事，藉口来攻打中国。“七七”以后，日本鬼子就很快占北平、天津、张家口、大同、保定、石家庄、太原这些地方。到处见人就杀，见东西就抢，见了姑娘媳妇就糟蹋，见了房屋就烧。土匪汉奸，也乘机捣乱，欺负咱们老百姓。这时候，是咱们老百姓顶困苦为难的时候，过去的官儿们，那些平日说是“为民父母”的，到这时候，丢下咱们这些老百姓，卷着他们的金银财宝，带着他们的老婆娃娃，夹了尾巴，一溜烟跑了。

抗战初起时候的乱七八糟的情形，□□□都记得。多亏八路军，共产党来到边区，这才把咱们安定下来。保护了咱们。到如今四年了，共产党、八路军，不怕辛苦不怕难，拼着性命，打退了好多次鬼子的“扫荡”，把咱们老百姓保护得安安稳稳。咱们边区老百姓没有做了日本鬼子的牛马，这就是共产党八路军的功劳。

除了这以外，共产党和八路军还着实给边区老百姓，做了许多好事。就以眼前头的说吧，就因为共产党的主张，咱们边区实行了大选举，村长咱们选，区长咱们选，县长也是咱们选，这就是说：咱们有了“民主权利”。再，还有废除了苛捐杂税，改善了人民生活。就拿一点小的事说吧，共产党对于咱们老百姓的识字，也都是顶关心的。小学校、冬学、夜校，……设立了好多，让咱们大人小孩、男的女的都上学。恐怕咱们不识字，知识不够。这在过去有吗？过去那些官儿们，是唯恐咱们识字，心里明白起来的？你看，去年那个《双十纲领》定得多么好，什么都说到了，没有关心不到的人和照顾不到的事。这个《双十纲领》，就是共产党在边区做事的根底。现在咱们边区的老百姓，是比过去好过得多了；再下去，在共产党领导下面，边区还会更好起来，这是一定的。

不要再看别的，就把我们边区的这些事看了，咱们可以看出：共产党才是咱们老百姓的党。我活了六七十年还没有见过再比它好的政党。有了它，就能打出鬼子，咱们老百姓，就能得到解放、得到自由，就能过好日子。那当它二十周年纪念日的今天，咱们老百姓，谁能不欢天喜地呢？谁能不十分高兴呢！

咱们也高喊一句口号吧，让我领头：

“共产党万岁！”

（《晋察冀日报》1941 年 7 月 1 日，《老百姓》副刊第 67 期）

我的一段故事

白秀妮

一

我一想到人家李沙、黄秀华都有好本事，咱又没干过工作，太不沾了，心里就难过起来。

不知怎的，就回了家。妈很生气，她劝我，责备我，爱我，也恨我。

我又回到自己的工作岗位上来了。一路上，我很不安。想痛哭一场，但没有哭。我要去找黄秀华，她是最疼爱我的。她常常安慰我，给我书读，还讲她过去初工作时，那种处处碰钉子的故事。她的热情，总是紧紧地拥抱着我。

刚走到李庄，就听到崔家庄在昨天曾遭了敌人包围的消息。这时，太阳落了山。红幢幢的云彩，抹了半个天，山影斜斜的，溜到河边。我满身热得难受，只顾赶路，心里暗暗地祈望着：黄秀华同志该是平安无事吧！

刚刚走到崔家庄村口，黄秀华走了出来，身体那么安健的，正想赶前去招呼她，不料细心一看，不是黄秀华，是县里来的一位女同志。她告诉了我黄秀华同志的不好的消息，使我□痛□□一会儿，眼泪才雨点般地滚落下来。

二

一座很大的院子里，乱哄哄的，但却没有一人大声讲话。我同县里的那位女同志一进门，农会主任、村长、自卫队员们、儿童们，挤满了一院。空地上躺着黄秀华。李沙正在低着头，给她擦血迹呵！她的脸涂着泥，浮肿。左额上，头发都没有了，露着赭色的肉。我几乎疯了，我觉得一点也不可怕，黄秀华照样是热情的、可爱的，拉她的手时，火一般地热烫着。

人们都忙着拿衣服，烧开水，忙着……

忽然黄秀华“哇哇”地叫着，滚着，人群浮动了。黄秀华惊人地睁开了眼睛，好像在望着我，口里□□地说道：“死吧！为了民族解放、妇女解放，为了无产阶级的解放事业。死吧！我不愧是个共产党员！……”

全院的人马上紧张起来了，好像一个大火把，把大家都燃烧得通红一样。黄秀华的声音转大起来：“同志们，记着，死是不痛苦的！共产党员的责任，同志们努力完成吧！”她说着，喘息着，睁着眼——好像在凝望着我——闭上了，死了！

刚才被黄秀华的喊声吓跑了的小孩，这时又聚拢来，妇女们有的在悲泣，沉痛哀悼的心，充满了这寂静的村落……

三

李沙紧紧地握着我的手说：“秀妮，你记着，秀华同志是为了我们死的。当敌人围攻我们村子时，她还跟着队伍打仗，在村南那个山头上，整整地打了一夜，她把最后的一颗手榴弹抛到敌人的阵地里时，敌人更凶狂地向山上冲来。队伍转移了，她来不及转移，敌人要活捉她，她叫骂着，从五六丈高的山崖上，跳下来了！……”

李沙的声音颤抖着，我抬头往窗外一望，只是黑漆漆的，很远很远的地方，好像有金光在闪耀。

（《晋察冀日报》1941年7月1日，《老百姓》副刊第67期）

妈妈的生日

高德功

妈妈过生日，娃娃笑嘻嘻。共产党过生日，子弟兵大欢喜。“七一”这一天，我们开大会，党旗天空飘，光芒射□里。党的二十年，奋斗不停息，救国救人民，二十年如一日。因为有了你，民族挺身立。因为有了你，人民能呼吸。因为有了你，抗战能坚持。因为有了你，大家有主意。因为有了你，子弟兵得胜利。党旗开大道，欢呼着走上去，铁流没遮拦，蜿蜒长万里。庆祝党生日，子弟兵要牢记：努力打胜仗，保卫根据地，团结人民为民谋福利。打走日本鬼，建设新社会，前进莫迟疑，胜利是我们的。

（《晋察冀日报》1941 年 7 月 3 日，《子弟兵》副刊第 12 期）

红色的鹰

葛裴

熄灯号已经吹了。但是在连部里，灯还亮着。

连长把帽子掀向后脑壳去，他的宽大的额头上爬满了汗珠，在灯光里就像清晨的露水在太阳的下面闪烁——显然，他在为了一件什么事情深思着、考虑着。最后他□□向坐在对面的支部书记说：

——我看，还是让陈德山的那个班去吧。××以南的一带，他们很熟呢。再说，他们总要老练些，办法也多些。

支部书记点头同意之后的五分钟，那个叫作陈德山的班长就被通讯员把他叫来。他光着头，赤着上身，只穿一条灰色的裤子，原来他已经睡觉了。当通讯员突然把他叫起时，他又以为发生了什么重要的事情，张大着嘴。现在，连长微笑着向他说话了：

——陈德山！上级给我们的任务你是知道的，真是大得很。我们要把这十几个据点里的敌人钳制住，让我们主力啥事也没有地安心地整训，创造模范党军！……你，明天就带着你那个班出去，到××一带，活动几天，侦察侦察消息，看看敌情怎样。附带嘛，尽量找些机会，扰乱敌人，打击敌人，让它动不了。……

连长的话像花一样开在陈德山的心坎里。但他的脸上却做着严肃的表情，细心地听着连长的指示。后来支部书记说："陈德山，这次更要注意呀！发挥你们过去的作风，机动勇敢地去打击敌人！记住，你们都是党员哪！"这他才感激地笑起来。

在××一带，陈德山的名字早就像神话里的人物一样被传颂着。就连花白了头发的老太太们也能有声有色地谈着他的故事：

——那小伙子，年轻又和气。对咱们真像一家人！有一回，我那小孙儿哭啦，他把他抱了就走！哄了好半天，不哭了，才送回来；他笑眯眯地对我说：“老太太，你的孙儿长大了，让他去当八路军呀！……”

年轻的老乡更像赞美一个英雄样地赞美他：

——狗日的那个武装汉奸，多厉害！到了咱们这里，就像要吃人似的。可是那个陈班长，从后面一腿，就把他□倒了，赤手空拳地缴了他的枪。嘿，你看那武装汉奸的脓包样吧！……

但是这天，十几个伪军跟着三个鬼子又到了他们这里。老乡全都跑上村后的那座高山，藏在石头缝里，眼看自己的房子燃烧起来了。村□□□火的舌头向着天空伸去。女人们流着眼泪。那曾经讲述过陈德山的故事的老太太这时更伤心地感叹着：“唉！要是有八路军呀！要是那个同志再来呀！……”

而这时，陈德山和他的同志们真的正好赶来。他们埋伏在另外一个山头上。那年纪最小、嘴唇略略翘起的王大明说：“班长，这可不行呀！快打吧！”这怎么能忍受得了呵！陈德山两只通红的眼睛向着大家：“同志呵！我们下去，要特别静肃，让这些狗东西一个都跑不掉！……”

火焰中，敌人洋洋得意走出来，可是刚出村，陈德山的卜壳枪一扬，啪的一声就把那走在顶前面的一个鬼子干倒了，接着又打倒两个。别的同志马上就一边扔着手榴弹一边冲了下去。……而那边山里的老乡呀，更高兴得发疯样地跑下来。他们带哭地用高兴的声音喊道：“哦……八路军来了！八路军哪，打吧！……”尤其当他们发现这八路军正为他们所认识的时候，他们快乐得再也说不出一句话了。

只有四个伪军跑回去。其余的不是死掉就被活捉了。陈德山立刻就被老乡包围起来，他站在一棵槐树下的石头上，举着拳头向老乡们演说：

——乡亲们不要怕！咱们来了。鬼子狗东西，他们能烧掉咱们的房子，可是他们能烧掉咱们的一颗心吗？……

——烧不了……

嗯！烧不了……

副班长则和另外一堆老乡解释《双十纲领》。王大明在哄着一个哭了的孩子，用手巾擦着他的眼泪。……

几个月来，这一班布尔什维克的战士，就这样战斗在方圆四十里的一带丛山里。他们像一群红色的鹰，飞到哪里，人民就在哪里笑，敌人就在哪里死灭！

（《晋察冀日报》1941年7月3日，《子弟兵》副刊第12期）

子弟兵中的共产党员

秀华

真是太大胆了，仅仅用千多字，来写子弟兵中共产党员的故事。这简直是不可能的。现在我在这儿所能做到的，也不过举些例子，像在大山上捡起两块石头，告诉大家它是怎样坚实和雄伟而已。

先从打仗说起。共产党员是站在战斗最危险的地位，担负着最繁重任务的。“冲锋在前，退却在后，轻伤不下火线，重伤不哭叫，用自己的模范行为，完全摧毁敌人。”每一个共产党员都是这样。因为，一个子弟兵的战士，不具备下这样条件，共产党就不接收他入党。要举具体事实吗？那实在太多了，四年来子弟兵做过四千多次战斗，哪一次战斗不都充溢着这样精神呢？看看伤亡比例，共产党员占部队不过百分之四十，而每次战斗党员伤亡平均占百分之六十以上，少数的战斗，竟在百分之九十以上。最近东石头村战斗，有这样一个惊人的场面，战斗进行很激烈的时候，堡垒里面伪军动摇了，但不交枪，一个共产党员，独自跑近堡垒前面，不惧堡垒上会抛下炸弹或枪弹而进行喊话，终于伪军递给他十二支步枪。接着他跳了进去，从火坑里救出来二十多受敌人残酷压迫的中国同胞，把他们带回祖国的温暖怀抱里。

再从工作上来说。共产党员永远不知休息，不知疲劳，人类伟大的爱，在他们心中燃烧着炙热的火，只问对人民对革命有怎样的利益，绝不问自己牺牲多大。休息对他们是不得已的事情，偷懒简直更是想象不出的大耻辱。即使他们有时因劳致病，而躺在病院床上，他们也不断地恳求着，要求赶快让他们回来工作。他们无论在什么时候，都不会感受工作痛苦。只有在党抚慰着他们：“同志，保重自己，就是爱护革命！”他们才可以勉强安心些。

共产党是团结抗战的核心，共产党员是团结友爱的模范。别人没有鞋子而不能行军，他们从脚上脱下仅有的一双来赠送，而自己宁肯打赤脚；别人疲劳了，他们一个人可以代替背上几条枪、几个背包；别人饥饿了，他们可以让出自己的一份口粮。这些事情，实在太平常了，再没人感到什么惊奇。在去年百团大战的时候，一个共产党员负了伤，鲜血滴满衣襟，可是在他看到别的战士也负伤之后，他忘了痛楚、忘了一切，共产党员对革命的责任心，使他背起那个负伤战士，走下火线，而使之安适地躺在担架上。很明白的，共产党员受尊重，被崇敬，像黑夜的火炬团结了部队，走向胜利，这再不是什么奇异的事！

在任何紧张繁忙的环境里，共产党员一定要挤出时间来学习。一天不学习，就要感到不好过，如同少吃了饭或者全没吃饭一样。要做学习的英雄，虽然他们不在天天呼喊，而却在天天不停地为这荣誉而努力。并且，自己进步而别人落后，他们更是无光，所以在自己学习之外，他们还用最大力量来帮助别人。只顾自己，不管别人，这是自私自利的做法，有背于共产主义道德的。在学习上面也是这样，一个新战士，入伍不到一两月时间，就能同老战士看齐，也正是由此而来。

共产党员是“超人”吗？不是的。他们所以能如此，乃是他们继承了中华民族的舍己为人的美德，继承了中国工人阶级的英勇牺牲、热爱人类的传统，并且将之发扬光大了。

离开共产党员而了解子弟兵四年来的伟大胜利，是不可能的。共产党员忠于民族、忠于人民的光芒，照射在子弟兵每一胜利之上。但是，他们并不自满，倒是感到所做的与应做的中间，尚存在一个大的距离。

（《晋察冀日报》1941年7月3日，《子弟兵》副刊第12期）

奇　袭

刘钊

六月十一号的晚上，韩支队长带着队伍，渡过滹沱河，像飞蛇一样，一股劲儿向石家庄奔去。

“唉，老子这回亲身到飞机场去看看飞机都是几个头！”行列里有的同志在兴奋地开着玩笑。

“球！八个头管什么用！要我就一下子先找到飞机上的机关枪、子弹箱、汽油桶……”另一个同志搭讪着说。

“没有你不要的！”第三个人开口了，“你找到汽油桶有什么用？”

“什么用？”前边说话的同志，好像早就准备好了回答他一样，“就是放火用，我拿不动飞机，还烧不出它骨头来！”

“不要说话！”旁边传过来了口令，快靠近敌人的一个据点了。我们需要穿过敌人的几层罗网才能到达目的地的。

翻过一道山又一道山，渡过一条河又一条河，绕过敌人一个堡垒又一个堡垒，下一点钟我们终于到了。月亮被云吞噬着，平原上一片漆黑。

队伍在离石家庄飞机场三里的狂野上休息。从街市里射出来的灯光，给我们指点着路线。支队长派×连袭击于底，派×连袭击三庄，基干队牵制□城，规定一个记号，同时动作。

出发了。每个人都拿着一颗手榴弹，匍匐地前进着，非常静肃。

“嘣嘣嘣！”于底这边三颗手榴弹刚响完，接着三庄那边也“嘣嘣嘣”的有了回声。

两方面都打进敌人的据点以内了。于是于底的海盐库、伪公安局，全在我们的包围之下交代了。两处的伪警察把枪递给我们，整整八分钟，取得了全部的胜利。

早已准备着替我们抬胜利品的八百名老乡，个个都喜出望外，抬着一万五千多斤食盐、几十匹洋布、二十六床军毯，推着十二辆自行车，提着一个大皮箱，扛着两架电话机，跟在韩支队长后面，还有十二支枪、子弹、大批军用品，热烘烘地回来了。真好像从石家庄赶集刚回来的一样呢。

（《晋察冀日报》1941 年 7 月 3 日，《子弟兵》副刊第 12 期）

四年抗战中边区子弟兵

朱良才

七月是一个伟大的月份，“七一”是中国共产党成立二十周年纪念日。“七七”是抗战四周年纪念日，也是边区子弟兵坚持四十四个月敌后抗战的纪念日。在这光荣的七月节日，我们来检阅边区子弟兵对抗战对民族的贡献，实有其重大意义。

四年来子弟兵以最忠于民族与人民的决心，在敌人深远后方，敌人的心脏□，无休止地艰苦奋斗着，完成了民族与人民给予的伟大任务，在中华民族史上写下光辉的一页。

一、首先在军事上，我们严重地打击与挫败了日寇，大大消耗了日寇的人力物力财力

四十三个月当中（下面统计到今年五月底止），仅路西的子弟兵共对敌作战三九六□次，毙伤敌伪军五三六〇〇名，俘虏日军一七三名，俘虏伪军二□八一名。缴获重武器计有：野炮二尊、山炮十门、□射炮七门、迫击炮二五门、掷弹筒五十六个。缴获自动火器计有：重机枪五四挺、轻机枪二三五挺、高射机枪一挺。缴获步马枪六六八六支、短枪三三五支、炮弹一七二五枚、掷筒弹一八九一枚、步机枪弹六三一〇五七发、钢甲弹一三二六〇发。缴获电台三十四架、无线电话机七架、电话机二三七架、探照灯四支、电线八七一八三二斤，毁灭井陉新矿一座、价值三千万元以上。

从这个统计数目中，我们看到边区子弟兵以较劣武器，依靠于高度民族觉悟，同最野蛮的武装到牙齿的日寇作战，不避一切艰险困苦。这一铁的事实，就是日本法西斯军阀自己，也不得不承认。还在

一九三九年春，日寇第一百十师团长桑木已经□□了：“本师团自去夏出征以来，担任了肃清华北治安的重任……然时局之解决前途距今尚远……肃清赤匪是非常艰苦困难的问题。”（大龙华战斗胜利品之三）

在此近四千次的大小战斗中，包括着许多胜利是四年抗战中的模范胜利，如平汉铁路总□击大胜利、大龙华歼灭战、陈庄歼灭战、黄土岭歼灭战、正太路大破击、摧毁井陉新矿、克复天险娘子关等。这些不仅光辉照耀于全国，而且荣誉传遍了全世界。在毙伤敌伪军五三六〇〇名中，有日寇的高级指挥官常冈旅团长、清水联队长、谷见司令员以及阿部中将等。而阿部中将之死，打开了中国战争中敌军将官死亡的新纪元。

子弟兵对敌人的严重打击，从敌人用重大兵力对付军区，不断进行“扫荡”上，也可以看出。敌人在华兵力不过三十八个师团，其中被八路军拖在华北的经常就在十五个师团以上，而经常在晋察冀军区周围的则又占五万至六万左右。

四年来子弟兵的英勇战斗，对正面主力军有力地起了的战略配合与战役配合。在敌人集中主力展开徐州会战时，边区子弟兵（那时还并未正规化）发动了平汉线总出击。二月九号一夜，攻占敌寇重要据点六个，收复新乐、望都、定县三个县城，切断敌人的交通联络。抗战一周年，敌人发动□攻大武汉的时期，我们子弟兵即配合保卫武汉四面出击，打下保定南关，切割敌寇南北联络；袭击平郊香山，捣毁北平电灯发电厂；打到了杨柳青，弄得敌人无所措手足。而同年九月，正当武汉吃紧时，敌人看五台山与大武汉同样重要，动员了五万多兵力向我们同时进攻，结果，在子弟兵英勇奋战之下，使它除运回几千死尸，送给我们几百枪支之外，毫无所得。武汉失守之后，敌人掉转回头，加紧对敌后“扫荡”，但是不管怎样，敌人只能落得狼狈失败而回，而我们则在每次反“扫荡”中，更进一步坚强雄伟起来。去年敌人诱降失效，决定进窥我大西北。华北八路军乃发动了百团雄师，粉碎了敌人这种毒计，打开华北抗战的新局面。在其间，边区子弟兵获得极辉煌的战果。去年五月份，配合中条山战役，子弟兵又发扬了百团大战的威风，猛击敌人各据点，所有这些铁的事实，尽管日寇和亲日派如何无耻造谣，如何能够掩盖得了？而这些成绩除开共产党领导的武装以外，又有谁创造出过？毛泽东同志说过：“收拾是不行的，还是比赛吧！”对的，我们愿意和一切抗日友军做一个抗战的竞赛！

二、其次，我们创造了全国以至全世界闻名的模范抗日根据地

抗战刚爆发时候，敌人进展甚速，而九月二十五日，八路军在平型关的歼灭战，才使敌人第一次吃了苦头，一天工夫死伤两千多人，这使华北抗战局面趋于稳定，全国胜利信心大大提高。十月初忻口战斗激烈展开，八路军为配合正面作战，以一部深入敌人深远后方，猛力展开游击战争，在察南雁北地方，给了敌人以严重打击。其后，以晋察冀三省边界地势之重要，八路军总部，不问环境之艰苦，还决心派遣聂荣臻同志及一部分干部率领极少数部队开辟这一地区工作，广泛组织民众，开展游击战争坚持敌后抗战。

创造边区之始，除少数县份外，到处遭受了敌人铁蹄践踏，当时人民所受的灾难，社会秩序的混乱，真是达于极点，而四年以后的今天，边区已成为强固的模范抗日根据地了。这事实说明了中国共产党不仅有着远大的政治眼光，而且有着冲破一切困难的刚毅不拔的精神。

晋察冀军区这块抗日根据地，在一九三七年，粉碎了敌寇第一次

八路围攻之后，奠定了初步巩固的基础，并且由之而获得了猛烈的发展，像狂风暴雨一样，我们摧毁了伪政权、伪组织，拔除敌人据点，把社会秩序完全推上正规。在路西方面我们东出平汉、西逼同蒲、北进平绥、南迫正太，在冀中方面，于平汉、北宁、津浦、沧石四大交通要线中间，在吕正操同志领导下，也于此时大大发展了游击战争，三月中曾消灭板垣师团驻高阳的两个中队，占领高阳、献县、安国、河间、大城等地，打下坚持平原游击战争的基础。而五月四日的八路军第三纵队正式成立，更是平原抗日根据地一个新发展。为了更猛烈开展敌后游击战争，威逼敌人中心点线，我们又派遣邓华支队向北挺进，创造平西抗日根据地，极短时间内，先后攻占矾山堡、妙峰山等重要地点，不断袭击门头沟，使北平城内敌寇和汉奸，寝食不安。同年夏季，我军又组织了冀东挺进纵队，直捣敌人统治已久的冀东老巢。由于八路军东进的影响，爆发了七月十六日的唐山矿工大起义。十七县人民同时高举抗日大旗，又在敌人的心房上，锤下一颗冀察热抗日根据地的大钉子。

和扩展军事胜利同时，在边区子弟兵踪迹所到之处，普遍组织各种抗日群众团体，发动群众积极参加抗战，农救会、工会、妇救会、自卫队等，在子弟兵协力之下，在各地普遍地建立起来，造成了蓬勃的群众运动。

武汉失守之后，抗战进入了更艰苦的阶段，敌后战争的残酷性与频繁性也大大加强起来。我们建设根据地的方针，从以发展为主转为巩固为主，首先就着手于部队质量的提高。子弟兵从□□面来充实力量，在永远保卫边区的大旗下，准备迎接与粉碎敌人的一切进攻与“扫荡”！

一九三九年青纱帐起以前，日寇首先用数万兵力，向冀中□疯狂进攻，分进合击，占领城市，增多冀中的据点，企图分割□□根据地，但在子弟兵英勇作战与群众协力奋斗之下，敌人的“扫荡”计划终被我们粉碎了。紧接着敌人又向路西伸出“扫荡”的猪嘴，一个陈庄歼灭战，接着雁宿崖歼灭战，再接着黄土岭战斗，都给了敌人以致命的打击。连日本罕有的战术家阿部中将，也被我们的炮弹送回了老家。四十天反“扫荡”，使敌人这一经过长时准备的“扫荡”计划，完全化成灰烬。日寇在路西失败之后，又转向冀中，动员了一个师团以上的兵力，与一部分机械化部队，对之进行更加残酷野蛮的“扫荡”；而我们对之亦以前所未有的激烈战斗，前后经五个月以上，终于又把这一“扫荡”胜利粉碎了！

一九四〇年后，敌寇加紧“囚笼政策”，打算使各抗日根据地断绝联系。为了打破敌人的封锁，边区子弟兵以全力出击，猛烈展开交通破击战，不断配合民兵，割断敌人动脉，这就使得敌人不得达到目的，而华北抗日根据地紧紧连成一体。百团大战，路西子弟兵创造了正太战役与涞云战役等进攻胜利。冀中子弟兵创造了□河肃大战役的进攻胜利，平西子弟兵围困北平，冀东子弟兵攻占唐山，胜利之花开遍了晋察冀的原野上，把根据地更向外大大扩展，使敌人占领地大大缩小。

子弟兵在中国抗战史上，所创造的最奇特最突出的类型，就是坚持了四年平原游击战争，充分发挥了人的因素在战争中的决定作用，依靠于人山人海，把冀中广大平原根据地巩固和壮大起来了。

晋察冀边区，已经成为新民主主义建设的典型，是坚持华北抗战的枢纽，是反攻的前进阵地，这种光辉的成绩，与子弟兵为创造、发展、巩固边区的奋斗是不能分离的。

三、削弱敌人的战斗意志，促进其厌战反战情绪的增长，争取与动摇了大批伪军，把日寇孤立起来

争取伪军瓦解敌军，是我们从政治上向敌人的攻击战。由于中日

战争是异民族作战和日寇是进行野蛮的侵略战争，产生了敌伪军工作上困难一面与有利一面，而有利一面要大于困难一面，只要我们有正确的政策，发挥有利的一面，克服困难一面，获得敌伪军工作成绩，是完全可能的。

首先，我们认识到，绝大多数伪军官兵是被敌人强迫而当兵的，他们同样有民族意识，绝不甘心为敌人所奴役而进行自相残害的，他们希望祖国胜利，向往祖国的温暖。

其次，我们认识了，日本法西斯所进行的侵华战争完全违背其广大人民利益，而日本士兵成分主要是工农分子，他们是在日本法西斯统治下，喘息于饥饿死亡线上的人，所以他们是不愿意侵略中国的。

由于以上的正确认识，所以我们政策是，凡伪军反正的，一律给以优待，绝对保证其生命财产之安全，不再追究既往，反正后愿为抗日服务者，负责给以适当工作，其愿回家者发给以路费川资。对于一时由于某种困难，而不能立即反正，但能在抗日上给我们以某种协助，如报告消息、侦察情况以及其他，我们绝对不作过高要求，而诚恳地对之保持这种关系。对于敌军，目前仍以加强宣传为主，使之深刻认识侵略战争是他们最凶恶敌人，中日两大民族应该团结一致，反对共同敌人；把日本军阀一切欺骗麻醉的假面具揭穿，让日本兵和人民自觉地起来，反对这种野蛮的侵略战争。而对于无论伪军或敌军，在战场上放下武器，我们即以兄弟之谊对待，对战斗负伤者，我们负责收容医治，对战死者则尽一切可能妥为安葬。为子弟兵所俘虏之敌伪官兵，对其归队、返乡或者参加抗日工作，绝对尊重其个人意志自由。

在这样的正确方针之下，四年来，我们把一种无形的炸弹，深深埋在敌人的胸膛里，敌军的战斗意志一天天削弱下去，而厌战思乡情绪，则随战争之延长而增长着，加以八路军不断胜利，使敌军士兵情绪一天天挫丧下去。敌人第一百十师团长桑木，曾经亲口招供说："长期的事变，使士兵均懒怠志气，不守军纪，同时更发生许多幻想。在共产赤化的魔手下，愈加繁盛，当时反战与阶级斗争，使部队内部发生许多不良现象。"（大龙华战斗胜利品）

本着以上的正确方针，四年来在争取伪军工作方面，仅路西子弟兵俘虏将近三千，而争取反正的则在三千以上。冀中平西方面，所得成绩更大。子弟兵四年胜利，大大提高了他们的民族自尊心与自信心，使他们对敌寇仇恨□愈□增强，尽管敌寇目前还能用野蛮手段束缚着他们，但被束缚着的是他们的身体，不是他们的心志。

四、坚持了确定不移的抗日民族统一战线方针

中共是抗日民族统一战线的发起者与忠实的执行者。边区子弟兵是中国共产党所绝对领导的人民抗日武装。因此，它从诞生一直到今天，四年英勇奋斗过程中间，也无时无刻不在为统一战线而奋斗着。晋察冀边区统一战线，被誉为全国的模范，实在有其根据。

边区开创之始，我们不因八路军是当时仅有的武装力量，受有广大群众的热烈拥护，而即稍微放松统一战线方针，因之许多过去受了欺骗的人，与我们一经接触之后，立即改变，而紧紧和我们携手并肩，共同致力抗日工作。有某些怀有反共成见的分子，开始曾多方破坏我们，但在他们看到八路军最忠实于民族利益的许多事实之后，也放下以往的见解。

中共一再宣布："三民主义为中国今日之必需，本党愿为其彻底的实现而奋斗"，"三民主义是中国抗日民族统一战线的政治基础和共同纲领"。我们在晋察冀边区所作所为，都是符合于三民主义的。这在《双十纲领》里，都充分地表现出来。

边区的巩固与发展使日寇痛恨，也引起摩擦专家的破坏。张荫梧

在冀中配合日寇进攻八路军于前，“新二爷”与白志沂阴谋捣乱于后。对于这些“反共”破坏分子，我们经过多方促其反省而告无效之后，始本着“人不犯我，我不犯人，人若犯我，我必犯人”的原则，给之以严重回击。

聂荣臻同志，明白告诉了我们：“不管时局的发展情势如何，我们坚持统一战线的方针，始终不变；我们坚决要为中华民族的解放而战，同时要为肃清封建的残余而斗争，要为新民主主义的实现而奋斗！”

五、子弟兵向着铁军前进

子弟兵是边区优秀子弟所组成的武装，随神圣抗日民族自卫战争而产生，随抗战发展而发展壮大。它的诞生与成长，乃是抗战必然胜利的具体因素，□是一首“武装的人民反对武装的反革命”史诗。

由于子弟兵一诞生即投入战斗中，从战斗中锻炼自己，用敌人的武器武装自己。所以它很快即丢下手标土造枪，而使用起最新式的快枪、机枪以至于大炮。四年来，子弟兵所消耗的炮弹中间，有百分之四十七是从日寇手中夺来的，而消耗的子弹中有百分之二十三是缴获敌人的。而最近一年内所消耗子弹其中敌人所送“礼物”竟占百分之三十五。

一九三九年以前，子弟兵还是游击队性质，编制上不完全一致，各种制度只是初步建立，战斗力还不够坚强。这种情形不能长远继续下去。因为“战争是长期而且残酷，游击战只有向运动战发展，才能适应这样的战争。战争既是长期的与残酷的，就能够使游击队受到必要的锻炼，逐渐变成正规的部队。因而其作战方式也逐渐正规化，游击战就变成运动战了”（毛泽东）。从游击队转化为正规军，这是一个斗争过程。一九三九年初，着手整军，创造主力兵团，在这次整军之后，部队战斗力，突然提高起来。进入相持阶段，敌后战争日益艰苦，同时国内投降危险，也一天一天加重起来。于是开始了政治整军工作，从思想上、政治上、组织上，把子弟兵更提高一步。

在一年创造铁军过程中，子弟兵的战斗力大大提高起来，过去三年中敌我伤亡比例为八对三，敌人伤亡八名，我们伤亡三名；而最近一年中，敌我伤亡比例变成四对一，同时，我们由于政治觉悟程度提高，军事技术加强，指挥艺术进步，一年来具有了攻坚力量。只路西部队一年来收复据点即在八十左右。其次，□职干部学习热忱大大发扬起来，部队艰苦奋斗精神大大提高，部队的团结更益巩固起来，上下级团结一致，新老战士团结一致，党员与群众团结一致。在这种铁的团结之下，破获了大批敌探奸细。其三，我们可以从部队制度与纪律的巩固上看出来，百团大战那样紧张环境中，部队能以争取一切时间上课。正太出击，深入沦陷区内，没有一人犯纪律的。对战场所捉俘虏，都能遵照八路军总部对敌伪军纪律之训令，严格执行。——这些事实，在在证明子弟兵正在大踏步向铁军前进。

而子弟兵在自力更生的方针下，克服一切困难，更是全国抗日军的光荣模范。比如过去我们穿的衣服破破烂烂，而今天我们有了坚强的供给机关，大家全穿又结实又整齐的衣服了；武器弹药完全自给或从敌人手中夺来；过去卫生设备很差，但是现在我们有了敌后环境中比较完整的医院，同时建立一个白求恩学校。

子弟兵和人民的血肉关系，也足为全国抗日军的表率。人民热爱子弟兵，子弟兵也爱护边区人民。每次生产季节，子弟兵就停止一定时间操课，帮助开荒、耕种，以至收割打场。在统一累进税中，因部队忙于整训，则由机关与后勤部门派出大批人员协助。此外，如每次敌人烧杀之后，子弟兵立即慰问救济。一九三九年大水灾后，子弟兵立即配合边区政权，共同组织救灾。子弟兵永远是与边区父老兄弟姊妹们，甘苦同尝生死与共的。

六、检阅了过去胜利，确实值得我们万分兴奋的，但是我们不能满于已得的成绩

今后放在晋察冀边区党、政、军、民双肩上的任务更加重大了。特别是纳粹德国背信弃义，悍然进攻苏联的今天，国际形势已经发生巨大变化。这变化将严重影响于中日战争形势。所以，子弟兵要百倍紧张起来，完成创造铁军的光荣任务，坚持敌后抗战，彻底实行《双十纲领》，把这块反攻的前进阵地，巩固、巩固、再巩固起来。

胜利已向我们招手，我们扣紧肩膀勇敢前进！

（《晋察冀日报》1941 年 7 月 6 日）

纪念抗战四周年

张有福

今年的七月七日，是咱们中国抗战的四周年纪念日；从这天起，咱们的抗战就踏上第五个年头了。这在咱们全国的老百姓说来，是多么值得纪念的一个日子呵！

我记得，当然咱们大家都深深地记得：四年以前的这一天，日本鬼子又假造借口，向咱们中国进攻了，这就是卢沟桥事变。过去日本鬼子打东三省的时候，咱们中国当局下命令一枪不发，不抵抗，东三省就这样丢了。日本鬼那一次是讨了便宜。可是这一次，事情却完全不同，日本鬼子遇到的是一阵痛打。后来日本鬼子又接连地加了兵，夸下海口，说要三个月内灭亡咱们中国。这个海口，谁都知道，早就叫咱们打得粉碎，只显得它是不要脸的吹牛皮罢了。

当时，咱们中国，也有一些丝毫没有骨头，没有“自信心”的人，跑出来到处胡说：咱们中国打不了日本，咱们的枪炮不如日本的多、好。咱们四年来的抗战，把这些人们的胡说，也打得粉碎了。

实在的事情是怎么样的呢？这是咱们大家都看见的。因为咱们全国的各党派，特别是国民党和共产党的合作；因为咱们全国老百姓的一致团结，齐心合力为国拼命，就把日本鬼子打住了。一年、二年、三年，到现在四年了，日本鬼子并没有在咱们中国打出个什么来。它倒也占了咱们的一些大城市和几条铁路线，可是咱们都知道，那些都是日本鬼子的死囚牢，它们不敢随便走出一步。四年以来，日本鬼子没有解决了“中国事件”，反而如同走在泥潭里一样，“中国事件”就把它深深地陷住，左一脚，右一脚，拔也拔不出来了。这就使咱们又深深地记起共产党所说的，“中国抗战是持久的，可是一定能胜利”的那句正确的话来了！

现在，在咱们纪念抗战四周年的时候，世界上又发生了极其重大的变化。德国那个法西斯头子希特勒疯狗似的侵犯世界人民的朋友——社会主义国家苏联了。苏联一定要给这些疯狗们一顿痛打，这是一定的。苏联打这些疯狗们，不只是保护自己，并且也给世界上所有人民除害，保卫了世界上所有人民的自由，这特别对咱们中国的抗战，有着极大的帮助。因为，德国法西斯疯狗们正和日本鬼子是一伙儿，他们是同类的强盗。自然，中国的抗战，也同样帮助了苏联抵抗德国法西斯。中国和苏联的利益完全一样，他们两个是难兄难弟，紧紧地牵连在一起的。苏联抗战拉住了德国法西斯，中国抗战拉住了日本法西斯，使他们谁也顾不到谁，谁也帮助不了谁。再说，世界上这几个法西斯国家，是想把世界上所有人民的自由踏倒，把世界人民都当作他们的牛马的。所以，世界上一切爱好民主、自由、独立的人民，都应该联合在一起，组成一个“国际反法西斯的统一战线”来反对他们、打倒他们。这个“统一战线”，也正在一步一步地形成着。中国自然是当中重要的一个组成部分，而这个“统一战线”要是组成了，对中国的抗战也顶有利。以外，再加上日本鬼子自己一天比一天多的困难，咱们中国抗战胜利的日子，自然是一天比一天地接近了。

这里，顶重要的事，这是咱们中国的团结。在这样一个时候，实在说，国民党的一些政治家，也没有一些了不起的成见，值得说的。至于共产党，那咱们知道，它为了咱们的民族国家，是从来不抱成见的。只要能把妥协的念头打消，把反苏反共的成见放弃，不要再闹摩擦，和苏联更亲密地合作起来，好好准备反攻的实力，和日本鬼子打到底，那咱们中国就一定能胜利。

至于咱们晋察冀边区，那咱们还需要好好地注意。因为不管怎样，日本鬼子对咱们的进攻和“扫荡”，只有更厉害。可是，只要咱们能好好注意，在各方面再加努力地建设，咱们也一定能够打垮鬼子的一切进攻！

抗战的第五个年头，是咱们中国抗战的一个新时期。这需要咱们中国的政府、党派、军队和老百姓，都好好地努力！

（《晋察冀日报》1941年7月9日，《老百姓》副刊第68期）

中国共产党对抗战的贡献

文光华

抗战经过四个年头了，这□正好证明了中国共产党历来的抗日救国主张真是高明得很，万分正确。四年来，共产党坚持抗战、团结、进步，反对投降、分裂、倒退，尽了一切努力，对国家民族给了伟大的贡献，立下盖世的功劳。所以一切爱国的老百姓，都坚决拥护共产党，认定共产党是中国的救星。

共产党对抗战第一个伟大的贡献，就是首先发起和建立了统一战线，打破一切困难，完成国共合作，团结了全国的各党各派，要大家放下一切成见，一心去打日本。这才使中国抗战能够惊天动地地发动起来，使中国四万万五千万人民走上民族解放的道路。

四年抗战，中国经过许多危险、许多困难，日本帝国主义用过无数次勾引中国投降的阴谋，英美帝国主义也暗中进行过出卖中国的勾当，汉奸、托派、亲日派更是拼命破坏统一战线，进行了一切挑拨离间，制造国共摩擦，制造反共内战。但是因为共产党忠肝赤胆，坚持抗战，始终仁至义尽，顾全大局，所以一切大风大浪都给它平息下来，一切敌人的阴谋诡计都被它屡次揭穿，并且打得粉碎，使团结抗战的局面能够在一切危险的时候坚持下来。在抗战中，还有什么能比得上这样伟大的贡献呢！

四年抗战，共产党的军队一直坚决勇敢，不怕牺牲，对国家民族建立的功劳更是不小，从平型关大战直到百团大战，从华中打到华北，把敌人打得落花流水，胆战心惊；光在华北战场上就牵制住了敌人的数十万军队，使敌人周转不得，进退两难，迟早得拖死在中国的抗战里。

四年抗战，共产党更从敌人的后方，建立了好多抗日根据地，不光救出敌后千千万万被敌人糟蹋的同胞，更在各个抗日根据地上，铲除了一切帝国主义的和封建的势力，使老百姓都能管理国家大事，建立了新民主主义的政治；实行了统一累进税，改善了人民的生活，建立新民主主义的经济基础；彻底取消了帝国主义的和封建的文化，建立了新民主主义的新文化。今天，共产党创造出来、建设出来的各个抗日根据地，不仅件件事都是全国抗战的模范，更是新中国的无数盏灿烂的明灯。

四年来，共产党对抗战的伟大贡献，要说真是说不清的，这里只是提到这一点点，已尽够看出共产党心口一致和伟大的救国救民的精神。

抗战过了四个年头，眼前共产党正号召全国更加努力团结抗战去战胜一切新的困难。自然，只要咱们老百姓始终照着共产党抗日救国的办法努力下去、抗战下去、团结下去，坚决反对世界法西斯德意日强盗，粉碎一切“反苏”“反共”的阴谋，抗战的最后胜利就一定是咱们的！

（《晋察冀日报》1941年7月9日，《老百姓》副刊第68期）

拿现在和以前比一比

南风

日子过得飞快，一转眼抗战已经是四个年头了。在这四年当中，我们中国不管在哪方面，都有了很大的变化；说到边区，更不知比往年进步了多少倍。在抗战四周年的今天，我们回头想想过去，再看看现在，真不知有多少感想呢！

我们老百姓在过去，向来是受压迫受剥削的，官家只知道要钱，不管人民死活！直到抗战起来，边区成立以后，我们这才真正得到了自由。你想，自古以来官都是打上面派下来管老百姓的，现在呢，一点也不假，我们边区从上到下，那些政府的各级干部，都是我们自己选出来的。也就因为这样，他们已经不是高高在上的“官”了，而是替老百姓办事情的工作同志。想起去年全边区各级大选举，更是轰轰烈烈的一件大事，那种热烈的情形，到现在还很清楚地记在我们的脑子里。

我们在今天，是能够自由地讲话、自由地行动了，我们有什么意见，也都可以发表。今天，什么事情都要讲道理，不管谁，都不能硬压迫人。想起往年，我们真想不到现在能够得到这样的自由！

再说从前的政府，它只会硬压迫老百姓收钱粮收税，它是不顾人民有什么困难的；现在我们的政府就大大不同了，它处处都替老百姓想法子，来解决我们的困难。比如我们庄户人，就靠着种地过活，那么每一年春耕，政府就有计划地来开展春耕运动，不管人力、畜力、种子、家具……只要有困难，就有办法来解决。

往年东一个捐，西一个税，这在咱们边区是早取消了。如今更好了，实行了统一累进税，连祖辈传下来的地丁钱粮也取消了。因为它更加公平、更加合理，所以老百姓们都拥护。

自从实行了减租减息，大家又合力开荒，增加了生产，穷人们的生活比往年要好得多；并且有钱的人家，和过去比起来，生活也更有保障了。至于每次敌人来扰乱边区的时候，有些地面受到了祸害；还有大前年那场大水，更是一次少有的天灾，在这种情形下面，政府就拨了大批款子来救灾，各地也进行募捐来救济，终于把灾荒度过。因为老百姓的生活越过越好，所以抗战也就越抗越有劲。

在四年抗战当中，咱们老百姓也都有了很大的进步，以前那种死脑筋也慢慢地开化了。如今我们懂的道理多了，不光知道国家大事，对世界形势也有了认识。至于识字的人，也一天比一天多起来。有各种识字班，有冬学。学校也是一天比一天多，孩子们都能够去念书，并且也不花什么钱，往年哪有这样好的事情呢？

谈到我们老百姓，以前全是散散漫漫，各顾各，根本不知道组织是怎么一回事。现在不同了，大家伙都参加了各种群众团体，各有各的领导，整整齐齐。先前那些不出门的妇女，大人们以为没用的小孩子，如今也都出来做起各种抗日工作。抗战以来，我们老百姓已经看出，真正有力量的是我们自己。

不再多说了，像这样说下去，真是三天三夜也说不完。现在我们要问一句：我们边区为什么能这样进步呢？老百姓们为什么能过好日子呢？谁都知道，这是由于共产党的领导，由于八路军的保护。共产党，从来都是为我们老百姓的利益打算的，尤其是去年发表的《双十纲领》，更是非常周到、非常合适的一套办法，全边区的老百姓谁都赞成！所以大家伙以后一定要跟着它，一条心地坚持抗战到底，打走日本鬼子，好过更好的日子。

（《晋察冀日报》1941 年 7 月 9 日，《老百姓》副刊第 68 期）

当年平型关之战

孙礼年

世界上的法西斯野兽们都是一样。他们被轻易的胜利冲昏了头脑的时候，是会完全疯狂了的，必得最后撞死在铜墙铁壁上拉倒。回想抗战初期，所谓敌人最精锐的板垣师团，从南口冲破了中央大军，向山西一路杀来，你看该是多么得了。谁料在平型关一脚迈入死地，被八路军像神兵天将一样打得稀里哗啦，从此一蹶不振，竟然葬送到中国战场上。这岂不是法西斯野兽们的结果一个说明吗！

平型关大战，当时正当□口国军十余万纷纷败退，平型关里的国军十几个团也张皇动摇，正要退却。敌人是逞狂极了，大战发生的前一两天，板垣这条疯狗乘坐着汽车横冲直撞地亲到平型关前视察，准备立即突破平型关，用闪电姿势来包抄同蒲线中国军队的后路。而当时八路军从陕北开来已经埋伏在平型关附近。他却完全不晓。九月二十五日，板垣大军浩浩荡荡从广灵、灵邱向平型关进发，及至进入平型关前的陡立山沟以后，使他魂飞天外的，忽然山头上八路军的枪炮手榴弹暴雨般地打下来，把一二十里长的兽群完全炸裂！敌人爬山山太陡，入地地无缝，只见满坑满谷都是敌尸。敌人这时第一次要实行惭愧的退逃，但是，八路军早从山上飞奔而下，拦住敌人的归路，英勇地展开了不间断的肉搏战。过后灵邱敌人赶来增援，见到这种情形如何敢进，于是要登山来压制八路军，可惜两条腿没有八路军快。当八路军看见敌人登山时，便一口气赶过敌人，占领了山顶，将增援的敌人也打得不亦乐乎。

在大战中，怪只怪把守平型关正面的国军十几团人，不来出击策应我们，而老老实实地待在那里不动。否则，敌人就会全部被我们歼灭，板垣那条疯狗大约也逃不掉的。这一次，我们击毙敌人好几千名，缴获了日本法西斯蒂的精良武器，将敌人丢弃的汽车全部烧毁，造成了敌人进攻中国第一次惨重的损失。

光阴易逝，平型关大战说来已经是抗战历史的掌故了。现在八路军的兵力和战斗力，十倍胜于当年，八路军的四年战绩，合算起来比一百个平型关大战大约还大。这是我们不能不高兴的，也是日本小鬼子不能不发抖的。

（《晋察冀日报》1941 年 7 月 10 日，《子弟兵》副刊第 13 期）

共同反对“法西斯”

张有福

上次纪念抗战四周年的时候，我把德国法西斯出兵打苏联的事，已经谈过一些了。这件事是现在世界上顶大的一件事。特别对咱们抗战抗了四年，现在还和日本鬼子拼命的中国老百姓，关系更大。因此，大家对这一件事，不应该不有个清楚的了解。

法西斯这个混蛋东西——也说是一种“□□”□——就是资产阶级快要死的时候的一种挣扎。这“主义”就是奴役：奴役它本国的老百姓，奴役外国的老百姓。这“主义”，就是凶残的战争，用着战争去征服和灭亡别个民族和国家。

自从法西斯希特勒在德国掌握了政权以后，德国的老百姓，便开始了他们悲惨的生活。希特勒和他的强盗伙伴们，八年以来，在德国所做的罪恶□真是数也数不清了。他们把德国老百姓的自由，剥夺得干干净净。他们对老百姓，用着人世间所没有的残酷的办法，剥削着。他们的口号是：大炮、大炮、大炮！叫人民来束紧腰带，饿着给他们制造这些杀人的利器。这样儿，多少的老百姓饿得要死，多少可爱的小孩，变成干□的瘦猴。法西斯是最讨厌文化的，他们把大批书籍烧了，把许多科学人文学家赶出去，“焚书坑儒”赛过中国的秦始皇！

到了前年，法西斯□□动了对欧洲人民的大屠杀，德国成千累万的老百姓，□他们□□人杀人的战场上。在战争里头，无论是德国人民或被他侵略的别个国家的人民，都得用他们自己的身体，和无情的炮火相拼。就这样，两年以来，欧洲十四个国家被他们灭亡了，法国、荷兰、比利时、丹麦等国家的人民，都叫他们践踏在脚底下。他们对这些国家的老百姓，压迫得更加厉害，一切的资源、财产，都成了这些法西斯强盗们口袋里的东西；“自由”“权利”，这几个字，早叫希特勒法西斯强盗们压碎了！

希特勒法西斯土匪们的野心是要征服全世界，奴役全世界的人民。现在，在奴役了欧洲十四个国家的人民以后，又扭回头来进攻伟大的社会主义国家苏联了。苏联是和它订有互不侵犯（谁也不打谁）条约的国家，它打苏联，就更加充分地说明了法西斯强盗们是根本没有什么“信义”的。法西斯强盗们的如意算盘，是在打垮苏联以后，再打英国本国和美国，以至整个的世界（但是他打算错了，他打苏联，正如扑灯蛾向火一样，自找死！）。

德国法西斯强盗，在世界上还有给他合伙打劫的一伙儿，意大利、日本就是。意大利是他在欧洲打劫的一条尾巴，日本却是他在东方呼应的一个把兄弟。这两个法西斯国家的残暴和德国法西斯一模一样，而日本更是直接打咱们中国的一只疯狗。日本打咱们中国，德义法西斯是常常帮助他的。前十来天，德义法西斯更明目张胆地承认了那个大汉奸汪精卫的伪南京政府。从这里也可看出：德义法西斯同样是咱们中国老百姓的敌人！

法西斯是世界文明的对头，人类自由的死敌！法西斯在世界上在一天，世界上的人民便一天得不到自由。因此，全世界凡是爱好民主、自由、独立的民族、国家和人民，都应该团结起来，结成一个“国际反法西斯统一战线”，和法西斯做决死的斗争，一直到把它打垮和消灭了才算！

（《晋察冀日报》1941 年 7 月 12 日，《老百姓》副刊第 69 期）

王湮同志的死

田宁

三十万青年儿童的青年领袖，活泼、果断、英勇、坚定，具有组织才能的青年战士——王湮同志，在敌机狂炸下，与我们永别了。光荣的年轻的血，流于晋察冀的土地上。

六月二十日，正当×专区扩大的青年干部会，进行到第三天上午十时许，敌机突然飞过××，随着吃人的炸弹掉下，不幸王同志左腿受伤，白骨外露，于晚九时惨痛地死于医院。

王湮同志，完县西五里岗人。事变前，在保定师范念书，当时积极参加学生运动。卢沟桥炮声响了，敌人冲进华北的山川，他奋勇地离开故乡，参加完县战委会的抗战工作。担任完县青救会主任，不久又活动在望都的广大青年群众中。一九四〇年夏，他被派赴三专区，身任青救副主任兼组织部长的职务。

民主选举运动中，王同志，在千万青年的举手赞同、热烈拥护下，光荣地当选为边区参议会的参议员。三专区的青运的飞跃进步，青年组织的巩固，王湮同志，是其中领导者之一。他的死，给予该区青运严重影响，也是北岳区青运的重大损失。

王湮同志是个优秀的共产党员，生时以他全部精力以至宝贵的生命，贡献给他热爱的伟大母亲——中国共产党。他忠实于青年利益，忠实于共产党给予他的光荣重任。

七月十日

（《晋察冀日报》1941 年 7 月 16 日）

给接敌区同胞的一封信

刘克

亲爱的父老兄弟们：

咱们跟日本鬼子整整打了四年了。再早，我没想到四年以后咱们是这个样子！四个年头里边，我在边区开了眼界，这里是一个新的世面。我心里有说不出的感想。在纪念抗战四周年和军区成立四周年的时候，我决定写一封信，来跟家乡父老兄弟谈谈。

你们在日寇的毒辣压迫下，连年进行各种无情的斗争，虽然环境危险困难，也坚决勇敢百折不屈地进行抗战工作，是叫人万分赞成敬仰的。我们部队里的同志，都时时刻刻关心你们在日寇蹂躏下过着残酷的生活。在《晋察冀日报》上，看到关于唐县、望都、曲阳、建屏、代县等处的敌人都在四处捕捉我青年同胞，逼迫着我们交麦子，那种凶险的形状就像在眼前一样！我们莫不愤怒填胸，咬牙切齿，摩拳擦掌，我们誓为被难同胞报仇！坚决反对日寇这种行为！

同胞们！倘若你们被日寇捕捉了，我觉得就像我被恶鬼捉去一样！倘若你们的麦子叫敌人拿去了，我觉得就像我自己的日子过不成！同胞们，这种日子是不能过下去的！边区内地的生活，跟这个是完全两样的。咱们不能总受鬼子这样蹂躏！你们打定主意来参加八路军吧！咱们的八路军壮大，就可以把当地的鬼子一堆一堆地都打死，都赶跑，咱们就可以过自由的生活。把鬼子赶出东北鸭绿江去，咱们中国的抗战就胜利了。那样的前途是无限光明的。

再谈吧！祝伟大斗争的胜利！

×团二营二连文书刘克敬上

（《晋察冀日报》1941年7月17日，《子弟兵》副刊第14期）

子弟兵的血汗交流

——×分区半年来的战斗、生产、学习

刘钊

一、战斗

我们×分区的子弟兵，在军区党和聂司令员的英明领导和本分区首长直接指挥下，英勇作战，艰苦奋斗，六个月来，沿滹沱河、沿冶河，正太以北、平汉以西，忽山地、忽平原，神来神往，出没无常，为保卫所属地区，经过大小战斗一百九十余次，给敌寇“强化治安”以严厉的打击，给敌寇“以华制华”“以战养战”以无情的粉碎，给敌寇“封锁政策”“堡垒主义”以破灭的摧毁。大大地开展了敌占区、游击区的工作，巩固与发展了边区，使边区人民永远过着自由幸福快乐的生活。

六个月来，子弟兵打了许多漂亮的游击战，打垮了敌人十五个以上的据点，并且每一个据点的攻取，都有他巧妙所在：如三个便衣拿下南陉，博得了朱彭总副司令的褒奖；以及花头、易羊、贾壁等据点的破袭，都在五十八分钟，几无费一颗枪弹之力，将敌完全解决；特别是在迎接红五月的战斗中，除一般不在眼下之敌小据点，不断给以袭扰外，就是三年来敌寇所谓牢不可破的灵寿城、平山城、行唐城、获鹿城，都给了〼霍村、付家村、曲阳桥、南贾□之据点，均遭我直接捣毁，吓破敌寇的心胆的，尤其是一次石家庄飞机场的远征奇袭，更给了敌寇一个惊慌莫测的感觉：八路之神天上来呢！

子弟兵打了这么些胜仗，但损失却是很小的，而敌人的损失那就很大了。根据六个月的统计，我们子弟兵一共伤亡不过七十人，敌寇却伤亡八百六十人，弹药的消耗那更是小于敌人了。譬如我们攻取南

陉、易羊、三庄、于底、巨城时，只在最短时间内，以三五颗手榴弹，即可胜利结束战斗。奇袭石庄飞机场时，只用不多的手榴弹，最后回来在路上，一个刚参加队伍的新战士走了一枪火，以外我们就不浪费一粒子弹的。这是可以看出我们子弟兵军事技术是如何提高了，军事锻炼是如何加强了。从这里也可以看出敌人的笨拙！

现在让我把子弟兵血汗所换来的成绩算一算，给大家看看：除毙伤外，俘虏敌伪一八〇名（内有钱川以下特务队九十余名），缴获机枪五挺、掷弹筒一个、步手枪二〇〇支、驳壳枪三〇支、战刀刺刀六〇把、子弹二〇〇〇〇发、掷弹及手榴弹三五〇枚、烟幕弹二〇☐电杆六二〇根、望远镜二个、钢盔一〇顶、防毒面具一〇具、军号六把、自行车六〇辆、皮鞋一〇双、骡马一□匹、大衣二〇件、毛毯三〇床、罐头三〇□筒、饼干一〇〇盒，破路二〇〇〇余里。

二、学习

提起学习来，那是更不用说了，子弟兵本身就是一个革命的大学校，过去有许多没有受过教育的工人农民，苦于知识的缺乏、苦于文化的低下，有气不能出、有话不能讲，到处受人欺负，到处受人虐待。有钱的人能享受特殊的权利，穷光蛋只有辈辈当瞎子。今天他们参加了子弟兵后，就是上了大学了，可以在这个大学里无穷尽地学习革命的大道理，提高政治文化水平，促进自己飞快地进步，使自己永远知道真理，永远知道光明，永远自由幸福地歌唱。

六个月来，我们在党和政治机关有计划的教育培养下，无论战斗中、生产中，都保持每天上课、讨论会、识字、读报，正好像吃饭一样的不可缺少。六个月来，我们曾学完了十种以上的政治教材，三种以上的党课教材，五种以上的文化教材（包括算术、地理、自然常识等），使子弟兵真正向着正规化的铁的模范党军前进。

这里，我把子弟兵单单在文化学习的速度上所获得的成绩，简单地计算一下。

	一九四一年一月	一九四一年六月	升级数
甲：(认得九〇□字以上)	三九〇人	七二九人	三三九人
乙：(认得四〇〇字以上)	五九六人	八七一人	二七五人
丙：(认得一〇〇字以上)	一七五三人	一九四一人	一八八人

从以上这个事实里，足以证明我们子弟兵是如何加速度地为着提高政治文化水平而斗争呵！

三、生产

边区子弟兵不但能打胜仗、保卫边区人民自由幸福的家乡，并且还积极地参加春耕生产运动，努力加强边区的财政经济建设，增加边区的抗战力量。

如去年我们在军区党的号召下，四个月没有依靠上级的供给，全靠自己的生产来解决了困难。今年虽然由于环境的不同，时常处在战斗中，但我们仍能坚持着一面战斗、一面生产的口号。血〼。

计算在六个月来新开的生荒是九九六. 四亩，种菜三三五. 八亩，栽树一二五一〇株，代耕五四八八. 八亩，帮助割麦三一八一. 二亩，帮工七九二四个。

另外在我们的每个队里，都设有“合作社”、生产队，专门从事生产，如×××的羊群、×××在××等处开办的“合作社”，都能经常足够地供给军用的。其他如养猪、养鸡、榨油、做豆腐、造粉坊等等的生产，都是应有尽有的。因此，这对改善我们部队的生活上〼。

（《晋察冀日报》1941 年 7 月 18 日）

五支枪的故事

倪尼

这个故事发生在新乐县。

离铁路不远有个××村，这个村里有个王大成，今年十九啦，在青抗先里当班长，个子不算大，可是挺黑挺壮，村中人们给他起了个外号叫小黑牛。

提起王大成家里的人来也很简单，有个五十多岁的爸爸，还有一个十七岁的妹妹，在村妇救会里当主任。本来他还有个母亲，春天日本人来的时候，他母亲为了掩蔽一个掉队的战士，被鬼子抓住拿刺刀扎死了，可是那个战士得了救。

自从母亲死后，王大成天天咬着牙根想给母亲报仇雪恨。白天他在地里做活的时候，就留心那儿敌人的电线，到晚上他带上那把磨得飞快的镰刀和一条绳子，把敌人的电线给割回来。他差不多天天晚上去割，记不清总共割了多少次。

光割电线他觉着还不解气，想法得打死几个敌人才上算。这天，他背着粪筐走到铁路上敌人的小岗楼那里，五个鬼子正在劈木柴煮肉吃，鬼子把他叫去劈木柴，他就给鬼子去劈，一面劈着，他一面打量着小屋里，一条坑，坑上是些毯子和大衣，五支大盖枪在墙上整齐地挂着，他看了个明白，心中暗暗欢喜。一会儿肉也熟了，鬼子看他工作很努力，叫他在那里吃肉，他就在那里吃肉，吃饱了肉，给他们行了个鞠躬礼，背起粪筐来就走了。敌人看了哈哈大笑，非常高兴。

就是那天晚上，王大成带上几个手榴弹出去了。

天真黑，伸手不见掌。大成他道熟，不到一点钟，他就来到那日本人住的小屋跟前了，里边还有一个电灯照着，他像猫捉老鼠似的向里一望，好，几个鬼子正横七竖八地睡着，五支枪还在墙上挂着。这时他呜——地跳进屋里，两双手把五支枪向怀里一抱就跳出来了。这时敌人从梦中惊醒，再抓枪也抓不着了，接着几颗手榴弹通通地打进去。王大成听了听里面没了动静，他就扛着五支大枪完全胜利地走回来了。

一九四一年六月十五日于曲阳岸下村

（《晋察冀日报》1941年7月19日，《老百姓》副刊第70期）

在帮助老乡麦收的时候

安丕展

“吃过了晚饭，去给老百姓拔麦子。”指导员刚发出这个号召，特务连的同志们像受领了战斗任务，一个个都挺着胸脯说：“在麦田里打交道这是我们的老本事，看吧！一气干他个十亩二十亩的。”

饭吃过了，不等吹哨子，都跑到集合地去等着，有的嘴里还嚼着半口饭往外跑，恐怕把自己丢在家里。

“赵星班长！你为什么还不吹哨子集合！”一个个等得□不住了，急躁地催促着。

“班长！集□□！人家炮兵连早已拔了四五亩了，回头人家都拔了，咱们拔啥！”帮助老乡是每个人的事，一个个急得恐怕□不着拔。

在热烈的希望中□尖声的哨音响了，大家好比一支激流，涌向麦田。

“……麦呀麦子黄……好呀好收成……”

圆润□□的歌声顺风飘荡着。“细心点，不要遗下一个麦穗，这都是馒头呵。”指导员在提起大家的注意。不到一个钟头，十亩麦子都顺地躺着了。大家在地头歇息，轻快的歌声又起来了，朗爽的、舒适的，恢复着刚才的疲劳。

（《晋察冀日报》1941年7月23日，《子弟兵》副刊第15期）

日寇统治下天津纱厂女工生活

刘国士

天津各纺纱厂的女工，在七七事变以前，便在轧轧的机器旁过着她们悲痛的生活，苦重的工作使她们消瘦、衰老、病倒、死亡。事变以后，敌寇占领了天津，纱厂也给日寇夺去直接经管了。在日寇的统治下，女工的生活更遭到了恶运，每天做着从早五点起到下午六点止十三个钟头的工作，而且中间是没有一分钟的休息时间，连吃午饭的时间也不给。每一个女工要管到二十多个纺纱车子，每个从农村中穷苦得没法维持生活的农家跑出来的身体羸弱的女子，一上工便十二个钟头不休息地来回巡视于这摆得很长的二十几个纺纱车子的旁边，来接上□了的机器吐出的棉纱。她们的中午饭便在巡视时，眼望着机器，腿走着路，抽空儿来吃。说起她们的午饭，那真是可怜，在事变前还可以吃两个从家中带来的小馒头、一杯冷水；最近中午饭连两个仅有的馒头也吃不上了，有的只好肚子饿了紧一紧腰带挨到下工。这样劳累地工作，加上整日不见阳光地工作在棉絮飞满的工作房里，又终日不得一饱，使女工中间十之八九得了腿病、肺病……就是不得病的也是面黄肌瘦，形容憔悴不堪的。本来女工的年龄是从十几岁到二十几岁的女子（年龄大了工作能力减低，工厂是不要的），可是工作使青年妇女很早就苍老起来。

女工们虽然做着这样苦重的工作，但是得到□□□却□□□想象的菲薄。一个熟练的女工，吃饭穿衣一切都包括在内，每月不过十二元的工资。在学徒的时候（一个女工入厂后本来学习七天工作便熟练了，但厂方却把几个月的时间算作学徒期）每月只给三四元或五六元的工资，以天津市生活程度之高，女工的工资又是这样的菲薄，她们生活的苦况是可想而知了。尤其近一年来，由于敌寇的劫夺垄断粮食，天津市闹着严重的粮荒，粮价飞涨数倍，同时各种物价亦异常昂贵，使她们的生活更陷入苦境。

这些女工中间，在天津有家或有亲戚的便住宿家中，在家中吃饭，得了病有父母的抚慰，生活稍好些，但这只是少数，大多数外来的女工便住在工厂给工人盖的“工房”里。所谓“工房”简直是人间地狱，狭小的房子一间要住十几个人，室内充溢着污浊的空气，衣物腐朽的气味，堆积着经年不打扫的秽物。这样的住房便已经给工作劳累得有了病的女工，病更重起来，以致不能工作被赶出工厂。

天津纱厂的女工们，除遭受着以上苦难的生活外，还有使她们更难忍受的是：自从日寇接收了纱厂后，除了工头监工以外，又添了日本鬼子来监视，你做工稍一怠慢，便会尝到鬼子的皮鞋的滋味。调戏、侮辱女工的事更是时常发生。羞辱使女工精神上受的痛苦，比工作给的过度疲劳的痛苦更难忍受。

天津纱厂的女工，她们大多数是从天津附近各县农村中间家庭生活困难逃亡到天津做工的。她们还怯懦、驯顺，不敢公然起来反抗日寇，但她们同样是有高度的自尊心与强烈的民族意识的。这样的女工生活使她们再不能忍受了，她们怀念故乡，怀念在共产党八路军领导下过着民主幸福生活的故乡的父母和故乡的人民。于是她们中间便很多的逃回了家乡。

这些情形是前几天才从天津回来的一个女工诉述给作者的。她在天津工大第六纱厂做工，二三年的纱厂女工生活使她害了腿病，到现在还没有好。她不愿再受鬼子的虐待，过那非人的纱厂女工生活了，她连写了好几封信给家乡（易县）的父亲，才把她接了回来，逃出了火坑。

一九四一年六月十一日于易县

（《晋察冀日报》1941 年 7 月 24 日）

四年来的冀中

——《前线报》节录

第一、冀中抗日根据地的发展时期
（一九三七、九——一九三八、一一）

这时，在共产党的决定下，吕司令员率所部五十三军六九一团北返，与冀中当地共产党组织密切配合，组织人民自卫军，收复安国、安平、博野、蠡县、深泽等县，击溃盘踞高阳匪伪，猛烈地发展了游击战争，打开了混乱局面。

随着各地汉奸维持会的摧毁，各地抗日政权相继成立起来。一直到一九三八年初更成立了冀中主任公署，公推吕正操、李耕涛同志为正副主任，正确地执行了统一战线政策，筹办了抗日给养，取消了苛捐杂税，改善了人民生活，安定了社会秩序，帮助了群众团体的建立与发展，组织了游击队，领导了拆城破路与助战工作，团结了进步士绅，大大地提高了广大人民的抗日情绪。这时人民自卫军也大大发展，以积极行动打击了敌伪土匪，团结了抗日友军，争取了十万联庄参加抗日，随后即改编为八路军三纵队，开始走向正规化的途径。部队改编后，即开拓北路工作，发展了大清河北的游击战争。鲁南徐州会战开始后，我们即以积极行动不断破坏北宁、津浦、平汉各大铁路，二度攻入保定，两次拿下定县，占领徐水，围攻青县、交河，连克献县、河间、大城等各县城，给了敌人重大打击，吸引了大批敌人，起了战略上极大的配合作用。

第二、敌人对冀中疯狂“扫荡”与冀中抗日根据地巩固的时期（一九三八、一一——一九四〇、五）

这一时期，我们又可分作几个段落来讲：

（一）一九三八年一一月到一九三九年七月，敌对我进行六次大的战役进攻时期，为第一段落。在这一段落中，斗争结果，是胜利地粉碎了敌之六次大“扫荡”，而在战斗中建设了正规化的三纵队，巩固了我们的抗日根据地，更加提高了我们党政军民坚持平原游击战争的信心。

（二）一九三九年十月到一九四〇年一月，敌对我冬季“扫荡”时期为第二段落。这一段落的斗争结果，虽然敌占据了将近二百个据点，增修了不少公路，把我们地区更加分割，但我们依然顽强地坚持着，粉碎了敌之企图，并加强了部队的整训工作，提高了部队质量，地方工作也更加深入更加坚强了。

（三）一九四〇年二月到五月，敌大举春季“扫荡”时期为第三段落。此时，敌据点骤然增多，达四百三十多个，兵力增加到四万多人，而除了春季第一次战役扫荡和各个分区“扫荡”的反复进行外，从四月初到五月底，进行了空前大规模的春季第二次大“扫荡”。这次战役共经过五十□天，“扫荡”范围普遍了冀中全区，使用兵力共达敌二万余、伪军七千余。在“扫荡”时有“扫荡”队与守备队的划分和密切配合，交通上则计划沧石路铺轨，修筑凹下地面的新形式的汽车路，封锁河流。总之这次战役“扫荡”，较之过去是空前毒辣空前野蛮的。

我们为了便利作战，在兵力上更加分散使用，以便于打击小股敌人与灵活转移，战术上一般地采用袭扰伏击袭击迷惑疲劳敌人；同时更加强调平原与山地之联系，更加明确正规军与游击队的分工与配合，更加广泛地发展了群众游击战争；不间断地连续进行，阻挠与打击了敌之修路与沧石铺轨计划。

在春季反“扫荡”战役胜利结束后，我立即组织保麦战役。经过了这一段落的斗争，我们虽然□被分割与封锁，增加我工作与战斗上的不少困难，但是□□我们的坚持斗争，使敌人完全没有达到他的企图，而且斗争使我们更加坚强起来了。

第三、敌我斗争形势转入持久与深入的时期（一九四○、七、七——现在）

这一时期前半期是我主动组织对敌大规模进攻的时期。后半期是敌采取新的持久的方式向我进攻的时期，现在我们分别叙述如下：

（一）前半期是一九四○年七月七日——十二月底，我冀中部队，为了配合百团战大战胜利地开展，并乘大战有利时机开展冀中局面，以打下今后反“扫荡”的巩固基础，连续组织了三大战役进攻，与敌作战二百九十五次，毙伤敌伪三千八百七十一名，破坏公路二千○二十七里，参加破路群众达二十五万多人。同时各地群众武装斗争也更加猛烈地展开。在政治上，敌仍以强化伪政权为中心环节，由于敌人将大部乡村列入交通网内，更加强化统治乡村的阴谋，更多地运用怀柔欺骗的办法，来收买民心。而我这一时期，由于《双十纲领》的开始执行，更加体贴入微地照顾了各抗日阶级阶层的切身利益。因之获得了较之过去任何时期更加广泛的拥护与同情。八月里开始进行村区县级政权机关与民意机关的彻底改选，普遍地发动了各阶层人士参加了选举与竞选，全区投票公民占公民总数的百分之八十以上，选举中普遍地实行了最广泛的无记名的直接投票，初步地实现了党中央“三三制”的号召。投票的地主资产阶级占他们总人数的百分之八十五。同时由于各级公安局的建立与健全，使人权保障上更加进步，这一切，就使我根据地内部中间势力抗日积极性大大提高，顽固势力更加分化与孤立，汉奸伪军更加动摇，基本群众觉悟更加提高，冀中抗日民族统一战线更加巩固与发展了。在经济上，敌在经济上继续其极端残暴的抢掠与破坏，而我们则厉行节约，严格执行预决算制度与月报制度，使各级政府用款仅仅相当过去用款百分之二十——百分之五十，又取消区级征款制度与罚款现象，加以统一累进税正确规则之开始颁布与推行，都使得人民负担大大减轻。同时在加紧生产的号召下，大大发展了纺织工业与家庭副业。另外，“我们还动员了将近三百万人民普遍修浚了全区河道、堵口、筑堤、修险、预防水灾”。这一切都使得我之抗战经济更加巩固，人民生活大大改善。

（二）后半期是一九四一年开始到现在，敌人于一九四一年入春以来，基本上改变了过去速战速决，一举鲸吞的方针，转而采取持久的方针，由外向内压缩，由点线向面，分区蚕食，以达到面的占领。因之冀中敌我斗争，已经进入一个新的时期，这一时期的特点是：

1. 军事上：敌开始严重注意武装政策建军问题。强化伪治安军、伪军、伪警备队、伪□察队，并开始建立伪保甲自卫团、少年团、青年团等。在这一阴谋下，伪军数量与质量都得了相当的发展。而敌人对我“扫荡”，基本上是为了配合其“交通政策”与“治安运动”之推行。因之在某些边境地区、我之落后地区、据点附近，敌之“扫荡”是频繁的，如子牙河东、沧石路南、唐河两岸，甚至一月内“扫荡”了五次。大量增加据点（现全区据点共达六百以上），同时敌更加强化其“交通政策”浚河挖沟修路筑碉，企图组成水陆□织的交通网，以高度分割与封锁我之地区。

在这种新的斗争形势下，我主力兵团在保持一定突击力量原则下，高度分散活动，把持必要地区，需要采用更加灵活的战术。同时地方武装群众武装更加积极活跃，打击敌之警备队与□察队，孤立与包围敌之据点，猛烈开展爆破运动，从技术上粉碎与破坏敌之据点，填平与阻止敌之挖沟浚河，展开反封锁分割的激烈斗争。

2. 政治上：敌强化“治安运动”，特务工作更加深入。我们在这一时期，则更加深入宣传鼓动工作，提高人民自信心与自尊心，认真适当的□理联络员，严格阻止与取消保甲制度，加强除奸工作与敌伪军工作，更加发展民主运动，巩固与发展统一战线，以求打破敌之政治方面的进攻。

3. 经济上：敌倾销奢侈品，封锁必需品，破坏边钞信用，统治贸易，大批走私，以求发展殖民地化经济，使我不能自给，而不得不依靠城市，同时对我基本地区大肆抢掠破坏，使我抗战经济发生困难。而我们则以正确的贸易政策，统制出入口改善税收制度，打破敌之封锁与倾销，大量发展合作社经济，提高农业生产，改良技术，改善人民生活，以求自力更生，自给自足，来发展新民主主义经济，打破敌人殖民地化的阴谋。

（《晋察冀日报》1941年7月25日）

大青山抗日根据地剪影

□栋

大青山抗日根据地是华北敌后根据地中靠西北角的一个。在绥远境内，东起丰镇，西至包头，北面翻过乌蓝花、百灵庙与外蒙古相接，南边毗连晋绥边区与晋西北，辖有归绥、武川、固阳、包头、萨拉齐、陶林、集宁、丰镇、凉城、和林等县，约有四□平方里的面积，虽然敌寇在这个区域内据点很多，并有平绥路东西贯穿，但山岳地带及据点以外广大的乡村仍是我们的。

大青山根据地在战□上很占重要的地位。它钳制与威胁着敌寇华北主要交通线之一——平绥路西段，在敌寇屡次企图进犯我大西北的过程中，大青山都起了很大的牵制作用。武汉失守后，敌寇一再从绥、□进犯绥西，我大青山八路军曾屡次向□绥西段进行猛烈攻击，配合绥西正面友军，取得了五原战役的胜利。平绥路是敌寇进犯我大西北的要道之一，而大青山根据地正钳制在平绥路的脖颈上。因此，坚持大青山的抗战，对于保卫绥蒙，保卫大西北，都有它很大的战略意义。

大青山的游击战争是从一九三八年冬开始的。那年九月，八路军李支队冲入塞北，越过平绥线，□进大青山，那时候敌寇侵入绥远已经一年半的工夫了。八路军在苦斗中摧毁敌伪黑暗统治，安定社会秩序，积极发动群众，组织群众，从武川开始，逐渐建立抗日政权。在武汉失守前后，大青山粉碎了敌寇两次的围攻。平绥路北山岳地带慢慢建起游击战争的基地，从此，大青山周围平川的游击战也逐渐展开了。自然，敌人对于这块从它心腹生长起来的根据地是采取了各种毒辣的政策的。敌人见到屡次“围剿”的无效，便沿大青山周围遍设据点，并筑有十几条马路贯穿其内，利用这便利的交通，敌寇对大青山便实行反复的“扫荡”，但我八路军则以骑兵为主力与敌周旋，使敌人众歼我大青山八路军的企图，一次又一次地粉碎了。今天，大青山八路军（多系骑兵）已发展成为坚持绥蒙抗战的一支主力，它团结着平绥路两侧十余县的民众，在将近三年的斗争中，已把大青山根据地打下一个相当强大的基础了。

横在大青山根据地的创造建设道路上的，曾有不少困难的问题。在创造的初期，简直土匪遍地，八路军本着说服与争取的原则，合理地解决了土匪问题。……敌人虽用威逼、利诱、麻痹、离间各种毒计笼络了一些反动的与落后的蒙人，但为数极少，今天，大青山的广大蒙民已团结在统一战线之中了。

在大西北的门户上艰苦创造起来的大青山抗日根据地，正在加紧建设中。在大西北的保卫战中，大青山是我们一个有力的阵地。

（《晋察冀日报》1941 年 7 月 27 日）

从红军到八路军：英勇奋斗的十四年

原戈

一九二七年，由于资产阶级的叛变革命，第一次国共合作破裂了。

屠场和监狱布满了全中国，人民蒙受着空前的黑暗与灾难。中国共产党代表着人民的利益，把人民的幸福看作自己的幸福，把人民的痛苦看作自己的痛苦。为了实践与贯彻自己伟大的革命理想，争取民族人民的解放，便不得不单独负起领导中国革命的历史任务来。

按照当时的情势，最首要的问题就是建立自己的军队——真正人民的军队，因为武装斗争早已成为中国革命主要的斗争形式了。

于是，中国伟大的红军诞生了。一九二七年秋冬时节，在湖南、湖北、广东、江西、河□、安徽等省，农民武装起义的事件是层出不穷的，经过“八一”的南昌起义和以后的广州起义，就在这些地方，在中共领袖毛泽东及著名军事家朱德、彭德怀、林彪、黄公略、贺龙、方志敏及澎湃等同志领导之下，组织了中国工农红军最初的队伍，并建立了苏维埃政权。

当时，江西井冈山成为举世闻名的红军根据地，其后这支队伍在毛泽东、朱德等同志亲身领导下发展成为强大的中央红军，并以瑞金为中心建成了中央苏区。随着，湘鄂西、鄂豫皖、赣东北、闽浙赣都建立了红军根据地及苏维埃政权。

红军是在残酷的浴血战斗中，在广大群众热烈的拥护与积极参加下发展壮大起来的。它有中共的正确领导，有马列主义的坚固信仰，有正确战略战术的实地指挥，有政治工作为其灵魂与胜利保障，有高远的政治理念为其奋斗目标，成千成万的红色健儿走上战场，上下一心，动作一致，必胜是个个抱定的信心。革命是自己终身的事业，哪怕敌人再多，哪怕火力再猛，哪怕日打夜打，寒打暑打，山打水打，东打西打他们总是争先恐后，勇为前驱，不怕饥寒，不辞劳苦，始终为中华民族与中国人民的利益而战，不因胜利而冲昏头脑，不因挫败而悲观失望。正因为这样，所以全国红军，虽在百万大军的几年围攻之下，终于胜利地粉碎了反动军队一次、二次、三次、四次，乃至五次的“围剿”。一九三一年红四方面军开始西征，在川陕地区建立了新根据地。一九三三年红二方面军冲破了“围剿”之后，又在湘鄂川黔区发展了新苏区。一九三四年冬，中央红军，在中共中央直接领导下举行了举世震惊的二万五千里长征，中共领袖毛泽东、朱德、周恩来、洛甫等同志都和红色健儿一起，同艰苦、共患难，经历了人世历史上少有的困难，饥饿寒冷，蛮荒千里，越雪山，过草地，终于胜利地会聚了一、二、四方面军的主力红军，到达了西北抗日前进阵地——陕甘宁边区，并在一九三六年春举行过一次强渡黄河东进抗日的出征。

西安事变以后，国内出现了和平的局面，“九一八”以来，中共和红军抗日救国的统一战线主张获得了初步的实现。刚过半年，卢沟桥的炮声就在日本法西斯的亡华政策下爆响起来了，国共重新合作，全民抗战的烽火以震撼世界的规模燃烧着东西大陆了。这时红军主力奉命改编为八路军，星夜北上，开上了华北战场，平型关一战，回答了全国军民热切的□望。胜利远传，名扬全国和全世界，坚定与提高了中华民族胜利的信心。接着八路军铁骑四出，挺进敌后，广泛开展华北游击战争，收复了敌后广大失地，拯救了千千万万受难的同胞，建立了密迩接连的无数抗日民主根据地。同时，在七七事变后不久，散处南方七省的红军游击队，也在中共抗日民族统一战线的政策下，奉令改编为新四军，出征华中，坚持了大江南北的抗日阵地，控制了敌伪在南方的心脏——南京和上海。

抗战已经进入第五年了，四年来，八路军新四军在华北华中的广大地区上，纵横驰骋，有力地打击了敌人，保卫了祖国光荣的土地，在中华民族与中国人民的解放事业上，建立了彪炳的功勋。到今天，这些经过十四年战斗锻炼的铁的队伍，已经坚强壮大，成为抗战胜利决定的力量了。同时在这十四年当中，由于她和人民的血肉相关，由于她是人民真正忠实的勇敢的前卫，它已经经过各色各类熊熊烈火的考验，随处都证明了不管内外敌人如何明抢暗夺和军事政治上不停休地向它进攻，八路军新四军是始终像巨人一样地屹然站立于中华国土之上，成为不可战胜的日益强大的革命力量的。没有任何人会怀疑，它的存在与发展，将保证中华民族与中国人民最后彻底的解放！

（《晋察冀日报》1941 年 8 月 1 日，《子弟兵》副刊第 16 期）

你们像太阳一样光明、灿烂！

——慰问信之一

石会英

亲爱的边区铁的子弟兵同志们：

抗战已四年，在你们英勇战斗中，创造出了大块光明自由的土地——各个抗日根据地，在这些土地上，广大的群众在那里欢呼着！他们快乐地歌唱着自己的解放，歌唱着共产党、八路军、新四军、边区子弟兵万岁！……

你们站在斗争的最前哨，你们是广大群众的灯塔。你们领导着广大人民向前，你们是最有道德最爱真理的一群革命战士。群众对你们是最亲切的，他们拥护你们，羡慕你们！……

同志们！你们像太阳一样光明灿烂！人民在你们的保护之下得到了幸福与温暖！

此致

抗礼！

边区第四中学第四队石会英敬草

（《晋察冀日报》1941年8月1日，《子弟兵》副刊第16期）

八路军的特点

小潇

八路军有许多许多的特点，这些特点，过去红军时代是这样，现在更加显著了。

一、八路军是中国共产党领导的军队，部队里有共产党的组织，有保证实行共产党正确领导的负责者——政治委员和政治机关。

二、八路军是在群众中组织起来的，他是工农和革命知识分子的军队。不仅战士是工农出身，所有指挥员到高级干部都是工农利益的代表者，而且不少的就是工农出身。因此八路军和人民有血肉相连的关系，与人民同生死、共患难，他不仅为民族解放忠诚奋斗，而且也为人民自由幸福忠诚奋斗。他的最后目的是建立没有人剥削人的社会主义社会，跟欺压老百姓的军队在本质上完全不同。

三、八路军里面“官兵一致”，在政治上是平等的，只是下级对上级尊重，上级对下级友爱，在平时和战时上下级同甘苦、共患难，只要不违犯纪律，就不准随便处罚，而无论何时，乱打乱骂都是不能容许的。

四、八路军的群众纪律，是不拉夫，不要款子，不随便拿老百姓一点东西，侵害了群众利益是大逆不道的行为。同时，他不仅有这样的群众纪律，而且自动地帮助群众，解决群众的困难。

五、八路军不杀俘虏，不侮辱俘虏，而且优待俘虏。因为有共产党的深刻教育，八路军指战员正确地认识在敌军下层，有的是自己的中国同胞，有的是与自己属于同一阶级的日本劳苦人民，都因为被压迫欺骗走上战场，一旦觉悟，必能与我们共同反对日本法西斯。因此八路军有强有力的瓦解敌军和争取伪军的工作，这是庄严、正义的工作，与反革命敌人欺骗阴谋在本质上完全不同。

六、八路军充满着英勇牺牲、艰苦奋斗的精神。指战员们为着革命的胜利，人民的幸福，把牺牲自己、舍己奉公看作是最大的光荣，把贪生怕死、吃穿玩乐、损人利己看成是最大的丑恶。

七、八路军充满着脚踏实地、一说就做、一做就彻底的精神。他不夸张吹牛，他不怕缺点暴露，指战员们只知埋头苦干，善于责备自己。

八、八路军的学习是一种优良传统。指战员们不仅学习军事，学习政治，而且学习文化。他们的学习，不是迫不得已了，不是只为了显示有学问，而是自动地用功，为了锻炼能力，提高能力。

九、八路军提倡遵守纪律、遵守制度的自觉精神。不把纪律和制度建立在表面上、严厉的监督上，而是建立在部队的认识上、生活习惯上。八路军反对盲目的服从，反对压迫。

十、八路军提倡紧张活泼的生活，动作迅速，做事敏捷，机灵果敢，生活愉快。

八路军这些特点也就是八路军不同于任何旧军队的地方，也就是任何代表压迫阶级利益的军队没有办法和八路军比较的地方。

（《晋察冀日报》1941 年 8 月 1 日，《子弟兵》副刊第 16 期）

涞源六区妇女破交队

溪源

这十六个女英雄，组成了一个长长的行列，在七月光辉的阳光下，健壮地向前迈进着的她们背着镐、锹、手榴弹，说着笑着，顺着山路奔下去。

在她们身上，你找不到半点旧日的恶习（如忸忸怩怩、自私自利等），这是伟大的抗日火焰，已把她们锻炼成了新的典型，英勇、果敢，和男子一样地勇于斗争。……

离小河二里多地了，区妇女部长贾××同志，派十个健壮的青年，到前面去警戒，其余的人，全找到适当的地方，隐蔽起来。一会儿，前面送来了报告说：已经警戒好了，她们又整起队伍来，生龙活虎般地继续向前面奔去。

到汽车路上，贾同志这样地动员着：

“同志们，今天咱们要破坏这条汽车路，从这条路修好以后，敌人不知抢了咱们多少粮食，烧了多少房屋，更不知有多少女同志被野兽们侮辱了，咱们要想活着，只有破坏这条汽车路！……”

她的话是那么简单而有力量，人们像添了油的火把，更加深了对敌人的愤恨。她们想起了在一个月前敌人到蓝家庄的烧杀，对小河的抢掠，对某某同志的侮辱！

“干！非破坏这条路不成！”人们更有力地挥动起来了镐锹。

天气是下午三点钟了，但阳光仍然是那么毒热，镐锹在阳光下不停地闪烁着，汗水也随着流下来，集成小小的汗的河流，流到腿上，滴到地上、石岩上，或她们的脚板上。但她们从没感到疲劳！

敌人费了五百多工才修起的石岩路，不到两个钟头，就破坏得七零八落了。为着使敌人不再修这条汽车路。她们把石土全投到岩下拒马河里去，河水像一个有理性之巨兽，很驯服地把石块运到很远很远的地方去。

稍微休息了一会儿，她们又在小河沟口掘了三道大沟，并把河水灌到沟里去。这一条长长的汽车路，在她们的镐锹下，像一个僵死的野兽似的，永无声息了！

这时，四方泛起了雨□，雷也一会儿比一会儿□近了。她们才迈着整齐的步伐□□来。

歌声和笑声，在辽阔的原野上，永无止境地荡漾着……

（《晋察冀日报》1941年8月3日）

安 俊 如

沈重

从定县北区的地图上来看□汉路，与其说那条黑白相间的带子是象形着铁道，还不如说它十分相像于长着繁密毒脚的蜈蚣。说这□□在定县平原上的蜈蚣具有那么多的毒脚是一点也不过分的，东□、陶邱、只东等敌人的“王八窝”和“受护村”，像蜈蚣的脚一样排排在铁路的附近。特务们在这里□聚地施放着能够把一个活人变成死人的毒物：日夜用子弹尾追着干部和抗日的人们。

而在这些毒脚似的村庄里，人们时常见到一个二十二三岁□黑壮青年驾着车子突然从人们身边飞过，一溜烟，走远了，只有他腰间突出的盒子炮的紧张惹人的眼睛。

“嘿，这小子！老是像老鹰捉兔子似的。”人们吃了一惊，“去连里，送款也不用这么急啦！”用夸奖自己儿子的口吻向他叫喊起来。

他是头也不回地，远了。

他就是定北区的服务员，安俊如同志。可是很少有人叫他名字的，习惯着叫他“小安”。“为什么要□‘小’呢，我可不是小孩子呀！”初次听到人叫他这个名字的时候，他这样地嘟着。

“哈，不叫你小安叫什么？你用尺子量量你的身材看。”人们笑着，“区里再没有比你矮小的了。”

他觉得这话有理，便顺其自然了，不然的话，任□是区长也好，没有理由的事情他是不接受的。

“嘿，你讲到小安吗，活□飞来啦！”定北区的老百姓一讲到小安的时候总会这样开头的：“从区里到□金峪，来回六十里地，不出个钟头，就把款取回来啦，简直是，□生了□□的，嘿……”赞叹的摆头、甜蜜的声音。

“可不是吗！有一次他过路，跳沟，哼，你猜他怎么着，恰恰跳到躲在沟里抓过路人的日本鬼子身上。”讲话的人用他伸出嘴□的舌头来，观看我们的颜色，略停，又继续，“十几个日本子呼噜呼噜地追着，你瞧，他沿着沟飞跑出来了。他好好的，一根毛也没丢……”人们也一定会这样给补充着。

（《晋察冀日报》1941年8月3日）

风波山前

——盂县民兵在反“扫荡”中

肖彷

七月初，敌人三千余，由盂城出发至兴道村，同时上社之敌也到兴道与之汇合，一面□带民夫一千余名，修筑盂城至上社□汽路，一面□□大批汉奸领路，向我滹沱河一带进扰。沿途大肆奸淫掳掠，到处挖掘地窖，抢掠群众财物，尤其是上社二十里以内的村庄，财物被掠一空，青苗亦多被毁。

此次敌人进犯与前几次不同的地方是：稳扎稳打，夜间出动，迅速建立并恢复特务机关，调查我村级积极干部而加以逮捕，以摧毁我下层工作，并大肆造谣欺骗。然而敌人是失败了，上社只有百余鬼子，躲在风波山上，找不到一个群众。盂县城至上社的汽路，亦被我民兵彻底破坏，不能通车。敌人是成为孤军了。

反“扫荡”战开始了。盂县全县人民，正为争取反“扫荡”的彻底胜利而斗争着。首先，县区成立了战时工作委员会，号召全县民众紧张地动员起来，广泛开展群众游击战争，加紧坚壁清野锄奸工作。

夜里，七个民兵和几个战士，脱下□衣，在风雨中冲到上社风波山炮台前，一场英勇的搏斗，打死了五个鬼子，活捉四个“皇军”，得了一支三八式。

另一个夜里，他们又分两路向风波山猛冲，一路冲到距炮台仅四五米达了，敌人的机枪密集地射来，照明弹□明晰地照耀着这群为民族而战的勇敢的人民；小钢炮步枪也来助威了，但是他们仍然向前冲。另一路摸到了山腰，冲过敌人的铁丝网，十余名守护兵像蠢猪般地被击溃了。

于是，各区民兵更加活跃了。×区民兵，当敌寇占据上社后，虽然几天几夜地落着雨，几天没吃饭，几夜不睡觉，但他们在上社、风波山附近担任警戒，没有一个不愿意的，因为他们都知道这是自己神圣的任务。×区民兵也动员民兵四八五人（内有女的），将□池至上社三十余里的汽路，彻底破坏而不能通车了。大××、刘××等村的民兵，也自动到大西沟、佛堂、肖家会、柴庄一带去配合部队作战。

在战斗中，锄奸工作是空前地进步着，许多出卖民族利益、认贼作父的汉奸被人民捉住了，一个自称“大日本皇军到此，你们不给敬礼”的寿县大汉奸，以及盂城最大汉奸孙保全等，也被捉住了。

在反“扫荡”战斗中，盂县的广大人民，为保卫自己的家乡田园，为民族解放而英勇地战斗着。

（《晋察冀日报》1941年8月5日）

看！何应钦又在捣什么鬼

张有福

亲日派头子何应钦，他混在咱们抗日的阵营里，一天到晚，就是捣鬼。过去他的种种的卖国的事，和今年一月间罪恶滔天的屠杀新四军的“皖南事件”，这是咱们大家都已经知道了的。用不着再说。却说现在他又联合了亲德派，开始捣一个大鬼了！上月纪念“七七”的时候，何贼就不要脸地发了一套反共言论。后来，他竟捏造了一套什么“八路军进攻友军”的谣言，交国民党的中央社广播出来。

何应钦这样做究竟怀着什么鬼胎呢？

这些亲日派和亲德派坏蛋们，他们是日本和德国法西斯的走狗，他们都是看日本与德国法西斯的脸色行事的。中国和日本打，他们希望中国打败，日本打胜；现在德国进攻苏，同样他们也是希望苏联打败，德国打胜。所以他们就想尽方法来帮助德国攻苏。又因为在中国，共产党是主张与苏联联合，共同反对世界法西斯的，所以，为了帮助德国攻苏，他们在中国就首先来反共。这是第一。第二，是帮助日本反苏。因为日本是德法西斯的一个把兄弟，德国打苏联以后，日本就想策应德国，在东方进攻苏联了。但又因为中国共产党及八路军新四军在敌后方，经常打击敌人，对日本在中国的后方，威胁很大，不利于日本的进攻苏联，所以何应钦这些坏蛋们就替日本来肃清反苏的后方威胁，先来反共。国际反法西斯统一阵线，我记得我已谈过：国际反法西斯统一阵线已经形成，这个力量，就能要了法西斯国家的狗命。这当然也是何应钦这些人们不乐意的。所以他们趁着美国的一个□□叫拉铁摩尔的刚来中国的时候，造出些八路军打友军的谣言来使他看了，认为中国不团结，中国打不了日本，援助中国也是白费力，还不如和反法西斯国家讲和的好！这就是何应钦这些人们这次发动反共所怀的鬼胎。

何应钦他们这些亲日、亲德派们，一心要咱们中国灭亡，中国人民做日德强盗的奴隶，他们好来做一个奴隶里边的总管！

但是他们想错了，咱们中国的老百姓，并不是那样的羔羊！何应钦留在中国政府里，也是咱们的一个大污点。咱们一定要要求政府，给这些个坏东西们一个严厉的制裁！

（《晋察冀日报》1941年8月5日，《老百姓》副刊第72期）

晋冀鲁豫边区

东林

近来报上常看见“晋冀鲁豫边区”这个新名儿，前天报上又登着晋冀鲁豫边区政府也快要成立了。谁看了都很高兴！

说起这“晋冀鲁豫边区”，它□数个敌后抗日根据地合组起来的一大块根据地。它包括着山西的东南部，河北的西南部、南部，山东的西部，跟河南的北边一小部，也就是在报上常见的太行区、太岳区、冀南、冀鲁豫等地区合起来的。这是华北许多抗日根据地里头靠南边的一个，它占的地位很重要。

成立晋冀鲁豫边区这一个大块根据地，是眼下华北的一件大事情！因为眼下敌人正想实行“二期治安强化”，想用各样毒计分割咱们的抗日根据地。可是像晋东南、冀南、冀鲁豫等地，不□叫敌人分割不了，反而又连结成一大块了。合起来，抗日力量自然要大得多，这一下给敌人真是当头一棒。再说，咱们敌后方的游击战争，是长期要山地跟平川地配合起来才能打得更好。太行、太岳都是大山地，冀南、冀鲁豫却是纵横数百里，一马平川，这一合起来，那里的山地游击战同平原游击战，就配合得更紧了，像咱们晋察冀边区路西和冀中的配合一样，打起来叫日寇可真受不了，他想来“扫荡”八路军也就越发困难了。

晋冀鲁豫边区的边区政府就快要成立。现在那里还没有边区政府，有个冀太联合办事处。晋冀鲁豫边区政府成立后，那里军民就有了统一的政府了，有了统一的抗日民主政权，根据地的抗日工作就会干得更好。现在，那里的老百姓们眼看他们的边区更统一了，边区政府就快成立了，谁都很欢喜！咱们晋察冀，跟他们是邻家，又是弟兄，不用说也是非常欢喜的。让我们在这儿祝他们的胜利吧！

（《晋察冀日报》1941 年 8 月 5 日，《老百姓》副刊第 72 期）

小陈庄的一击

石钢锁

正晌午，敌人退过来了。我连如雷似电像猛虎一样，冲到敌人侧面小陈庄北面的小土岭上。听到村里猪鸡□叫，百姓狂喊，每个战士都是咬牙狠骂。一时上级命令猛冲敌人，命令一下，副排长任瑞昌同志便带了一个排向村子猛进，用刺刀手榴弹杀伤敌人六十余名。这时副连长负伤了，鲜红的血□胳膊上直流，但他不下火线，直等把敌人打垮，才安全地带上一个排回来，真是模范共产党员的本色。

（《晋察冀日报》1941 年 8 月 10 日，《子弟兵》副刊第 17 期）

“荣臻渠”

倪尼

在曲阳县的七区，北面是黄山矗立，西面是沙河漫流，而东南一望，尽是黄沙土地，地质虽称肥沃，但因积层甚厚，水层太深，凿井困难，颇难灌溉，每遇旱年，即难丰收。所以远在民国十一年，即有人计划开渠，但因当时政府漠不关心，终于未成。

近几年来，旱灾尤甚，每逢春季多不能下种，收获常减，使七区群众生活上添上许多困难。

于是，到一九四〇年八月，七区农民群众及士绅推选代表，召开第一次大会，决定呈请政府组织开渠委员会；至十月，由七区县议员提交县议会，当决定交县政府计划开凿；至一九四一年一月二十五日，在边委会直接帮助下，始正式成立了荣臻渠建设委员会，开始计划动工。

在计划开工中，并没遇见大的困难问题，因七区有强大的劳动力可以动员。在物质上，有黄山之石、沙河之树可供建筑之用；在技术方面，由于边区农林牧殖局的成立，有专门技术干部指导；在财政方面，由于群众积极动员与政府帮助下（边区政府已批准贷款七万元），也没有问题。因之，这个工程，很快就在三月十三日开工了。

渠自七区张辛庄西北的钓鱼台起，由西北而向东南，经田家庄、北故张、狗塔坡、古寺等村，到东郭村之北而止，全渠共长二十四里余。共灌溉二十个村庄、浇地面积七万亩，附产品每年可增加淤肥十九万四千车，全渠共植树十万株，五年后可值价二百万元。

这渠共用土工石工三七九五四〇工，材料与各项开支共花款二十余万元。

伟大的工程，是群众伟大的力量创造出来的。

在初一开凿的时候，有的群众看到这样大的工程，感到没有信心，顽固分子也趁机造谣破坏。

可是，大多数的民众是愉快地工作着，妇女儿童们都说：“开渠是为了增加抗战力量!”“这是为了大家伙的利益”“谁不开渠就是无耻的懒汉”。有的因生活困难不能去开渠的，各村开明士绅及进步人士，都能拿出东西来帮助他们，叫他们去开渠。还有的多做饭，请贫苦的人去吃，吃了一块去开渠。

“荣臻渠”的开凿胜利了，这使群众得到了宝贵的技术和经验，每人知道了什么叫“坡”怎么算，什么叫“□水”，知道了明暗沟的建设理由，同时，也锻炼了群众的生产热忱，例如妇女们说：“开渠锻炼得我们都能锄地了。”

“荣臻渠”在七区群众的努力与政府及各首长的帮助下，已在向着胜利的道路迈进着。

虽然曲阳七区的环境是更恶劣，敌人在晓林（距渠四五里）增加据点，直接威胁着荣臻渠的开凿，但是群众并不因环境恶劣而低头，他们广泛地开展着群众游击战争来扰乱敌人、打击敌人。我们每天可以看到有几千群众，不分男女老少的，在渠上工作着。假使敌人出来的时候，他们就散了，□□敌人退走，人们就又动起工来，这样荣臻渠已得到了很大的成绩。现土工已完成了全渠（连五道支渠）的十分之三，石工已在计划动工，大约全渠在九十月间就可全部完成了。

一九四一年七月

（《晋察冀日报》1941 年 8 月 12 日）

扫帚炮队

——记一支人民半武装的成长

刘钊

“扫帚炮队”，是敌人在恐慌和害怕的时候，这样地称呼荣村、田兴一带的人民半武装组织——土炮队的。

“这支‘扫帚炮队’，最初是一颗子弹和一杆雁枪打出了名的呢。”坐在滹沱河岸上的安同志在讲土炮队的故事，他是平山××区的工会会长。

“……在二月初旬，敌人正忙着修筑南荣村南山的堡垒，有二十多人在中荣村拆房子。那时这支‘扫帚炮队’才刚成立了两天，大家的战斗情绪都非常的高，就到平山三大队借了一支‘大金沟’和我们仅有的一支雁枪，跑到山头上瞄准了敌人，只打了两枪两炮就撂倒了四个敌人。他们冲下山去，一直将敌人赶到老巢，第一次就得到了胜利。”

“自此有了名，胜利也就更多了。”

“那是在旧历五月三日，与第一次战斗相隔两个多月，敌人没敢轻易地走下堡垒一次。这回又从双喜洞调来八十多敌人，企图到田兴一带奸淫抢掠。当时‘扫帚炮队’闻讯，赶紧准备好弹药出发——在这中间，他们已经扩大了××名队员，增加到×棵土炮，和政府奖励的×支步枪。——爬到中荣村南山，拦头和鬼子干起来，热烈地和敌人打了一个钟头，‘扫帚炮队’扫死他们真不少呢！后来敌人又增援上来，用冲锋炮和机关枪集中向我们射击，双方打得真是激烈。我们这支刚组织起来的土炮队，只顾和敌人硬冲，简直忘记了运用游击战术，并冲到敌人的包围线以内去了。后来才扛着土炮一面打，一面冲出来的。安××和姓卢的那两个小伙子，抬着一棵炮站在那里轰倒了三个敌人，光荣地挂了花。最后还是敌人退回去了。这支‘扫帚炮队’于是使敌人更加害怕起来。”

“隔了两天，敌人又集合了回舍一带所有堡垒的敌人一百多，跑到西大吾的‘秋和园’里抢麦子（那是一块产麦子的好地方），但都被我们这支‘扫帚炮队’扫跑了。”

“打得最泼辣的一次，要算是近掌的一次战斗。这次敌人是从平山城抽调来的所谓‘精锐皇军’一百二十余，企图大报复一下，大喊大叫的要到大吾、田兴去烧杀，我们的队伍就连忙进到近掌村一带，埋伏到那人工改造的交通沟里。这回他们学会了游击战术，把十九个人分成了三个小组，跟敌人打起游击来了。”

东面也打，西面也打，一会儿南面也打，北面也打，他们在交通沟里转来转去，弄得敌人无法应付，抱着脑袋回去了！

“嘻嘻，‘扫帚炮队’。”安会长颜笑眉开地说，“他们是在战斗中成长了……”

八月二日于平山

（《晋察冀日报》1941 年 8 月 14 日）

×分区医院巡礼

徐惠人

河水沿着一个岩径的山沟，画了个大弧形，流过去了。左边是密丛丛的杨林，×村就挤在它的怀抱里，×分区的医院二所，驻在这里已两年多了。

进了村，街壁刚用白粉刷过。那黑字写的“为新民主主义而奋斗”的大标语，显得格外明亮，石子路油光光的，使人感受着一种清新的美丽。

有些人在街口嚷着，他们是送伤员到这里来的。所长和百多个工作人员忙碌着，他们刚从外科室给轻伤员换药出来，又提着盛满器械药品的盒子向重伤员疗养室走去。

休养员睡在屋子里宽大的土炕上，有的静静地躺着，轻些的都坐在一张炕床四围，和看护们玩着军棋、象棋等。

还有一些铺位是空的，听说他们到河边散步去了。

房间里放着一大[篮]鸡蛋，这是给休养员的营养品，一个年轻的休养员对我说：“休养员的伙食营养是由休养员自己管理的。休养员有自己的经济委员会，由休养员中推选出代表组成。”这样，医院在伙食和营养方面，只有帮助指导监督的责任。

休养员的坑上都铺了厚厚的棉被、棉垫子，还有钉着红十字的白枕头。医院方面还发给他们每人一个木碗，每个疗养室里燃着一支“蚊绳”，室内的湿气都被驱清了。还有四片瓦做成的痰盂，盖子上钉着长长的木把。这里说明了“物质条件”的困难，是怎样地为创作力所克服的呵！

担架队把一个重伤员抬走了，是到手术室里去的。手术组的同志，有六天了，每日从早晨直忙到昏黑的时候，片刻的休息都非常珍贵的。正像手术组的同志所说的“我们迟一分钟，伤员同志要多忍受一分钟的痛苦，和使他的伤更加难以治疗！”一样，他们是怎样地爱护着伤员同志啊！

这里的口号是“一切为了休养员”，医生看护们就不用说了，单从这里的招护员和炊事员的工作上看来，就可以知道医院的工作同志们是以怎样的革命热忱在忠实地努力着自己的工作。

每天要一百八十多担水供给着三百多人的做饭、喝水与煮沸消毒的需用。而挑水要到一个土坡下面的河里，有三百米达的距离，这样的工作就是由一个四十多岁的刘同志担任的，一天天无休止的辛劳工作中，这位刘同志正像其他炊事员一样没有发出过一句怨言，因为他们是完全了解“一切为了休养员”这个口号的。

那些可爱年轻的看护员同志们，每天在疗养室里给休养员打饭、打水、喂饭、烧水，耐心地关照着休养员病状的变化。有时洗涤绷带、大小便器，给休养员打蝇子、讲故事、读报，这样往往在晚上十二点钟的时候他们还不能休息。有一次，看护员同志们背柴回来，没有顾得把背上的柴放下，就先□着开水走进疗养室里，抱歉地向休养员解释着不得已离开他们的原因，等到一个个给他们把水喝了，这才放下他们背在身上的柴。

最近他们又提出来“关心休养员，提高医务技术，克服我们在药品和物质上的困难”“多用中药少用西药”的口号，并且医院里的每个同志也都已经为着这个热情的口号而更加埋头干自己的工作了。

七月二十七日于后方医院

（《晋察冀日报》1941年8月14日）

老杨树开了红花

——敌占区的故事

右举

自古以来，恐怕谁也没有见过老杨树开红花吧！可是天下就有这么多古怪的事。今年春天，树木正在发芽长叶的时候，石家庄的西南角的大道旁，有一棵高大的老杨树，无缘无故地就开了一朵红花，有拳头那么大，鲜红的，非常好看。

这是多么神奇的故事啊！老杨树怎么就开了一朵红花呢？

石家庄周围三四十里的老百姓，都被惊动了，纷纷议论。年纪大的老人们多说这是“祥瑞之兆”，不久就要出“真龙天子”了！有的说老杨树开了花是不吉利的。反正说好的有，说坏的也有。

有些年轻的小伙子，手脚灵活，心眼儿好奇，打算上树把那朵红花摘下来看看，刚走到树底下，就被伪警备队把他们捉住了，用枪托子打他们，骂他们是“贼”！把他们押进石家庄，关在“黑牢”里去了。后来，伪警备队抓人抓得疯了，只要有青年小伙子走到杨树底下的，就被悄悄地捉去了。不到两三天的工夫，被抓去的青年就有二百来人。

大家正在莫名其妙，乱猜想着这件怪事的时候，一队队的什么“宣抚班”“工作队”都到乡下来了。他们是先在石家庄镇上“宣抚”后再到乡下来的，带来很多红红绿绿的“标语”，强迫老百姓开“庆祝会”。

宣抚官伸出大拇指说：“石家庄的大杨树开了红花呀！你们知道吗？那是皇军‘武运兴旺’的征兆，我们要大大地庆祝！”

"那是不吉利的!"

"你们要抓人!"

有些老乡心里不平，低声在埋怨。

"不！我们那里抓人！呵，你说那些去摘花的坏蛋吗？他们为什么要去反对'皇军'的'兴旺'呢！你们赶快拿'贺礼'吧！不要摇头！要拿'贺礼'呀!"

于是，那几天，真热闹呀！伪"皇协军"、伪知县，都开了"庆祝大会"。老百姓只得摇摇头，叹着气，拿出了"贺礼"。"贺礼"的数目是"皇军"定下来的：每家至少三元，多的有一百元、一百五十元……有几家拿不出"贺礼"的，"皇军"就把他们捆起来，照样地送到"黑牢"里去了。

这事情还没有结束，日本鬼子又把这开红花的大杨树，用□棚围起来：

"卖票呀！一人一毛钱!"

看客有自愿来看的，但多是被迫来看的，真是人山人海，热闹得很。七天的工夫，只卖票一项，鬼子就收入到六万多块钱。情形的"盛大"，也就可想而知了。

七天过后，那红花的颜色已经发白，卖票也就停止了。

第八天早上天快亮的时候，鬼子就把□棚拆掉，用梯子悄悄地爬上杨树，把那朵用红纸做的花取下来。

这回事被一个看羊的孩子看见，很快就被成千成万的敌占区同胞知道了！大家都在暗暗地骂敌人的无耻和残暴，他们说："老杨树开了一次纸花，害得我们够苦呀!"

（《晋察冀日报》1941年8月15日，《老百姓》副刊第73期）

谈谈开会

周茂才

咱们村的乡亲们，对抗日工作大家倒很是积极。只是有个大缺点，开会不守时间，说是开会，总是费很大半天的工夫，人们还集合不齐，人们那个慢劲儿，真叫你生气。问起来，人们总是说家里的事放不下。这个，我就很不同意。咱们庄户主，成天到晚，事是很多的，是实在情形。不过家事是一家子的事情，开会是一村子里的大事情。家事应该服从公事，为了一村子的大事，家里的事放不下的也应该放下，到了开会的时候，你去晚了，会害得人家等你。等了这个，再等那个，要白费很多时间。如今抗战年头，时间不该白费的，咱们应该按时到会，说声开会，就立刻去开会，像人家队伍上一样，事事都是顶有组织。大家都有自动的精神，很守开会的规矩，才算边区模范公民。

（《晋察冀日报》1941 年 8 月 15 日，《老百姓》副刊第 73 期）

我见着了一位八路军的司令——萧克

钟泠

到平西根据地的第二天的早晨，和我们同伴从××出发的×同志向我们说："萧司令在昨天夜里也因为工作上的一些问题，到这里来了，你们假若愿意见他，回头我和他说一声。"

"萧克"，这对于我们四个是一个多么熟悉而动听的名字呢！特别从××出发的时候，人们告诉我们说，这一路的最末一站便是萧克司令部，然后再由那里分配我们的工作。虽然动身后的三四天里，已明白事情不像我们所听说的那样，然而这个名字和对这个人的想象，却铁样地铸在我们的心里。在"十年剿共"的期间里，我们每天都要从报纸上，和"朱毛"两个字一起，读到另一对相关的字——"萧贺"。因为关心他们，便不免时不时地去私自构思他们每一个人的形象。萧克将军，在我们的想象里，和别的革命军人一样地是一个善于作战的英勇的充满了活力与智慧的魁梧奇伟的"将军"，然而不同的是，他比别人在我们的心里更要年轻些。

晚间×同志回来时说："我已经介绍了你们给他，他答应明天上午用二十分钟的工夫来找你们，实在因为他很忙，然而却又非常想和你们谈谈。"

四条心一起为明天那个会见而激动着，同时也实在掺杂着些好奇地等待着去满足的心理。一夜间四个人全没有得到好睡。

第二天的早晨，首先来看我们的是过去的一位校友——×同志。在我们出发之前，也已有人告诉过我们说他正在这里工作，因此这个陌生的初会，带给了双方一种说不出的欣快。尤其是我们想到在这艰苦的敌后，纵是一个只听□过名字的校友，见着时也如睹故人似的那么感到怡适。当他临行时，我们说：“今天萧司令说想来找我们的！”

“可能的，不过时间恐怕不会耽搁太久，因为他太忙了！”

听他这样说，我们更想到这个会见的可珍贵。他走后，我们便在火盆里添了些炭，□独自在下面溜达着，我们几个都学着盘着脚坐□炕上，屋子里是和海底一样的沉寂。

——他是不是会有护兵跟着呢？又是不是也会穿着笔挺的军装，与乌□的马靴，和我们在南京时所看到的那些一样呢？

我们没有见过任何八路军的将领，因此差不多不约而同地都在这样想着。但四个人却都无言。

突然地，那扇不大坚实的门□轻地被推开了，同时一个穿着旧的褪了色的灰布上身和草黄色马裤，胯间曾缝过一块补丁，然而却非常整洁；脚上穿着一双土红色的日本短筒皮靴，打着裹腿的三十岁左右的中年军人，带着笑立在屋子中间。时间是那么紧凑，没等得及我们从上面所写的衣着之外，再看到些别的什么，一句清脆而有力的——“我叫萧克！”已在我们耳鼓里震荡着，我们的眼睛，同时一亮。我们刚想从炕上下来，而他就那样介绍了自己，在炕沿上坐下了！

屋子里稍微静了一下，我们的心有些跳与不安！

“你们在路上都还平安吧！”

这是他第一句话，说得那么真诚，笑得那么亲切。他一张黑瘦的脸，一双明亮的眸子，薄薄的嘴唇，与短小而精悍的身体，叫我们想起一个典型的——能说、能做，说得漂亮，也做得漂亮的湖南军人。说话时他两□的肌肉的动作，更显得紧张而有力，抓得我们紧紧的。

“其实没有什么，只是我们都太不经事了！”

他笑了笑，他似不爱笑，笑起来时，也是那么凝重，冷静，然而所给予别人的，却相反的是一种异常的轻松与温馨。

“我最近曾托人往××去买《战争与和平》《死魂灵》《父与子》这几部小说，日子这样久还没有来。你们在那里的市场上还能见得着那几部书吗？”

“见得着的，只是萧司令这样忙，还有工夫看那些东西吗？”

“是的，不过我喜欢，特别是《战争与和平》，很久以前看过的，都忘记了，我想今天要能有机会重读一遍，会更有味些。……你们在学校里都是读什么的呀？”

话说得稍微快一些与多一些时，他的湖南土音似也浓厚一些，使在北方待得这样久的我们，顿感到听起来有些费力。

在听了我们一些简单的叙述之后，他也从经济学和西洋文学各方面谈了些问题，言简意赅，很扼要也很中肯，是大学生们所应该与可能知道的，然而却不一定是大学生们所知道得最透彻的。这一点使我们意识到萧司令的兴趣与造诣，不仅限于军事，而是一个从多方面求发展的富于天才的军人。

差不多十几分钟已经过去了，我们都紧记着——二十分钟的会见，可是我们的谈话却还始终没有间断的趋势；一直等×同志手里挟着一包东西进来时，他才从炕沿上立起，稍一点头，便用□只手支着炕边放着的一张桌子，背靠着站起来。这给予了我们一个较充分的时间去观察他的身量与他的动作。可是最后，我们毕竟想不出什么别的恰当的语言去形容他所有的一切。但是我自己想——只要在他的身边，无论在什么样恶劣与残酷的场合里，也不会有什么恐惧与畏缩。在他的面前，任何人都能从对他的信心里，毫无顾忌地去发挥自己的力量。他的身体是和他的精神、他的语言一样的集中、有力与净化了的！

“为什么□□××从××给我买的一些书，这多时还没有到呢？”

他面向着×同志，显见的他是注意着那问题。

“在××店见他时，他曾问我□□过，我想最近□□以来的。……×××同志从××一回来，现在全部复□了。”

×同志和他并排站着，在身量上，显得比他魁梧得多。

“她本来就没有什么大病，去□××□主要的还是为休息一下（在我们来这里以前，已经知道了他们这里所谈的“××同志”就是萧司令的夫人）。”

他说完低下了头，似有一点靦觍，这很使我们感到兴趣。

底下的谈话又转到××，转到×大，转到张××。

“有人说张××的思想比以前进步，你们以为怎么样？”

他笑着问我们。可是这对于在学校时和张××先生过从较密的我们，反而感到无从答复起。

“倒是他和现在在大后方的××的关系疏淡了，此外就是对凡是想参加抗战的年轻的人，他比他的同辈们，都要□心些。”

我们同□×同志这样代我们对他这问题的答复。

时间已过去不少，恐怕三十分钟也有了！屋子里又静了一刹那。这时一个勤务员进来对他行了一个军礼，站在一边去了。我们想这会见该结束了，他也站起揪了揪衣服。

“你们计划怎么样，工作呢，学习？”

我们都下了炕，他等着我们的回答，脸上在微笑着。

“我们想还是先学习一下。”

“其实在工作中也可以学习的……那么以后再来平西时，我们再见吧！”

说着他愉快地握了握我们每人的手，勤务员拉开门，他便大踏步走出去了。

屋子里重又陷于沉默，同时四个人的心，都悄悄地印上了一副不尽同于想象的萧司令的鲜明的影子。

就这样地，我们第一次会见了八路军的一位高级将领——平西根据地的“母亲”（□平西同志们的说法）。

（《晋察冀日报》1941 年 8 月 17 日）

沉痛地哀悼梁一朋同志

郝桐生

梁一朋同志是江苏淮安县人，是一个优秀的共产党员，他曾在上海日商内外棉纱厂第二厂做工，并进行过二次反日大罢工。特别是一九三六年十一月的一次大罢工，当时他曾领导与组织了工人小球队（名沪西工生、友□、建华、小球队）、弟兄会等。他用这种工人的组织形式，团结与组织了上海工人，与厂方进行了罢工和各种斗争，成为"八一三"后沪西日商内外棉纱第一二厂工人登记会，及上海市纱厂工友救亡协会的骨干。

"八一三"事变时，他积极地组织了工人救护队，参加战地服务，并组织了工人的武装，工人自卫队。

当时他担任沪西日商内外棉纱第一二厂工人登记会的常委副理事长。上海市纱厂工友救亡协会宣传科出版股股长，系纱救会执行委员之一，敌人占领上海二月后，他便积极地进行活动，在胶州路成立难民收容所，并为该所副主任。他这种为工人阶级解放而斗争的事迹，实是我们每个工运干部学习的。

在一九三八年梁一朋同志到陕北，在工人学校学习，后到抗大。抗大到晋察冀来时，他即□来，又在联大工人队工作，为了边区工运工作更加开展。在今年三月间由联大介绍到总工会任宣传部干事，在工作上始终忠实于工人阶级，在生活上任何困难他都能突破，这样的忠实于革命，为无产阶级和中国人民的解放事业而坚决战斗。

梁一朋同志有优良的工作作风和高度的工作责任心，并且对工作是非常深入与彻底的。这次他刚从平山检查工作回来，为了完成到灵寿检查工作的任务，在七月二十四日上午九时，正走在陈庄，就遇上残暴的日本法西斯九架飞机轰炸，而他被炸死了。梁同志热情的革命的鲜血，洒在晋察冀的土地上。

梁一朋同志牺牲，是我北岳区工运工作一大损失，他留给我们以伟大的革命精神，也留给我们工人阶级未尽的事业。我们沉痛地哀悼梁一朋同志，要继承他那为工人阶级解放事业英勇斗争的精神，踏着梁一朋同志的血迹前进，誓与日本法西斯搏斗到底！

（《晋察冀日报》1941 年 8 月 20 日）

悼王堙同志

王国庆

亲爱的王堙同志！永别了！

你是一个优秀的共产党员，你是一个可敬可爱的青年战友；你四年来，艰苦奋斗如一日，终于为党为阶级为民族而流尽了自己最后一滴血；你的牺牲是光荣的，你的精神将永垂不朽！

你是一个优秀的青年干部，你是一分区青年工作的创造者，你是一分区广大群众所爱戴的青年领袖。你的牺牲，不仅是党和阶级的重大损失，而且是全中华民族及全边区的重大损失，尤其是一分区人民的重大损失。但，你虽然牺牲了，而你的血已换来了光荣的革命果实；你虽然牺牲了，你的意志和精神已经变成了伟大力量，这个力量将随中华民族和革命胜利战斗到最后！

我们不怕牺牲，为民族为革命应该牺牲时，一定会毫不畏惧地英勇牺牲。你的这种共产主义和中华民族的伟大精神和气节，是值得我们学习的。自你牺牲后，敌寇在狰狞着面孔，希望我们哭，但我们一声也没有哭；希望我们怕，但我们一点也没有怕。只有仇恨，只有义愤，只有与敌寇坚决战斗到底的决心！

你看！在各个战场上，为纪念你，为学习你，为你和敌机下牺牲的同胞复仇，我们是更英勇更勇敢地挺起胸膛来了！他们坚决要多杀几个敌寇，来追悼和安慰你的英灵！

易县的广大人民为纪念你和在敌机轰炸下死难的同胞，已将你最热爱的松山村，改为王堙村，千万的同胞都在向你学习，追随着你的意志和精神前进！一直彻底战胜敌寇为止！

亲爱的王堙同志！你光荣地牺牲了，但还有千百万英□模范的战士在战斗。他们在怒吼着，为你复仇！在高呼着，踏着你的血迹前进！

王堙同志！你安息吧！仇一定可报！恨一定可雪！你的遗志我们一定完成，抗战一定胜利，我们伟大美满的理想也一定能够实现！

（《晋察冀日报》1941 年 8 月 20 日）

冀中平原上的常胜团

——关于郑章战斗的简短记事

乐风

一

敌人占据郑章后，到现在已是一年多了。

六月十一日夜里，常胜团在安定路上，掩护着千百个人民进行了一夜的破路。连夜，又出现在郑章附近。

郑章的人们听说常胜团驻防××村的消息，纷纷跑出来找，找不到官长，向站岗的战士们报告消息。

天将明时，常胜团组织了×个“奋勇队”，×个“便衣手枪队”，配合了部队，摸进郑章去。

天明了，将士们有的爬到房子上，有的隐蔽在老百姓家里，准备着乘机冲过去。

这日的景象与往日大不相同了。街里清静得很，没有一个人出门。鬼子见事可疑，不时地站在营房上用望远镜远眺，哪知常胜团的战士们就在郑章村里。

弟兄们忍耐不住了，摩拳擦掌的。

“当！当！当！填沟去，一家一人”……伪维持会长的□□、□□。霎时间，有二十几个老百姓集结在街上，十几个鬼子从碉堡和王八窠里钻出来，押着老百姓去填沟。

鬼子向东过去了，王八窠上还有一个没有带枪的鬼子向东瞭望着。团长一声高呼，全体战士疾速地扑了过去，几个战士爬上房顶，活捉了房上的鬼子。另一连配合奋勇队窜进了院子，拉开手榴弹线，连三并四地向王八窠掷进去。

“轰！轰！轰！”屋子里火光迸裂，血花四溅。“皇军”不时地发出吱吱的哀鸣，一个带伤的伪军，从窗子里投出枪来：“我交枪！”

碉堡上的敌人一声不响，填沟□的敌人听见了枪响，一溜烟地跑到安国去。

烧呀，战士们点起火来，从二层碉堡烧到三层。

战斗结束了我们胜利地打扫战场：□抬大枪十七支，炮一门，□□□□敌伪□缴获二十多辆大车，□□□敌人的□与大米……

二

六月二十八日，常胜团又趁敌人站脚未稳、工事不坚、战斗情绪低落时机，继承着第一次胜利，乘夜间赴郑章附近，除少数□在外面警戒和截击外，其余都摸进村子去。战士们的精神是异常兴奋的。

黎明，四十余名敌人从王八窠里出来，押运着抢掠的大车粮食要回安国，一面走一面向各家搜索。待敌人通过常胜团的阵地时，常胜团飞似的跳下房来，机枪步枪哒哒！砰砰！一齐响起来，“皇军”又横躺竖趴地铺满了半个街头。另一部敌军，越过墙，从高粱地里钻出去，又被常胜团村外埋伏部队活捉了。

三

“皇军”越加恐慌起来，可是还不愿放弃它的“尊严”。当日又抽调了数十个敌伪，驻扎了郑章。

七月二十二日夜，敌人正在酣睡着，常胜团又摸进郑章去。一部□在距碉堡远近百余公尺的地方，机枪迫击炮对准王八窠，另一部埋伏在自安国至郑章的大路旁。

东方天色露出鱼肚白，敌人从睡梦中醒来，开始在上面活动。

□□！□□！炮弹从碉堡窗户中飞进去，随着又轰轰轰！□出翻飞的灰土和腥血，“皇军”惊慌着向天空中打枪。

两点钟过去了，在公路旁一个侦察员从高粱地里气喘吁吁地跑过来，□着嘴向连长报告：“注意，敌人从安国出来了！”工兵排长马上把地雷的□□□准备好。

五六十个“皇军”“伪军”大摇大摆地过来了。轰！前面的几个“皇军”跳起舞来，接着又一阵枪响，战士们像一个大网样地盖过去：“抓活的！交枪的不杀！”一阵嘈杂声，十七名“皇军”和“伪军”被我们活捉了。二十二个战士的肩上，背起了双枪，其他弟兄们，有的拿了电话机、望远镜。常胜团又胜利了。

四

七月二十三日，敌寇调动了保定、定县、蠡县、高阳、博野等五百多敌人，扛十五挺轻机枪、二挺重机枪，分数路包围驻××村的常胜团，经常胜团发觉后，立即□出了包围圈，反包围了敌人。敌人又向外□冲，战斗越激烈起来，于是白刃战拼刺刀、□□着××半个村子，一个战士，被一颗流弹打中了他的左臂，他似乎没有觉得，咬了咬牙，□了□血，又冲到最前线挑死了四五个鬼子。

五个钟头，战斗结束了，二百五十多个“皇军”横卧了满地。

常胜团的名字，就是这样得来的。据一个排长说，这还是几次小的战斗，过去曾在□□□平汉路打了大胜仗，……将来……

四次战斗的胜利，兴奋了郑章近数十里的老百姓。当每次战斗结束后，定县安国的妇女、农民、工人、学生，成群结队地套大车挑担子，送来大批的慰劳品。□□十四、五两天不完整的统计，收到□猪五十多口，甜瓜八百个，干□八百多斤，毛巾一□五百打，背心沙□点心数也数不清。

（《晋察冀日报》1941年8月22日）

愤怒激荡着五台山

——敌寇“二次治强”声中的五台

申□□

在敌寇统治下的古□的六月庙会上，情况是十分萧条的。除了一些邻近古□的农民被敌寇压迫着驱赶庙会外，连一个外来的小商贩都没有。

敌人在这“盛大”的庙会上，向群众宣传说“上次的‘治安强化’工作，五台是不成功的”，并且还“号召”人民参加“自卫团”“保卫五台山圣地”。会场的群众都以大声的反抗回答了敌人。最后敌寇用刺刀皮鞭赶走了一群青年、农民和年轻的小和尚，一个青年当地被刺死了。在这血的事实面前，敌寇的“施茶”“拾药”和对□□喇嘛中的少数民族说的“共产党是压迫你们的，叫你们不能好好念经，以后还要赶走你们”□欺骗宣传□□□敌寇自己宣告破产了。

七月初，日寇“二次治安强化”的丑角正式出现了。一开始就是武装扰乱，强夺粮食，枪杀□村干部，摧毁青苗，仅一区化□、南坪、石公等十余村，被□了的洋马吃了的山药蛋、莜麦、玉茭等田禾的苗子，达五百亩以上，抢去的牛、毛驴等在八十头左右。在五、七、八区一带，沿着□台沙公路，敌寇企图在公路两旁挖宽三丈、深二丈□之沟壕，在豆村附近现已经开始。另外在这□□等地修筑工程极大的炮台，炮台周围筑工事。每日向沿公路附近的村庄要民夫，大村三百至五百，小村二百。被迫挖沟、修炮台的民夫们都垂着头，放下手里的锹子。而有的民夫是挺身反抗的。民夫们经常饿着肚子，有时候夜间都不准回家，连阴天、大雨倾盆，敌人强迫□□山下的人民，□□□□壁□□□□□下一□□□炮□□大树……山上没有路，在泥泞里边登脚□□□□□有，四个人扛一颗几百斤重的木头，往少军岭新筑的炮台上运，敌人在后面用皮鞭□着。□□半山滑倒了，人和木头齐从山上滚下来，后面的敌人□拍手大笑。

在所谓“二次治安强化运动”中，敌人除了大批地抓民夫，破坏我们的生产，建立据点以外，便是在加强乡村的社会统治。在所谓“深入强化治安”的叫嚣下；五台敌人□出了“爱护村”的新条件：一、服从政府命令，按期完纳捐税；二、向“皇军”报告消息……

敌人企图把五台“深入治安强化”，在七区找到一个距田家村据点近的村庄做“治安教材”，向该村要二百个民夫，××头□骡，限五天交，并且说明送不到房屋一律烧毁。然而，××村的群众决没有屈服，相反地，他们在全村人民一致动员下，决议：一方面向区公所报告，一方面发动了青年出走运动，发动游击队，配合着我基干游击队袭击敌寇，结果，粉碎了敌人的这一诡计。

最后，五台各区，在进行着一个建立地方武装的工作（扩大区□□），五台山下的人民，都抱着一颗复仇的心，大批地涌入部队中。五台敌寇第二次的“治安强化”，定要遭到惨重的失败。

（《晋察冀日报》1941年8月23日）

五千年未有之残暴兽行

——敌寇“治安强化”的真面目

一石

一九四一年八月中旬起，敌寇又向晋察冀边区做大规模之“扫荡”，此次“扫荡”我边区之军事与政治实质，纯系一种无人性的疯狂兽行，其残忍与酷毒为五千年人类历史上所未曾有。

四年来中国人民及全边区人民所遭受敌寇之烧、杀、淫、掠，固不一而足。在法西斯暴徒日本军阀的手下，我们所□预见的固无何种人性之可言，而此次敌寇在边区之所施为，其残酷则是空前的，是法西斯侵略实质最标本的表现。

战争已绵延月余，目前尚在继续进行中，全边区的子弟兵与民众正以创剧痛深的心性，以空前无比的顽强与英勇，与敌寇做沉毅之搏斗。千百万人民之义愤与痛苦，非笔书数语所能集结，此文只欲将此期间敌寇暴行做一概括的记述，昭告全中国全世界人民，以见日本军阀所高唱的“治安强化”，究具何种意义。

“毁灭晋察冀边区”，此□敌寇亦并不□言，有中国共产党，在日寇欲战胜中国，欲统治边区及华北敌后各抗日根据地皆不可能。此为中日战争本身的规律所确定，亦为日寇四年来所亲身体验到了的。于是“烧光、杀光、抢光”的“三光政策”，变千万方里为焦土，变千百万人民为骸骨与牛马，便成为敌寇唯一的军事手段。

自八一三起，敌寇沿平汉线向我×××诸分区进攻，我子弟兵以灵活机动之战术，不断予敌以打击与歼灭，使敌毫不得逞。敌寇唯一得逞的，就是对清□已空的房屋做大规模的焚烧，在几十条军事路线上，在几百里广阔的土地上，敌人遇房即点，遇草即烧。在易县、完县、唐县、平山的有些村庄，已见不到一根枯柴与一栋茅房（如易县的松山娄山，□山的陈家园与石古洞）。夜晚能看到蔓延几百里的火焰，白昼在八月的秋空下，黑烟上□，汇成云雾，弥漫了太行山的诸峰。烟云一直吹到东南平原上。在灵寿、平山的有些山沟和平川地，敌人做三五次反复的焚烧，许多老太婆和幼儿被焚化在茅屋与草堆里，成千的民众已陷于无家可归的绝地，在这样的事实下面，敌人无耻地宣传说：他们要使这些地带的人民“安居乐业”。

敌寇到处做欺骗挑拨的宣传，说要“消灭”边区的共产党和八路军。但八路军是边区人民的子弟兵，共产党是和边区人民血肉结合在一起的，敌人的真正企图是在消灭全边区的人民，于是就到处展开了杀人与抢人的血淋淋的兽行。九月十四日，在滹沱河北岸的玉儿沟一带，敌寇将四十余民众包围，用机枪扫射；一□洞的民众被敌用柴草围住焚烧，油臭闻数十里；在冷□村，敌将四十多个妇女赶进山沟，以刺刀迫令裸体跳舞，不从者则以刺刀挑死；在北洋沟，敌寇百余人轮奸四十余妇女，后一律以刺刀杀死，十五日进攻陈家园之敌，搜索山沟，将大批民众搜出，老弱四五十人被当场杀死，壮者则被俘走；□山洪镇一带几个村一次被杀死二百三十人以上，伤者四十余人；□东黄泥一村被杀死民众达三十六人，一条巷子里一家七口人全被切成肉酱，阶石上粘贴血肉肢体与脑发，其状之惨，令人心裂。这一类残酷事实太多了，不能一一举述，除屠杀而外，敌寇还大批绑□我壮丁□妇女，敌寇欺骗人民说，要他们到“治安区”去过太平日子，而事实上则把他们当□牛马奴隶送到井陉矿及其他苦役的去处。

对边区人民的财物与粮食，敌寇更是不遗余力抢掠与毁坏，带不走的粮食或加以焚烧，或扬散到沙土中去。人民的一切器物（农具饭具及桌椅门板）都被搬走或烧毁。大群的牛羊被敌人赶走，在每个敌据点附近，都堆满了吃剩的牛羊头尾与肢蹄。这样□边区物力的大量摧毁，不但□将来，即在目前已经造成了广大的灾□与饥馑的现象。敌寇点线附近的民众被迫着暂时逃散□外者，至一日不得一食，秋季丰收的年成中仍不得不以树□果腹。

这一切都说明了：敌寇不惜用尽一切残暴的手段，置边区一千五百万人民于死地，变千里河山为废墟，但是包括□这一惨毒事实外□的敌寇用了美好的四个大字，曰："治安强化"。

是的，我们的房屋是被焚烧了一些，我们的财物是要损失一些，但□此，我们要昭告全中国的同胞及全世界的人士，晋察冀边区并没有如敌寇所希望的那样被"毁灭"了。晋察冀的人民衔着愤怒无比的□心，屹立在祖国的土地上，他们□进行着——而且还要继续进行着——严重的斗争：予"毁灭者"以毁灭！

全边区的人民配合着自己的子弟兵团普遍地展开了高度分散的群众游击战争，与敌寇的一切军事及特务活动做顽强的斗争。在敌人每条交通线上，在每个据点周围，边区子弟兵展开了广大麻雀战阵容。敌人在边区前进一步，居留一日，都须付出重大的代价，"鬼子流我们一滴血，要他流十滴来偿还"。广大的模范队青抗先队员们在这样的誓言下，与敌寇展开"一山一村一寸土"的斗争，一个月来创造了比过去任何时候都丰富的战绩。灵寿、行唐的民兵在一日之间曾破坏敌寇伸入陈庄的交通线六十里，迫使敌人不得不分散兵力建立许多小据点加以维护。敌寇所组织公开或秘密的维持会，不断地遭受民兵□击与破坏。平山的一个游击小组曾捉了成班的敌兵俘虏。唐县、曲阳、平定、盂县的民兵为保卫秋收，在八月十五日到十八日的三天内，实行全面的攻势大破击，实行清查户口，破坏敌伪联络员，这样保卫了许多村庄未被焚烧，□救了许多粮食与财物。在九月底趁敌人进攻会口，后方空虚之际，灵寿民兵破坏了通陈庄的交通线，使敌人汽车受阻，我被俘民众三千人乘机逃脱。西岔头的武委会主任率领游击小组不但抢救了自己的粮食衣物，而且敌据点的米盐鱼肉经常成为他们的食粮。敌寇的残暴兽行并不能使边区人民屈服，相反地，边区人民的斗争意志，在艰苦中锻炼着比敌人焚烧的火焰都高涨炽烈。

（《晋察冀日报》1941 年 9 月 30 日）

北岳区各群众团体告全边区同胞书

全边区的父老兄弟诸姑姊妹们：

日寇狼子野心，□集重兵，向我边区进行空前未有的大“扫荡”，兼程并进、气势汹汹，企图一举颠覆我模范抗日根据地——晋察冀边区。我全边区党政军民勠力同心、艰苦奋斗，一致与敌周旋。至今已一月有□，反“扫荡”的第一阶段已告结束。敌我斗争已进入了更加残酷与艰苦、更加持久与复杂的新阶段。

一个余月来，日寇抱定烧光杀光抢光的“三光”政策辅之以低空轰炸，到处奸淫烧杀。平山两个区在两天之内被害者即有六百余人；五台高洪口一带妇女被奸淫之后，又复屠杀；繁峙口泉一带妇女数十人被囚于一室，奸淫之后，又活活饿死。旷古暴行，令人惨不忍闻。血海深仇，我们永难忘却！

无耻的日寇公然向全世界扯谎！说什么“王道乐土”，说什么“东亚共荣圈”，说什么“不杀不出村的人”“只烧八路军住的房子”。但是，每一个边区同胞都知道日寇的“王道乐土”“东亚共荣圈”不就是阴森森的人间地狱吗？日寇嘴里说什么“和平安乐”，其实不就是杀人不眨眼吗？日寇说“不杀不出村的人”，但是平山水峪村一个没离村的八十岁的老年人，不也是一样地被害了吗？日寇说“只杀共产党和八路军”，但是东黄□死难的一百零六个同胞中间，除了极少数的几个是共产党员以外，其余的绝大多数不都是无党无派的人士吗？日寇说“只烧八路军住过的房子”，但是大山上、田野里，八路军并没有住过，日寇不也是一样地到那里烧杀、践踏了吗？

同胞们！父老们！兄弟姊妹们！

目前“扫荡”与反“扫荡”的斗争，正在残酷地进行着。敌寇正凭借其临时的点线，不时四处活动、进行合击“清剿”；敌寇也正在加紧欺骗宣传与特务活动，企图达成其分化与破坏我边区团结的阴谋。我们必须高度警惕，认识敌我斗争是空前的残酷与尖锐，争取反“扫荡”的彻底胜利，还是一个持久的铁与血的生死斗争过程。但是我们有中国共产党的正确领导，有军区子弟兵的英勇善战，有聂司令员的英明指挥，有边区政府抗日民主政权的巩固堡垒，有饱经四年战斗锻炼的有组织的广大人民，特别是有边区全体同胞、全体党政军民的巩固团结，再加上日寇不可克服的困难，无论斗争怎样残酷，最后的胜利总是我们的。

全边区的父老兄弟诸姑姊妹们！发扬我边区人民四年来光荣的战斗传统，坚决地和日寇血战到底！

让我们一致起来，积极开展广泛的群众游击战争，武□会、民兵游击小组，要千百倍地加强自己的工作，让每个年轻力壮的人，都拿起武器，保卫自己的家乡、保卫边区、保卫根据地！拿起我们的土枪土炮、锄头、斧头、剪子、长矛，到处展开麻雀战、蛮子战，彻底空舍清野，加紧岗哨联络，捉拿汉奸敌探，拥护政府，帮助部队，保证部队食粮的充分供给。

让我们一致起来，武装保卫秋收，保卫我们一年四季血汗勤劳的秋收！

同时，我们还必须高度发扬我民族正气与民族气节，誓与敌寇周旋到底，决不屈服投降支应敌人！日寇正在玩弄他的阴谋，策动敌探奸细及少数不肖分子迷惑群众搬到他新占的点线，支应敌人。在晋东北则实行恶毒的并村政策，“‘软’硬兼施”“‘恩’威并用”，种种花样，无非要我炎黄子孙入其囚笼，且看血淋淋的事实吧！五台耿镇几家同胞被骗搬回，结果是一入家门，就女的被奸，男的挨打，每天逼着他们要大米、要白面、要鸡、要猪、要现钱，把窖都挖出来，把什么都给了敌人，结果还免不了被其屠杀！今天摆在我们面前的只有两条道路：或者向敌人屈膝，回去支应敌人——那就是死路一条；或者是拥护共产党、八路军、边区政府及各群众团体，和敌人展开顽强的坚决的斗争——那就保卫了自己的家乡田园，子子孙孙永世不做亡国奴！

最后，全边区同胞还必须一致奋起，为巩固和扩大我们的抗日民族统一战线而斗争，不分党派、不分民族、不分贫富地亲密团结起来，肩并肩，手携手地对敌作战；拿我们全边区模范的巩固的团结，粉碎敌人造谣欺骗、挑拨离间的阴谋毒计！让我们全体一致，在抗日民族统一战线的光辉旗帜之下，万众一心地与敌寇血战到底！

晋察冀北岳区工、农、妇、青、文、
武装、抗援、学生抗日救国会

（《晋察冀日报》1941年9月30日）

荏苒三十年

林伯渠

三个较大的纪念节日，同在今年里面出现，一个是九一八事变十周年纪念，一个是中国共产党成立二十周年纪念，另一个是辛亥革命三十周年纪念。这三个纪念日正是三十年来中国革命斗争历史的缩影，他描画出中国的民主主义的运动是经历了怎样曲折艰苦的道路，指出了日本帝国主义者怎样千方百计地破坏中国的独立自由，也显示着中国共产党怎样坚持了不屈不挠的英勇斗争。亲自参加了同盟会以来几十年的革命活动，包括了辛亥革命与目前的抗日战争，尽管饱尝了失败流血的苦况，但也领略了斗争的喜悦与希望，从辛亥革命中看到我们民族已经开始向着新的生活转变，正像列宁所说的："环球四分之一的人口可说是已经由睡梦进到光明、进到运动、进到斗争了。"然而这仅是开始，当时民众的伟大精神和革命运动的高潮，还未能把斗争坚持到底，留下的未竟事业需要我们□献更大的牺牲。紧接着辛亥革命以后，是三十年来不寻常的岁月，在这个激变的时代里，一个真正伟大的民族蒙受了难以形容的苦难，可是也获得了亘古未有的新生。

三十年过去了，新的一代已经成长起来，瞻望着前面那段悠长的道路，虽觉得革命并不是以飞快的步伐进军，然而可以自慰的是人民的力量已经强大了，斗争的经验已经教育我们不致再犯历史的错误，整个世界已到了决定人类命运的关头，历史的车轮终竟是往前推进，一切的努力是要结出他所应得的果实的。

对于许多未经过帝王之治的青年，辛亥革命的政治意义是常被过低估计的，这并不足怪，因为他们没有看到推翻几千年因袭下来的专制政体是多么不易的一件事，同时中华民国的诞生也没有带给他们真正民主。古人不以成败论英雄，我们也不能因辛亥革命的失败而忽视了它本身的光荣，以及由它而揭开的新的斗争的序幕。应该庆幸我们今天的生活环境比三十年前幸福多了。展开在我们面前的是伟大的民族解放战争，继承着的是人类丰富的文化遗产，我们的命运又是和全世界广大人民连在一起的，如果不经过辛亥革命的洗礼，这些都将是难以想象的事情。

温习历史，尤其是研究辛亥革命的经验，它的许多的教训到今天还是新鲜的。在抗战中我们曾为“坚持抗战、反对妥协投降”，经历了多少的风波，如果在辛亥革命时能够有这样的预见，那么中国的历史将展开一个不同的局面。可惜的是在革命后虽有孙中山先生坚持北伐，要彻底地消灭旧的残余势力，但因汪精卫之流当时与袁世凯妥协，以致断送了辛亥革命的前途。历史的教训是深刻的，一切辛亥革命的忠实继承者都应谨记这个教训，避免重复这个错误。

今天再没有□□疑坚强政党的领导对于革命运动的决定意义，但□辛亥革命时期，还不能了解这样的一个真理，结果只有以当时涣散的组织、一些临时钻进想望升官发财的脆弱党员，去抵御反革命的猛力进攻，怎能不遭到失败？这就教训我们服从党的集中领导，整齐革命的步伐是如何重大的事情。

从自身的经历中，也体验到一个□□的民主主义者他所走向的是共产主义的道路。辛亥革命前，觉得只要把帝制推翻，便□□天下太平；革命以后，经过多少挫折，自己所追求的民主，还是那样的遥远，于是慢慢地从痛苦经验中发现了“此路不通”，终于走上了共产主义的道路。这不仅是一个人的经验，在革命队伍里是不缺少这样的人的。

三十年在历史上只是短短的行程，但在一个人的生命中却是悠长的年代。跨过了三十年的征途，无暇稍事驻足，又要加紧步伐向前跑去。自己虽则白发盈鬓，但仍期待着在辛亥革命四十周年纪念的时候，能够看到一个自由幸福的新中国。(延安《解放日报》)

(《晋察冀日报》1941 年 10 月 16 日)

法西斯暴力的一个注脚

——从敌寇此次大烧杀说起

一石

法西斯军队的特点，表现在两方面，一方面是兽性的残暴，一方面是极度的愚昧。

这两种特点，在这次敌人的大烧杀中，充分地表现出来了。日本军事组织的残暴，在战争的初期，已经为全世界的人民所周知。在希特勒军队的狞恶面目尚未全部露出之前，西欧的进步人士以及尚沉湎□□着无形流血惨剧的“和平”气氛中的中上阶层的人们，已经视日本军队的烧、杀、淫、掠的暴行，为人性之莫大污点。而随战争之发展，一直到今日，日本军队的兽性的残暴，已经达到无以复加的地步，这不但是在近三个世纪中的每次战争中所见不到的，即在中世纪时，造成历史所称为“黑暗时代”的最野蛮的日耳曼军队与蒙古远征军，较之今日日本军队所具有的残暴，也□有逊色。

战争原是残酷的。但从氏族社会的战争起，一直到今天的非洲黑人与亚洲的苗□诸族，在战争中尚有些不屑做的卑鄙下流与野蛮的行为。就这一点，还□小说：人到底和畜兽还不一样。但今天的日本军队连这一点细稀微的界线也抹杀了。

和宇宙发展的历史比较，人类才仅仅有四五千年的有文字记载下来的历史，这是非常短暂的。在这样短暂的期间中，人类□□了现代文明的各种光辉，科学上的各种发现，进步的社会政治的理想——共产主义的学说及其实践，这是□宝贵的，这是光明的一面。而人类发展历史之非常短暂，另一方面，□告诉我们说：人离开畜类的地步尚不远，“蛮性的遗留”尚多。现代法西斯这一国际□恶势力之存在，就是代表了这一□□□□。它对于现代人类的最大危险，就在于它□拼命拖着人类的历史向后退，毁灭一切文明与人类的德性。它是竭力在保存“蛮性的遗留”，而且加以发扬，是人类进步的死敌。

在兽性的残暴与极度的愚昧这一基础上，法西斯酋首们来教育和组织自己的军队。这一军事组织的秘密，目前在欧亚两洲的大陆上，从苏联到中国这一条反法西斯战线上，天天在那里暴露着。德国法西斯军队在更强大的机械化力量的支持下，那种对老弱妇孺无抵抗力者与非战斗区的烧杀毁灭，其规模与范围较之日本军队更为扩大与残酷。这种事实推翻了欧洲人士一向所持有的对“现代文明”的信心，资本主义本身的否定，在整个资产阶级层，也感到一种“黑死病”似的单纯的毁灭的恐怖。

“支那女人”“乌克兰麦酒”“高加索女人”……这是东西法西斯酋首们对其兵士的政治教育！苏联塔斯社最近告诉了我们这样的消息：一个德国俘虏除去麦酒和女人这两件事情以外，对苏联的唯一知识就只是“托尔斯泰”一个人名，此外他什么都不知道。这次“扫荡”我边区的敌兵，吃了我们过多的玉茭子和黑豆，一路上以放屁为娱乐，强迫我被俘民众蹲伏下来张开口接受他的那种饱胀之臭气。试问□人类离开混□的畜兽状态以后已经五千年的今天，我们还能期望有更甚的愚昧与更低下的人性吗？

在法西斯的原则下，是不允许其组织成员知道此外任何更多的东西。在人的机体内，以各种刺激物（酒食与女人）来□掘诱发各种含毒素的细胞——生物啮噬的本能，组织成□纯粹畜牲的暴力：这是在法西斯势力统治下对数千万人口的教育与文化事业的全部原则。作为法西斯暴力的“理论体系”，从“武士道”“优秀民族”（美名曰天之选民），一直到秦梯□的哲学《我的辩证法就是我的自由》，是摄取了人世间最黑暗最反动的思想拌凑成功的。在地球的某些□□上的人民（当然只是一部分而且是暂时的），从襁褓的幼儿起，肉体和精神就是□这样的空气与液浆□呼吸与灌饮下生长着的。其结果，我们就看到（在战前的）敌寇这次对晋察冀的空前残酷的烧杀淫掠的暴行。

法西斯暴力□在□式的生与死，有其历史的必然性。从最近德军在列宁格勒及莫斯科附近的诸战役中以及这次敌寇对中国正面与敌后的进攻（在我们眼前的是对边区的大“扫荡”）中所暴露的严重的军事弱点，我们固然不能预断国际法西斯的最近的崩溃，但在高度强制的压力下，其经济与军事的危机最基本的“点”被□发，这种崩溃之迅疾往往是非常突然的。拿破仑与威廉一世的覆败，就给了我们这□的历史证明。第一次帝国主义大战时，德帝国主义者的军事一直是以胜利的外表在进行着，但当马克的□事告诉我们，当时德国军事组织的崩溃危机，那种量的增加是如何的严重。兽性的□□欲只能是一时的，而事实的进展会揭破愚昧的□陷。

“打完边区归国去”，在这次“扫荡”中日本兵士（有许多早已超过归国期了）就是□这一类的话所驱骗的。衣服皮靴大多是补绽□□，□□边区产的玉茭子，我们一个被俘（后来逃脱出来）的××工作同志说，有一个敌兵很尊贵地“征用”了他所有的一副缺了一只腿的近视眼镜和一支破烟斗。精神的颓丧表□□他们各种无聊的动作上。伪军□（现在他们是被当作敌寇法西斯的一个军事组成部分的）□祖国的向心力，有了坚强的与空前旺盛的□□。在灵寿行唐一带，曾有三个伪军甘冒着性命的牺牲（后为敌兵砍死）释放了五百多个被俘的老百姓，并指示给他们逃跑的道路。在合击××□的战斗中，有一个伪军向陷于危险中的我军五个战士摆手要他们藏在芦苇中躲过了搜索的敌人。一个翻译官护庇了我方一个工作人员，说是自己的兄弟。在××一个被俘的顽固分子供出我们埋藏的器物与公粮，被一个翻译官所痛骂："妈妈的，你还是一个中国人□？"接下来说，"你村里什么都没有，是吗？"用这种两面的手段他回答了敌人——这一类例子是很多的。这一类事实以及正面敌后各个战线上的相类事实，都在说明敌寇法西斯军事组织所暴露的严重的没落与崩溃的趋势。

决定今后几世纪的人类命运的一个严重的历史时期，摆在我们眼前，粉碎世界法西斯这一黑暗的恶势力，为人类创造光明，尚需我们付出更多牺牲代价，下定更大的斗争决心。全边区的军民，我们的位置是光荣地站在世界反法西斯战线上！

一九四一年十月

（《晋察冀日报》1941年10月23日）

再　生

——回来了，曾经丢开自己土地的人民

沙飞

五台一、二区是处在与平山、阜平、灵寿三县交界的地方，多崇山峻岭，是×专区所属晋东北巩固地区的一部分，有许多偏窄的地处是过去敌人从来没有到过的。这次敌人的秋季大“扫荡”比以前任何一次都要深入，一些穷山僻壤的地段上，也全踏上了敌人血腥的兽蹄。

而疯狂的法西斯匪徒，是够穷凶极恶的，在“山西明朗化”的口号之下，烧杀抢掠，欺骗造谣正是双管齐下。在炮泉厂，房屋烧得一间不剩，在高洪口，把那些不及逃出的妇女都轮奸致死。这一带的敌人终日出来烧杀，人民财产牲畜洗劫一空。面临着这种恐怖的局面，群众陷入了苦难昏黑的深渊，于是逃入深山僻野，不敢回家了。

跟随恐怖政策之后，敌人的欺骗又来了。说什么八路军全被赶跑了，同时派出汉奸，大张布告，实行“无人政策”，强迫老百姓在九月九日以前，带上全家所有都搬往高洪口、石咀沿线的敌占区去，否则搜山抓到，鸡犬不留，有些动摇分子，经不住敌人的胁迫和欺骗，到了限期——九月八、九两日，竟然带着全家财产跟随汉奸跑往指定的敌占区去了。田园和土地被忍痛地遗弃了，显出了凄凉惨淡的颜色……

抛弃了土地的人民，到达了敌占的区域，粮食和羊群被鬼子抢走了，妻女被鬼子奸污了，自由丧失了，被驱押着去替鬼子修汽车路、筑堡垒，受冻饿，甚至有被鞭笞杀戮了……受尽了酷刑，尝透了奴隶的滋味，他们后悔了，觉悟了，但是有什么办法呢？

活动在这一带的八路军，运用了灵活的游击战术，脱出了每一次敌人的合击，神出鬼没，使敌人无法捉摸。这一天黄昏的时候，隐蔽在门限石虎穴口敌据点附近的×团×连队集合了，政治委员讲话之后，立即向虎穴口挺进了。夜战俘虏来的伪军也参加了。到达了目的地，首先包围了村边的敌堡垒，封锁了村子的路口，两个战士便大踏步走进了伪维持会去。这时候□遇伪维持会长正忙着计划抽调青年妇女去满足鬼子的兽欲。战士气不过，说一声“我们是八路军”，一把就把维持会正副会长抓住带回来了，其他的吓得四散奔逃。

伪维持会长被捕的消息在黑夜里立即传播到附近的村子，这胜利的号角吓得敌伪乱放机枪和照明弹，而人民是欢欣鼓舞。前几天逃到这里来的民众，热血沸腾了，骚动了，他们趁着这混乱的时机，在黑夜里，一群群地迅速地爬到山上去找八路军了，求生存争自由的希望使他们忘记了疲劳、危险，忘记了一切。他们翻过了一个又一个的山头，第二天都各自回到自己的家园，流连在自己亲爱的土地上，与子弟兵又重新会见，他们互相用诚挚亲切的态度，在慰问，互相叙述鬼子的暴行和自己斗争的经过，村子里，山头上都热闹起来。他们是再生了。

敌人的欺骗压迫只能收到一时的效果，终归□败于人民自身的政治经验里。在血的经验教训中，五台一、二区的人民更清楚彻底认识了敌人，认识边区子弟兵，更清楚地认识了自己应走的道路。

（《晋察冀日报》1941年10月24日）

无居民地带

牢寒

红岩寺梁的高峰，隔开了山阴盂县×百一十七个村子，山阳平定××个村子，这块地区，正是这次敌寇的片山兵团残酷烧杀的主要目标。

从九月二十号起，日本法西斯们每天从东□里、管头、黄土岭窜出来，三十二十的分头去烧杀搜山！把未满月的婴儿从数十丈上的岩石上扔下来（如盂县三区××庄)，七十五岁的老汉用铁丝反绑起来丢在火里（平定四家庄)。这还不足，野兽们还要把所有的农具烧毁，所有地里的粮食抢尽，所有碾磨砸毁，所有水井给填平，所有的窑洞连根石挖倒，就是村边的一些树木也要彻底实行“一株不剩，连根下来”。

于是敌人张开了人的嘴说：“良民们！不用再在‘匪区’受罪了！搬到阳泉去吧！搬到太原去吧！那里给你们介绍工作!”更无耻地在残墙断壁上贴起“满州煤矿工人大招募”的广告，想一网打尽这里的群众，换取更多的军火，顺手实行他们的“并村”政策。

但，经过四年来锻炼的群众，没有一个去上他们的当，没有屈服，单就平定来讲，群众在这里一个残酷的所谓“毁灭扫荡”□前，越加坚强了，□上的情报岗哨在敌寇的遍地活动下，依然坚持着，而且更进一步地健全了山头联络哨，编制了许多暗号，可以知道十五里以外敌人的动静。

当红岩寺梁埋在漆黑的夜雾里的时候，敌人窜回据点了。山坳里，洞口上燃起了鲜红的野火，倔强的人们用半块锅烧着晚餐，准备夜间参加抢秋的战斗。

主力民兵（临时脱离生产的）青抗先也出动了，他们悄悄地爬着熟悉的山路，绕到据点周围，用土枪手榴弹扰乱敌人，疲乏敌人，三区××泉的民兵，曾两次伏击拂晓包围村庄的敌人，使他们不能入村。他们更进一步从小股敌人的手里，夺回被抢去的东西，如×××、××岭的民兵，在秋林大梁上夺回两头毛驴和一头牛；×区主力民兵，在何家庄附近夺回三箱手榴弹和两头毛驴；还有×区的民兵，在敌人向三区抢秋的时候，用许多方法保存了我们的粮食。

由于“横弄队”（黄龙队）的逮捕壮丁、干部，激起了群众对除奸工作猛烈的开展，个别除奸小组详细研究了这次反“扫荡”中汉奸活动的特点，严密地布置了除奸网，在×××、×林，各捉汉奸一名；×××的民兵，曾一次绑住过两个汉奸；而一区××庄的民兵，竟一次打死了四个“横弄队”（阳泉特务机关派出来的）……因此，六七个汉奸和小股敌寇不敢出门一步。正如三区×村一个武委会主任说的：“任凭你（指敌寇）有力把红岩寺梁倒过来，填平了深沟，我们的心是不会变的！”

敌人在布告上无耻地宣传：“××××已成‘无居民地带’。”但是事实上，这里的居民还和过去一样坚强生活着和战斗着，这里□不是什么“无居民地带”，在日本人看来，这应该是他们的“无顺民地带”。

敌寇的一切宣传均以“反共”“反八路军”为中心，企图离间我军民关系与分化我内部团结。据□山所搜集到三十余种伪宣传单中，除两张“建设新东亚”与“和平建国”之外，其余均为污蔑我共产党与八路军的。敌寇在烧房时宣传说：“你□村子住八路军的，烧房子的。”然而事实上那些没有住过八路军的，很多也变成了灰烬。甚至敌寇奸淫妇女也说是“共产党做的”。总之，凡是一切污蔑和破坏共产党和八路军的卑劣下贱手段都给他们用过了。敌寇利用烧房杀人来威胁老百姓回家，□报告、组织“□□□”，此外更实行自首政策。敌寇占据一村，即召集大会，进行欺骗宣传，怀柔阴谋，并公开号召群众自首，说：“我们知道你们村里有村公所、工、农、妇、青等救国会，现在你们赶快自己承认，不然，以后查出来要杀头！”陈庄敌人在一次捕到青年时，强迫青年排成队，然后一个个地问：“你是不是青抗先？”说是的便让站在一边，当时不杀，说“不是”的便一刀杀死。

当然，像我们所能够想象到的，日本法西斯强盗，这些罪恶的屠场上的英雄们，他们□所有一切卑鄙的行动，并没有□他们得到他们所□□□结果。不□□我们□不少的同胞和英雄遭受了敌□□侮辱和残害，但是斗争与反抗的呼声，□□们中间□□亮□喊了出来□□□曾经企图用刺刀□强迫人民反□共产党和八路军，但□人民更紧密地和他们的保卫者站到了一起。

（《晋察冀日报》1941 年 10 月 24 日）

棋盘陀上的五个“神兵”

本报特派记者 沈重

风萧萧兮易水寒，

壮士一去兮不复还！

易水南畔矗立着一座齿形的插入云霄的大山，巍然以其险峻雄姿俯瞰着易、满、徐、定、保区域的平原和山地。这座铁壁样的大山，就是狼牙山，在狼牙山西边的巅崖，这里安置着数百千年来为远近人们所景仰的名胜——棋盘陀。

人们对棋盘陀流传着一个古老的传说，据说当时附近的一个樵夫曾经在陀上旁观两个仙叟下棋一局。世下已经逝去若干年月了，而留在陀上的大石棋盘和樵夫吃剩的桃核——后来变成一片铁块——便是那传说永久的纪念。

然而，自从九月二十五日以后，人们已不醉倒于那用一块大石头来作为标记的奇诞的传说；即是那曾经为诗人所歌颂在易水河畔慷慨悲歌的壮士的故事，在今天为人们所亲眼见到的五个“神兵”鬼泣神惊的新战绩的面前，也将显示了前者的颜色的黯淡。

今天歌唱反“扫荡”胜利的全边区东线的人民和军队在唱着他们最高昂的音节，在齐声颂扬着棋盘陀五个壮士英勇奋战的功绩。承受了八路军传统和顽强战斗的五个壮士，给青年边区子弟兵添上了高尚的骄傲和无限的光荣，人民以有了这样的子弟兵而获得了更多的夸耀和勇敢。

棋盘陀也给予了进攻的敌人以威服。敌高见部队长九月二十七日召集其部下数千人在管头开了两天“庆祝占领棋盘陀”的大会，他训斥着他的部下：“学学八路军顽强战斗的精神吧，他们五个，我们连被地雷炸死的却去了一百多！……”

敌人是可以开两天会唱两天戏的，因为他们的“一百多”，因为他们曾经在棋盘陀上“占领”过一个钟头。可是关于“地雷”，高见“太君”却说错了，八路军的地雷还舍不得拿去放在像通狼牙山和棋盘陀那样的羊肠曲道上（八路军的地雷是要拿去炸铁路的），在那些小道上所安置而且每处都给日本皮靴所踩到而爆炸的，那是地道边区造的三个一束的手榴弹（只是安置了机关而已），可是就是这样的“地雷”，也曾让五十多个“皇军”飞舞起他们的“无言旋归”了。

就从九月二十五日起，狼牙山下数百里方圆里的人们每个人都在仰望着傲然的棋盘陀，不管他是抗日的人们抑或是敌人。

九月二十五日晨四点钟，狼牙山内外线两面敌人同时向我腹地狼牙山“搜剿”：内线之敌二千余人，从三道和、龙王庙、东水、西水、石家□、菜园、杨树林七路游击；外线一路敌□百人由管头北沟、乌马驿，一路三□余人由沙岭搜索前进。这样，整个狼牙山□□山沟都有了敌人。搜索的网是张得密密的，敌下了最大的决心来捕捉这网里的□□。

一个多月来的“扫荡”失败的经验，使敌人感到，假如这条守在棋盘陀上的“鳄鱼”再继续存在的话，那么，一切仍像以前一样，敌人在保、定、徐、易、满的动作，杨成武及其主力是可以知道得清清楚楚的，敌人在我游击作战之下将仍是节节失利。于是，经过几天的武装侦察和部署，调动了三千兵力，企图给这条山里的“鳄鱼”以最后的歼灭。

敌人也是知道的，守卫着要隘狼牙山的不是别的，而是威震华北曾经在黄土岭、雁宿崖、南坡头和涞源城下等处给予敌人以严重打击而为它所最惧怕的“邱部队”。敌人更明白，在不久以前他们在敌伪报纸上所捏造的“邱蔚被俘”的消息是玩的什么把戏。实际上这位邱团长现在正和他的一部战友及电台站在棋盘陀的巅崖。所以，不惜织起偌大的战网来网罗这凶猛的“鳄鱼”。

“鳄鱼”没有像敌人那样傻，他留下了他的天线和□个班，一溜身，就撤走了。

“皇军”若有所得似的向着天线杆前进，准备显一下他的好身手。

七连三班和六班节节抗击。

午。太阳照亮了人眼，可是三班和六班的一部分也奉命像烟一样地钻到山的海里去找不到了。

留下的是六班五个健壮的年纪都在二十五岁以下的青年。

五个人从横岭由北往南向陀上靠。这样，就转到敌人和连的主力的侧面，可以阻击敌人，掩护主力安全从容移撤。

“筒，筒，……啪——”四支套筒和一支三八式枪在响着。

枪吐着勇敢的花朵，把拉网的敌人都吸引到五个人的周围来了。

“空，轧轧……空空轧轧轧”敌人的掷弹筒和机枪全向五个人伸出长长的火舌。

班长马宝玉，仍像往常一样地稳重，不多说话，沉着地指挥：

“宋学义，先走。”

“不，你先走。”

“我比你走得快，快走嘛!”班长急起来了。班长永远关心着旁人，他怕矮个子宋学义走不快。为了旁人，他宁可自己落在后边。掩护撤退，也就是因为他对人忠诚，获得了全连人的热爱，他同时又被选为党的小组长。

“胡福才跟着胡德林，向上爬，走这条路。”

路，是什么样的路呢？一句话：不是深崖绝壁，能够借着荆条草根攀爬的就算是路了。在这条路上，日本人的皮靴没有能够站稳，有八个“皇军”摔下崖去死了，没有等到那五个人的子弹赶上去迎接他们。

而这五个两年前是贫农和在八路军里生活了两年以上的老战士，是在敌人的炮火追击下面爬上去了，就像两年前他们在家里上山割草一样。

机枪热得伸长它的火舌，掷弹筒的心“空空”地跳着向前追赶。

“啪，筒筒——筒筒，啪……”五支枪在断断续续地抵抗。

“同志们！”布尔塞维克葛振林用着他的曲阳土话喊了：“情况紧急，敌人都跟着来了，坚决抵抗啦，完成任务啦！”

“对，完——筒——任务，咱们坚决完成……”胡德林用年轻的声音回答着，打了敌人一枪。

五个人节节向陀顶撤。

“轧轧轧……”火舌跟着，追得只有向南退。

“班长，班长！”胡福才嚷起来了：“糟糕！”

“什么？”

“咱们这块地方三面都是绝崖！”

一点也不错。三面绝崖，当中是三米阔的长条凹地，只有一条“路”可以从西北面两个小坡头之间过来。三架机枪在左右和前面叫嚣着，三个掷弹筒就离小坡头有三百多米□远。

然而，凹地和长草可以隐蔽，小坡头可以利用，机枪不发生效力，敌人也难以上来。

班长看完了地形，说：“同志们！”沉重的音调，“只有死了，敌人很难上来，他来一个就打一个。”

“在这里反正是不会赔本的了。”胡福才说。

“他妈的——”

“轧轧轧轧……”机枪在三面咆哮。敌人离开坡头有二百多米远。

“瞄准，”班长命令着，“放！”一个在草里抬起头来的敌人滚下山去了。

敌指挥官挥着红旗在吆喝着。

机枪加紧，掷弹筒落到崖下去。

“呀……呀……”三十多个敌人从一百米达处冲上来了。

“优待优待的——优待的……”日军的□声。

班长的脸涨红了：“优待你一个手榴弹！”

"轰!"大家都掷下手榴弹:"轰轰轰!"

"皇军"们习惯于打滚!一翻身就下去了。血染红了山坡……

枪和手榴弹接连打下去了敌人第二次和第三次的冲锋。

第四次,大山经过一度静默,忽然又像从梦里惊醒过来似的——

"轧轧轧轧轧,空,空,轧轧空空……"机枪掷弹筒齐声咆哮。山岳震动。

"筒,筒——"

"班长,"胡德林叫着, "我的子弹没有了。"他挥着他的空弹夹子。

"手榴弹。"

"手榴弹也只有一个了。"

"谁不是一个,看我的——"宋学义举起他的手榴弹在旁边咕噜着。

"呀……呀……呀……"这回三十多个□是日本兵。

"轰轰轰……""皇军"们又一次地翻了他们的筋斗,留下几摊鲜血滚下去了。

班长还有一个手榴弹,这是全坡最末一颗手榴弹了。

手榴弹给手握得紧紧的。热。

沉默。班长眼望着前面的青天,坡顶上有一朵小野红花在秋风里摇曳。

班长思念着:这最后的一响爆炸是给敌人还是给现在都齐集在跟前用灼热的眼望着自己的同志们?

山坡下有一个头在伸探。

"轰!"惊天动地的声响从班长手里摔下去。

沉默。五双眼睛在交换,五颗心在奏着一个节拍,燃烧过的枪支紧握在各人的手里。

"好的,同志们!"班长拍了一下大腿,"只有一条路——"低哑的语声,"咱们跳崖!"每一字都像铁锤一样地打入五个人的心坎。

“对！”葛振林响应了他的党的小组长的号召：“咱们坚决抗日到底，为了保卫边区，咱们死也是光荣的！”

“都是八路军，不是边区的也是中国人！”河南人胡福才涨红了他的脸。

“行啦，跳吧！”胡德林站起来，山坡上映着伟大的身影，“要死咱们都死在一块吧！”

山坡下，机枪轧轧轧地又在咆哮了。

“呀……呀……呀……”那是敌人第五次的冲锋。

敌人的头也看到了。

班长叫着：“同志们，我们的武器也不要给敌人拿去呀！”

“拆！”班长那支曾经用他的血去换来的三八式步枪，被他自己的手砸在大石头上断成两截。四支套筒枪接着也给毁坏了。这是多年的伴侣，生命的枪呀！

“剥！”是敌人没有响的手榴弹落在脚下。

“跳吧，同志们！”班长喊着。

五个人一齐，向下……

葛振林和宋学义给树枝挂在半空，二十丈绝崖的沟底有着三堆血肉……

敌人“占领”了那小块凹地和棋盘陀。风在吼，衰草萋萋。

崖边的日军都惊呆失色了：“五个的？五个的！五个的！”翻译官向清乡队叫喊起来：“八路军真坚决啊，摔死不投降！”

“我们是个什么东西呢，老乡们？”伪军们哭了，“这才是中国人哪！”手指点着崖下。

寂寞的夕阳洒在血的山坡上，乌鸦在叹息。

后来，日军进到老君堂，向那个曾经在甲午战争时参加过战争的八十多岁的老道谈起这五个勇士：

“我当过几十年的兵，”老道说，“还没有见到过像八路军这样的军队，真是神兵啊！”

“神兵的？”日本小队长问。

老道点点头。日本小队长为“神兵”所惊服了，他向空礼拜着，默祝着“支那”五勇士的“英灵长在”。在他以为五个壮士都是英烈牺牲了，然而，那个日本小队长是错了，受他祷祈的应该只是三个，挂在树上的两个在第二天早晨就回来了。宋学义的腰受了重伤，葛振林却已经回到他岗位上，率领他的班每天早晨在操场里跑步了。

现在，他们两个仍然是以其顽强的姿态屹立在棋盘陀上。

棋盘陀，像□巨的烈士塔上不可动摇的石像，在守卫着边区东线的门户。

秋天反“扫荡”手记之一，十月十九日于易县

（《晋察冀日报》1941年11月5日）

军民合作力量大如山

树中

敌人这次对边区大规模的秋季“扫荡”，主要企图之一就是要破坏我们的秋收，糟蹋我们的庄稼，抢劫我们的粮食，使我们增加新的困难，使边区抗日的人民和军队全都挨饿。

这个企图是毒辣的，但敌人没有想到这回他又打错了算盘。原来正在反“扫荡”战斗紧张激烈的时候，聂司令员就下了一个命令给全边区的子弟兵，要坚决粉碎敌人这个企图，保卫秋收，并且在不妨碍战斗的原则下，更要积极踊跃地帮助群众秋收。这样，边区子弟兵就到处掀起了武装保卫秋收的热潮，把许多敌人的临时据点包围起来，掩护老乡加紧收割，只要敌人一露头，就给他一个严重的打击。像洪子店，敌人有好几次开着大炮，跑过河来，站在山头上掩护他强迫来的民夫抢割我们的稻子，可是每次都被我们子弟兵打回去了，没有叫他抢走一颗粮。再像上社的敌人，有一次带了好几百辆大车到了车轮村，要把我们已经收割在场上的粮食运走，可是也叫我们子弟兵给他一阵好打，不但粮食没抢去，而且还叫许多敌人的血流在我们的粮食上，给了强盗们一个有力的惩罚。

还有些地方不少老乡都病了，眼看庄稼熟在地里收不成。这时，子弟兵就不但要保卫秋收、打击敌人，而且还要亲自下手帮助老乡到地里去收割。在很多地方，我们都能看到庄稼地里子弟兵跟老乡肩挨肩地在一起忙着秋收，有些子弟兵甚至病了也来帮助，实在支持不住的时候，就躺在地里歇一会儿，只要好一点，马上又起来帮助收割了。

十月中旬，子弟兵把东线的敌人驱逐了以后，聂司令员更号召所有部队：除有特别任务的，全体帮助老乡秋收！在这个号召下，子弟兵中的指战员们帮助秋收的情绪更加高涨起来，他们组织了许多秋收秋耕突击队，从山坡收到平原，从这村战到那村，连我们的聂司令员、朱副主任这时都亲自到了地里帮助群众收割，使得边区的老乡们和子弟兵格外兴奋。

到今天为止，边区极大部分的庄稼，全都在我军民合作下收割下来，这是我们的一个大胜利。那强盗似的想来抢夺我们粮食的敌人，是又一次悲惨地失败了。

这个胜利证明：子弟兵的力量是敌人所不能估计的！边区有了子弟兵，不但人民的生命财产有保障，就是任何困难都能被我们军民合作的伟大力量来把它战胜！今天我们要更加振奋起来，发挥这个力量，把敌人完全赶出边区，争取反“扫荡”的彻底胜利。

（《晋察冀日报》1941年11月6日，《子弟兵》副刊第18期）

十月革命廿四周年纪念

李长工

十月革命，是世界上最伟大的革命节日，就是二十四年前的今天，俄国的工人、农民起来推翻了万恶“沙皇”的统治，铲除了资产阶级和地主们的剥削压迫，建立起了工人、农民自己的苏维埃政府，彻底解放了自己。革命成功以后，并且在这二十四年内完成了社会主义社会伟大的建设。

眼下世界上只有苏联是最进步的社会主义国家。它主张正义，保卫和平，坚决反对法西斯蒂强盗，帮助着中国的抗战，帮助着全世界被压迫人民的解放斗争，全世界老百姓都热烈地拥护苏联，认为它是最好的朋友，是工人阶级和广大人民自由解放的祖国。

哪知德国、意国这伙强盗们，“恶鬼怕见真神”，他们害怕苏联的强大和进步，就合伙兴兵来攻打苏联，梦想把社会主义的国家打垮，好作恶造□没人干涉，好放心大胆来奴役全世界老百姓，好让世界人民都变成它的牛马畜牲！

这伙强盗们的如意算盘可打错了！苏联兵强国富，地大物博，有二十四年来社会主义的新建设，有世界革命领袖斯大林的正确领导，有共产党坚强的组织，有千百万英勇的红军，特别是全国人民都有抗战到底和消灭法西斯蒂的决心，全世界人民都热烈拥护苏联，都在积极援助苏联的抗战，这就是苏联伟大无比的力量，这就叫法西斯强盗们，花了五个来月的工夫，吹破牛皮，卖尽气力，虽然暂时侵占了苏联一些地方，可是强盗们的军队送死在红军手上的，已经满了四百多万。眼下苏联的抗战力量正越来越大，世界反抗法西斯强盗的人民越来越多，强盗们反革命的力量正越来越小，照这样下去，眼看强盗们就要挣断肠子、拖烂骨头，被苏联的抗战打倒，在全世界人民反对法西斯的铁拳下被消灭！强盗们进攻苏联这一着不是别的，正是他自己爬进棺材！

咱们今天纪念十月革命，正该加紧援助苏联抗战，打倒世界法西斯蒂强盗！

纪念十月革命的今天，正是四年前咱们晋察冀军区成立的日子，军区在聂司令员的领导下，咱们已经创造出敌后模范抗日根据地，培养出强大的英勇善战的子弟兵，不断地打得鬼子魂飞魄散，屁滚尿流！这一回秋季反“扫荡”，鬼子费尽了一切力量，结果也还是失败逃走了。继续扩大这个胜利，彻底打垮敌人，正是咱们纪念十月革命、纪念军区成立应该加紧努力的！

日本鬼子，本来是法西斯的德国、意国这些强盗们的一伙，咱们在边区拼命打日本鬼子，正是和苏联一起消灭世界法西斯强盗，所以咱们努力抗战，保卫边区，一面是保卫中国，一面也就是保卫苏联。自然，苏联的抗战，一面也就是保卫咱们和全世界的人民，今天咱们中国老百姓和苏联人民，正是手拉手地站在一条火线上和敌人斗争着。

这么，纪念十月革命，咱们对眼下的抗战工作，就该更要努力，特别加油。要把摆在眼前的救灾、治病、秋耕、秋收、交纳公粮等重要工作加紧完成，只有这样才能彻底粉碎敌人的“第三期治安强化运动”。要是谁的工作差劲一些儿，就不配纪念十月革命，就是放下了反法西斯强盗的责任，就对不起自己，咱们一定要有苏联老百姓那种认真踏实的革命精神。今天纪念十月革命，咱们要好好儿学习苏联人民努力抗战的榜样！

（《晋察冀日报》1941 年 11 月 7 日，《老百姓》副刊第 76 期）

十月革命的故事

彭时力

今天最光明幸福的社会主义的苏联，在二十四年前还是一个极专制黑暗的落后国家，那时统治这个国家的就是沙皇政府。沙皇是一个最大的坏蛋。他养下许多走狗，用最毒辣的手段来压迫剥削老百姓，还逼着他们去参加第一次的世界大战，去替帝国主义当炮灰，俄国当时的老百姓被他害得简直没法生活下去了！

幸好这时俄国已经有了共产党的坚强组织，特别是有了列宁和他的学生斯大林。这两位伟大的革命领袖，领导着工人阶级联合农民起来斗争，走上解放的道路。沙皇曾经屡次把列宁、斯大林和许多革命家关进监牢，还想谋害他们的性命，可是压迫愈厉害，反抗越会凶，革命在工人、农民里像烈火一样地燃起来了。

一九一七年（二十四年前）的二月里，全俄国的工人都罢了工了。他们站在斗争的前面，喊着“打倒战争”“打倒沙皇”“要求面包”呀！

沙皇用屠杀，用阴谋，用尽卑鄙下贱的手段来破坏革命。一切只是火上浇油，工人越发不能忍耐了，他们和农民们都穿上了军装，拿起了武器，并且和士兵们团结一起，合成一个大力量，像撕纸老虎样就推翻了沙皇政府，就打倒了一切黑暗腐败的统治，二月革命胜利了。

可惜这时革命队伍里还暗藏着孟塞维克这一伙坏蛋，他们“挂羊头卖狗肉”假充革命党，暗地做资产阶级的走狗，还欺骗人民把政权统统交给资产阶级的临时政府。资产阶级更一面和外国帝国主义勾结，打算出卖俄国，一面回过头来更加厉害压迫工人农民。工人、农民在共产党的帮助下，这才清楚地看穿了这群豺狼的尾巴，痛心极了，气愤极了，可是他们并不灰心失望，列宁大声地教育他们：“把革命进行到底，把一切政权从资产阶级手里拿过来——‘一切政权归苏维埃！’”

对呀，把一切政权从那些混蛋们手里拿过来！把革命进行到底！工人、农民、士兵都记住了列宁的话，都摩拳擦掌地准备着，等待着。到了十一月六日，斯大林把一切事情都准备好了，只是一件事，大家都着急，列宁当时不在俄国，他还在外国避难呢。

当天晚上，一个消息传了出来，人们听到了就疯狂似的跑到了车站，围住那远远开来的一列火车，好不欢天喜地呀！列宁从外国赶回来了！工人、农民、士兵密密地围着了他，抱着他，把他举到空中，笑着，叫着，高呼着：“看呀，他回来了！列宁同志万岁！”

当天晚上列宁到了司莫尔□，进了革命司令部，发下命令：马上动手！

就在当天夜里，惊天动地的十月革命干起来了，海军船上的革命海军放的大炮响了，反革命的大本营——冬宫给工人、农民包围住了。到了第二天下午，革命军队就完全占领俄国的京城——彼得堡，打进了冬宫，活捉了反革命临时政府的头儿们，完全建立起苏维埃政府，选举列宁做主席，把土地交给老百姓，把国家的一切财富定归公有，粉碎了一切剥削压迫制度，十月革命完全的胜利了！

从此世界上第一次出现了社会主义国家苏联，从此全世界被压迫的人民都有了自由解放的祖国，从此世界人们对革命有了更大的胜利信心和力量，从此十月革命永远像太阳一样光明照着全世界的人民走上光明自由的道路。

（《晋察冀日报》1941 年 11 月 7 日，《老百姓》副刊第 76 期）

好样儿的农会长

李山发

我们村的农会长，可真是好样儿的，他是三十五岁的壮年汉，虽说他识字不多，但是他工作很有办法，很能干，非常负责。

当着敌人一开头进攻边区的时候，他就督促全村的人把粮食衣服等重要的物件分散坚壁妥帖，还有许多公家的东西，他也和全村干部很仔细地坚壁安全。敌人进攻到×庄的时候，他就帮助全村干部开会商量村里的人分散隐蔽的地点，并且规定谁照顾哪个地点，哪几家，还很严密地注意平常表现不好的一些落后顽固分子，防备他们做出不法的事情。咱们的会长和几个干部都常常在村前村后待着，一方面监视鬼子的行动和坏人偷东西，鬼子烧了房子刚一退出村，他就吆呼大家救火；另一方面，就是支应咱们的军队，每一次咱们的子弟兵到我们村里，他都负责弄粮、找锅、做饭、烧水……

这时候正当庄稼成熟，遍地金黄，一年血汗换来的粮食，全在地里等着收割。可是这一条大道上，到处都挤满了鬼子，把庄稼让牲口拼命地吃，并且放火大烧！这是多么令人气愤和着急的事啊！这时候，我们的会长就天天嘱咐游击小组，仔细打探，鬼子一退，会长便领导大家伙出来抢收，听到鬼子来了，就把收下的庄稼背到山沟里去，天天这样，就把全村粮食都收割完了。

接着，秋耕又是时候了，我们会长还是用秋收时候的办法，由游击小组监视敌人，两三个村子的壮丁，合起来一百多个，赶快地修渠。中间因为情况变化，别村的人都不来了，他还是鼓动本村的人们坚持工作，这样修渠的工程便完成了。后来几百亩地都种下了麦子。

这次敌人“扫荡”，虽说要比往年都要厉害，但是我们村的秋收秋耕却没有耽误，全村没有被捉的被杀的，一切工作也坚持着。这当然主要地是因为全村的人能够团结一心，各个干部也都很积极负责，可是农会长的勇敢、坚决领导，也有着极大的作用啊！

（《晋察冀日报》1941 年 11 月 7 日，《老百姓》副刊第 76 期）

敌寇在行唐的暴行

关克

八月二十二日行唐出动敌经八里庄、口头、黄庵、石桥、上下庄，一路散发欺骗传单，到岔头、陈庄，建立起临时据点，□开演了对行唐“扫荡”的序幕。残暴的兽军，到处行凶，留下了不少的血痕□迹。

九月二日，敌由陈庄到口头，民众纷纷逃避，只剩下八十七岁一个老太太、两个带病老头、一个瞎子未及逃出，与一个回家照顾父亲的青年，为敌所获，当遭惨死。尤其老太太死之惨状实令人惊心动魄，目不忍睹，非文字所能形容：野兽们将老妇人的衣服脱光，裸体绑于廊柱之上，生殖器与肛门各钉进木棍一根，把两根燃着，用火烧□而死。这种残暴的行为，乃全世界上前所未闻、今所罕见的事。

九月三日拂晓，口头敌一部包围鱼鳌山（原名岩□山，位于口头西北二十里，峰峦重叠，曲折崎岖，颇为深广严密），向着手无寸铁的人民，大逞其“皇军”的威风，几十名无辜的百姓均死于兽军的机枪刺刀之下，其中一个赤手空拳的勇敢青年，为保卫自己搬起一块大石头向着山腰的鬼子猛然砸去，把一个敌人打死，自己逃出。

在苇园，敌盘踞多日，不断四处捕捉百姓，用来填猪圈、地窖、土坑，致使该村坑窖充满死尸。而盘踞口头之敌，经常四处烧房，捕捉百姓，只北出一次则捉去□□（最多）黄庵，东西五女、石门等村百十来人，带到上碑运往他地。

九月十六日，敌寇开始大烧杀，只一日便烧了西口头、河西、石门、东黄庵、九口子、周家庄、坎上、十字河、齐家峪、高家店等村；十九日烧卢家沟等三个村；二十四日烧西寺家庄、万里、井窑等地；二十九日敌又占据口头。每日出动，遇人便杀（如口头本街刺死八九个、黄庵刺死七个……），到处放火，草包头、□角、高峪、辛庄、鳌鱼、东西五女、楼房沟等村相继被烧，已烧过的村庄，路过时还要再烧一次，像石门、黄庵、九口子等村被烧不下四五次。同时兽军还带着不少的驮骡，到各村搜索粮食、财物，焚烧破坏农具及日用家具。

日寇这次对行唐的“扫荡”是非常残酷的，不仅实行所谓“烧光”“杀光”“抢光”的“三光政策”，同时把这×区域划归所谓“无人区”，并强迫群众搬到“治安区”，任其宰割奴役。

但是敌寇无论如何诡诈，久经□炼的行唐人民是不上其圈套的。虽忍受饥寒，仍然与敌周旋，如×区不断打击出扰敌寇汉奸，使小股敌不敢出来……“敌人烧了我们的房子，烧不死千万人的心”，行唐人民决不向敌寇残暴而低头的，相反的将咬牙切齿举起钢铁般的拳头为保卫自己、保卫家乡、保卫边区而血战到底！

（《晋察冀日报》1941 年 11 月 11 日）

深泽城内

青昭

我的故乡——深泽——那座庄严高大的古城，自敌人占领后，我三年不曾目睹过他的繁荣市面了。今年七月七日，敌寇二期“强化治安”开始后，更从城里不断地传出各种敌伪荒淫无耻的事实来，这越发打动了我的心，决志冒险回去看看！

距城二里地内的高粱和树木，在敌人驱迫下，老乡们含着痛心的眼泪，将半成熟的庄稼，一棵一棵地削割了，显然敌人怕青纱帐，怕八路军的攻击。

进城后，已是早饭时候了，阳光照着残缺的屋基，靠城外那些穷苦家的低矮房屋，因敌人害怕八路军登房爬城，完全平毁了，那些平素经常见面热诚的老乡们，也不知跑到哪里去逃亡！城门洞里，放着一袋一袋的沙土，城里那片青楼瓦舍富绅家的房屋，都被敌人拆了顶子，木料多半建筑了高高的瞭望楼，剩下的部分梁椽，敌伪没柴烧会□□了饭了，残砖碎瓦，一堆一□□□□□头，晚上行走，一定会把你□□□□□，敌人却在拆毁的高墙上写着“□□□□□秩序”和“建设东亚和平”，敌人“东亚新秩序”和“建设东亚和平”就是把所有的建筑“捣毁”“消灭”，使这世界变为零落荒凉！

当我走进我自己的家门，一看房屋已被敌人平毁了，院子当了敌人通城外的汽车道，西邻白发的姑母，瞥见三年不见的我，在门外难过而惊喜地唤我到家坐下。我问她奶奶哪里去了，她眼泪噗噗地告诉我：“县城失落时，已被敌机炸死了，三岁心爱的孙子胖旦，也死在炸倒的房子里。”后来她切齿地述说：“×家的无耻闺女跟敌人上了石家庄，×××被敌人要钱逼得上了吊，妻子吓得跳了井……”她又告诉我一些敌寇惨杀奸淫中国人的仇恨故事。

怀着怒恨的心，我辞别了姑母，到西大街上溜达，决心要看完这离别三年的“故乡”。

到西街上，首先看见路北那所巍峨宏大的城隍庙，那是事变前教育局所在地，里边绿草丛生，数十间宽广□□□现已无人居住，变成了伪军、□□□便溺池，你走进去，苍蝇□□□□□难闻。教育局的西邻是敌机炸毁房角的三间小屋，现在成立了一□小学。二十多个没精打采的儿童，在诵读着《三字经》《百家姓》《孟子》……一些的书籍。六十多岁的先生，是×村前清的秀才，昏花的老眼，坐在学生们的面前，托着长长的烟杆，斯文气十足。他麻木的封建意识，不知羞耻地去做日寇奴隶，这就是敌人所谓“恢复中国文化教育”的成绩。在教育局的东边，过去的简易师范，县高校，已做了伪警备队的驻扎地。从乡间抓来的老百姓，便在这里压杠子，灌辣椒水，上火床，勒索钱财……由简易师范，再向东去不远，便是监狱和伪县政府，再东是“丁字街”。事变前，饭馆、点心铺有□余家，白天、晚上，行人总是熙熙攘攘，可是今天这里的所有商铺，都关闭了，有的门板完全被汉奸小偷偷走了，剩下黑洞洞无人的空房，显得异常凄凉。据说，上月这里还开着二个汉奸饭馆，因城外抗日军民的经济封锁，不能买面进来，本月（八月）八日也只好关门大吉了。相反的，这里的监狱墙倒修得很坚固高大。敌人将抓来的老百姓，凡无巨款赎身，完全扣押进去，里面人总是满满的。

我走过伪政府的半里长街，很少碰到青年妇女，偶尔遇到一个，便是粉面红唇的浪荡女人，没有一点的羞耻，嘴里哼着浮词滥调，其余我所见的便是些眼花耳聋的老头老婆了。他们拄着拐棍，坐在门前，低头丧气，幽灵似的陪□着这死寂的街道。

由西街转到南街去，路北的那个“阅报所”，现在敌人改做毒化人民大烟馆，蓬首垢面、佝偻驼背的烟客们在门口出入着，不时发出喷嚏、咳嗽、长叹的声息。从鼻涕交流的哭丧着的脸上，你会知道他还没有过了瘾。大烟馆的门前，有一二个小贩，卖着西瓜、甜瓜，他们企图在这些烟客们的身上找些利润。

由大烟馆向南街走，事变前是店林立的市场，人们日常的生活用品□都可从这里买到，但现在两旁店铺全被敌人拆毁了，一切木料砖瓦用去修了“灭亡”中华民族的碉楼。铺口的台上，积土过寸，鼠爪蛇迹极乱地错综着。当南城楼上，几个鬼兵□眼盯视这条街道时，越显出这条街的荒凉。由大烟馆向东城走去，不少逃亡人家的房屋也被拆毁了。只有“孔子庙”“良节楼”却被敌人珍重地保存着。敌人阴谋从中国人“旧礼教”的毒素中做他奴化中国人的理论根据。东街上，还有一家价格昂贵的醋酱铺门板半开半掩着，里边守着一个山西人，如果你因醋酱价钱太大，不在这儿买，那么你找遍全城，也不会再买到的。醋酱铺掌柜的，是极喜欢边区票子的，原因“准备钞”一出城就没人要。

从太阳由正东转向正南的时候，我走遍了全城，西大街、西小街、中山门……我这半天遇到的人们，都是□形菜色的烟客和一些高年老人，其余就是耀武扬威的十几个大“皇军”；我所见到的地方，僻静处就是一堆一摊的人粪狗屎，明显处就是拆毁残砖瓦砾。总之，全城没有半点生气，完全是一种□□的□界了。

正午我回到邻姑家里，街□的长辈□□悄悄地走来看我，打听外边的消息，我告诉他们抗日根据地的幸福生活，人民夜不闭户，路不拾遗的种种事情。他们感叹着说：“城里真是一个匪盗结伙的世界，如果家里一时没人，小偷便弄走你的锅碗、粮食，敌人便拆了你的门窗□子当柴烧。甚至有人的家，晚上汉奸、烟鬼还偷摘了你的门□环，弄一半斤铜铁，卖了换吸毒品。伪军时常偷子弹、大枪栓卖给城外八路军。”他更愤愤地说：“敌人在南城外的高小学校，设了个娼妓院，把抢来的中国姑娘关在里边，每天鬼兵前去玩弄、消遣，发泄兽欲。”最后老□爷爷□着八字白须，颤抖地骂说：“孩子！你看这是个什么世界啊！”临别的时候，他们手扶我的肩头说：“打走日本还是靠你们这般能干的青年努力！”

我走出城门，回头瞻望城楼，那里仍然站着六个怒目横脸的□兵，城里的街上，仍然冷冷静静。三年不见的故乡，已失掉了笑的颜色，变成了死气沉沉的鬼混世界了。

一九四一年八月二十五日

（《晋察冀日报》1941 年 11 月 13 日）

血汗凝结成的环带

——军民永远团结在一起

项清

敌人对我们狂暴的烧杀之后，随着有些地区就有病疫的流行，这□□熟透了的庄稼，在秋风中摇摇欲坠，感到无人收割的痛苦。

这种情形，在滹沱河沿岸是最显然了，因为这儿的村庄曾遭受巨重的创伤，西河滨广绵的土地上，却长满了丰肥的稻禾、高粱、玉蜀黍和豆子……

子弟兵和人民是血肉相连的，而这并不是一句空洞的口号。他们把人民的灾难看作自己的灾难，不仅用自己的生命保卫了美丽的田园，击碎了敌人的抢收计划，而且在逐走敌人以后，又挥弹自己的汗滴，帮助群众秋收、秋耕，解除这在人民面前的深沉的艰困。

十月十日洪子店、温塘的敌人狼狈逃奔之后，军区政治部全体指战员就赶到了黄泥一带的灾区，来进行这一庄严的工作，随着，盂平大队也奉命调来了四个连，参加秋收战线上光荣的战斗。

我们盂平大队工作的地区是在东黄泥、洪子店，南、中、北古月一带。在半个月当中，我们获取了如下的成绩：割稻子一〇〇七亩二分，谷子九三六亩九分，高粱二六九亩五分，棒子八八六亩，拔棒子秸六一亩四分，搬运粮草二〇九亩七分，收回豆子五三二亩□分，其他杂粮二十八亩，送粪三一〇挑，由地里运回粮食八二九口袋，总共十多天工夫，合计收回粮食四四〇〇亩三分。

在工作里面，子弟兵行列里的共产党员、青年队员以至全体指战员，都是用最高的劳动热忱来换取获秋的胜利的，大家忘记了自己的劳累，也不顾惜自己身体的孱弱，有些同志是扶着病来工作的。北古月三一〇担肥地的粪土是三连支部书记杨运有同志和四班战斗员杜化国同志几个人，来回奔走于四里远的坡道上，从早晨到黄昏一天工夫所得的成绩；小宣传员高志□同志带着病下地割稻，弄得病更重了不能再从事劳作而伤心流泪；三连炊事班长□长林同志做完饭菜，还领着炊事员给老乡浇水种麦……

老百姓为这种奇迹所感动了，口口声声地□着："八路军真好，真好……"在南古月村，差不多每家都有病人，眼看熟透了的庄稼无法收割而焦烦忧心，当军队开到帮助秋收时，大家只□："救命的来啦!"不少人因为兴奋欢欣而驱走了自己的病魔。

这以后，部队吃的菜，烧的柴，每天都是老乡们成堆地送来，再三再四拒绝我们依例给钱，弄得二连政指没有办法，只好说："要是老不要钱，咱们可不敢老在你们村住，帮助秋收了。"结果老乡还是不听。再，如二连的一个班要拾柴火烧开水喝，给一个四十余岁的女房东拦阻住，说："我有柴火，怕烧不着吗?"当烧水盖锅时，她又抢着倒进一大碗绿豆，说："放点绿豆，败火的。"

在十几天里面，零星的没计算在内，老乡们在物资艰困的条件下，却慰劳了我们两只猪、五只羊、六挑白菜、一百斤白面、二百六十斤大米。在洪子店还收到一面鲜红的大旗，上面写着"获秋救星"四个大字。

这是血汗凝结成的军民团结的环带，难道日本法西斯盗匪的暴力或下贱的阴谋能够把它拆散吗?不能的，这环带将日益坚韧，直至绞杀那无人性的法西斯野兽们。

（《晋察冀日报》1941年11月16日，《子弟兵》副刊第19期）

零用费发下以后

范玉昆

在我们三分队，团结友爱的精神真好，整天大家在一起吃饭、上课、唱歌，比一家人还要亲热呢！

昨天我们又发了零用费。在三班，有的同志早些时有病把零用费先借了，还有两个刚来不到一月的新同志也没有领着，可是大家的铅笔和习字本都用完了，怎么办呢？这时我们的班长陈福金同志就说："谁的钱还不是一样的花！我拿五毛钱，捐给没领零用费的同志买铅笔买纸，学习要紧！……"他还没有说完，老战士魏喜增同志插嘴说："我也拿五毛！发扬团结友爱嘛！"……

这样，第二天，他们全班都有了铅笔和习字本。

三团三连

（《晋察冀日报》1941年11月16日，《子弟兵》副刊第19期）

安慰苦难的孩子

贺国卿

十月三日，洪子店的鬼子又跑出来，在滹沱河两岸的村庄，到处放火杀人，老乡们全都躲到深山里去了！

在一条狭窄的深沟里，构筑着几座简陋的房屋，这里在平时是很少有人去的，而今，由于敌寇的烧杀，却被逃难的人们拥满了。屋檐下，草堆旁，也被挤得满满的。由于一天没有吃饭，小孩子们都号啕地哭起来。

下午，刚把放火的鬼子打走的一群子弟兵，也开到这里来做饭吃，他们都很饿了，所以很快地把饭煮好，就一组一组地坐在地上吃起来。

“娘！我饿，我要吃饭！”难民中的一个孩子在他母亲的怀抱里号啕着。

×同志看见这种情形，再也吃不下去了，赶忙把自己的饭，端了一碗送给那孩子，并且很好地安慰着他。

“你们不吃吗？”老乡闪着惊奇的眼光，望着他。

“不，我已经吃了一点，这些你们吃吧！”

“你们的给养都是有定数的，给我们吃了，你们不是吃不饱啦！”

“我们少吃一点没有什么关系，孩子们可得吃饱啊！”……

这比自家人说的还要亲热的话语，把所有的老乡们都感动了。

（《晋察冀日报》1941年11月16日，《子弟兵》副刊第19期）

打走强盗

叶瑞

敌寇在秋季大“扫荡”中，沿着慈河东边修了一条汽车路，像一条毒蛇，从行唐城一直伸到陈庄。在这条路上，敌人建立了许多据点，仅花潭庄一处，就经常驻着五六十个日伪军，可是在这种黑暗世界里是找不到人烟的，老乡们全都逃出了。

河的西边，呈现着紧张的空气。在河边的茂林里，苇地上，经常有×区队的游击队出没其间。所以隔一条河，鬼子虽然垂涎河西的葡萄、白菜和肥鸡……但却不敢轻易问津，只是像游魂似的在河东徘徊着。

九月十六日那天，敌人大概是再也忍不住了，五六个人便偷偷地在汉奸的引导下到了东柏山。随着就像一群□猪样地窥进菜园里，拔了五十多斤的白菜，并在村外捉了二十多只鸡，把这些东西刚搞好，便想一口气地往河东逃。正在这时我们×区队一连的一个游击班闻讯赶到了，鬼子听到枪声，慌忙□把白菜、鸡全部丢下，只顾狼狈地逃命。我们这一个班的勇士们奋勇直追，一直把鬼子赶过了河才回来。他们把□下的东西，全都送回给老乡。老乡们兴奋极了，大家决定拿全部白菜和九只鸡作为他们的慰劳品。代表送慰劳品的那个老乡，笑微微地说：“同志，有了你们，鬼子是见不到我们的一根鸡毛，和一棵白菜的！你们收下这一点吧！小意思！”

（《晋察冀日报》1941 年 11 月 16 日，《子弟兵》副刊第 19 期）

封锁沟的毁灭

——记灵寿大破击

本报特派记者 戴烨

封锁沟，这条光明与黑暗的分界线，在敌人的用尽一切力量的护卫下，算在边区外围存在好几个月了。敌人凭借着它曾进行过卑鄙无耻野蛮残暴勾当，吸吮过人们的血汗。然而在本月十号的那一天，它终遭受了最后的判决，边区的人民用着自己的意志和力量，予了它最后的死刑。

还正黄昏时候，人们便像激流似的，在兴奋地向横亘在灵寿界内的封锁沟挺进着，刺刀和铁镐在人群中闪耀。内心的愉快和激动使民兵和战士们的面庞，现出了稀有的光亮。街头巷尾的老乡们看见这无尽的人群有点大惊讶，然而很快地他们便了解到：这是“平沟”去呀！于是欢乐和兴奋马上便沸腾了整个村落。

队伍继续地向前进着，夕阳的余影逐渐接近了夜的边缘。

越过高低的丘陵，走了三十多里的光景，便到了封锁沟的前沿北堤下，离封锁沟只有半里地，而位于封锁沟线上的狗台□□和刘狗台的堡垒却在摇摆的炊烟中像一座吃血的魔鬼矗立着。

到了××□内，队伍□停止、休息。这个村子是游击区，村里的人看见这一大队人，却表示了极大的欢欣。他们毫不生疏地□找□说话，有的拉入到他们家中坐，有的烧开水，热闹的程度，好像多年不见的亲戚。

沟里的民众，听见这风声，许多人都跑了过来，亲切地向我们部队慰问和哭诉。

一个刚从沟里跑出来的老头凄楚地叙述了，他说他的房子叫敌人烧了，粮食也被抢光了，两个女孩亦都叫敌人奸淫了，后来大女孩因为羞愧跳井自杀，二女孩又叫敌人给□跑了。在沟里敌人是无恶不作的，想要女人，就得给女人，想抢东西，就得给东西。老百姓们一天在恐惧中过生活，忍不住的都跑到这面来了。沟里真是人间地狱，这一次你们来我们就有法活了……老头的眼泪和凄楚的诉述立刻刺动了周围的民兵，一个民兵立刻恨得把铁锹在地上切了几下，向东方指了几下，表示非把这封锁沟平掉不可。

民兵的领导者营连长们却在用着闲暇进行临时的鼓动。民兵们的情绪更为高涨，相互提出竞赛。民兵指挥部的陆政委谈，光从灵寿牛城至马家庄三十里路光景，便有六千人参加平沟，而且这些民兵都是事前上过破交课的。大家对于平沟的胜利都有着极高的信心。

夜幕笼罩大地以后，掩护平沟的部队便出动了，向着相距五里地的刘狗台和井上的堡垒实行攻击，我们迫击炮弹射向敌人的堡垒后，敌人都震撼得不敢动了。我们步兵便转移向堡垒□□打击敌人，于是战斗便开始了。

在喀喀和达达轰轰的交响曲中，民兵开始了平沟。

命令一下，铁锹镐头都争先恐后地掘向土坡，有几个也许是用力太猛吧！连人带土块一下掉到沟里面去，引得大家哗哗笑起来。

土块是很快地从两边抛向了沟内，而沟底的土块逐渐地高涨起来，民兵们在热切地注视着自己的成绩，当每个人发现自己的土块添得□时，微笑便从心头滑向眼角，而成绩比较稍差的，利用高度的□率来追赶别人，大家的心中都在紧张地竞赛着。这主要的是因为他们认清了任务的□重和时间的□□。

我在沟旁巡视一周以后，便发现他们的每一掘土都要比掘田地时多出好几倍力气来，每一掘的土块□□□相当惊人。虽然他们的汗早已湿透了衣服，而几个人又临时生了病，可是他们始终没有要求休息或□过疲乏，不顾一切地在掘着刨着。

休息换班的时间到了，有许多人仍坚持不下战场，而其中特别是

□□四连的两个民兵，坚持挖到底！“战士们用枪杆和敌人整夜拼命，为什么我们就不能用铁锹拼他一夜呢？”他们两人终于一直做到最后一班。

最使人意外惊讶的，却是那个沟里跑出来的老头，他也拿了一张铁锹参加了平沟，他问好了自己的位置后，便很用劲地掘了下去。别人看他年纪大，□他休息，他却说：“这条沟害得我全家都毁灭了，就是拼了老命，亦要把它平了的。”

敌人的机枪、掷弹筒，不仅光对付我们武装战士们，同样的，亦不时扫向这用铁锹战斗的一群，火花在沟里沟旁飞驰爆炸着，子弹在搜搜地乱窜着。然而敌人的子弹是白放了，民兵们很沉着，没有一点害怕，战争的锻炼，使得他们更坚强起来，即使弹片落在他们的身旁，他们连看亦不看，自然继续地挖掘着。甚至一个带队的同志中了子弹，亦没有惊慌了大家而搅乱了秩序。相反的，大家更沉着，更用着最大的力量来挖掘，来安慰负伤的同志和回答敌人！

正在这个时候，雨点开始滴滴答答地落了起来，不久，人们的衣服便都湿透，而沟土亦泥泞得使人难于下手挖掘了，然而这又算什么呢？为了驱逐敌人生命都不顾了，何况一点雨水呢，于是像下了通知似的，大家的锄头铁锹不约而同地都加起油来。

掘掘，继续地掘！

还没有达到预定的时间，这一条毒蛇便给分解了。

从井上到刘家狗台，倾□平了十二里，同样在南水大吾平了十四里，孙家楼朱食平了六里，胜利的火花到处在燃烧着，而敌人的丧钟亦在到处敲打着。

在大雨中，队员们带着胜利的微笑返回了宿营地，而同样亦带着更大的力量和信心准备应付明天的战斗！

（《晋察冀日报》1941 年 11 月 22 日）

努力援苏反法西斯

李长工

苏联的人民为抵抗法西斯强盗的侵略，今天正在进行英勇的抗战。这抗战已经进行了五个多月了，进攻苏联的德国法西斯这一伙强盗，碰到了苏联红军致命的打击。五个月来，红军已经打退了他许多次的拼命进攻，打毁了他们无数的飞机大炮和坦克，消灭了强盗们的军队四百多万人。我们早断定：法西斯蒂的狗命，这回迟早一定要完蛋的。

苏联的抗战，是全世界人民极关心的大事，因为法西斯这一伙强盗是祸害世界人类的恶魔。在西方，德国强盗已经灭亡了欧洲许多的国家，奴役了无数的人民，毁坏了无数老百姓的生命财产；在东方，日本强盗正在进攻咱们中国，屠杀、抢劫中国同胞。德国、意大利、日本，这些正是法西斯强盗的一伙，他们结成一个匪帮，要把全世界变成血的地狱，要全世界老百姓尽做他们的牛马奴隶，法西斯蒂是全世界人民公共的敌人！

为努力援助苏联抗战，彻底消灭法西斯蒂，全世界上的人民都怒吼起来了。工人阶级更表现得英勇积极，在南美洲，有过数十万工人举行援助苏联的示威运动；在世界各地，已成立了许多援助苏联的群众团体，积极地在进行工作；美国、英国已和苏联结成了世界的反法西斯战线。这些国家的工人，更自动努力地加紧生产，使政府不断运送大批飞机、大炮、坦克等去帮助苏联，还有自动驾着飞机去参加苏联抗战，去和苏联人民一起，消灭世界人民公共的敌人的。援助苏联，反对法西斯强盗的伟大运动，正在全世界上热烈地开展着。

苏联自来是中国人民最好的朋友，咱们自然更要积极地参加援助苏联运动，中国已和美国、英国、荷兰国结成了在东方的反法西斯的联合战线了，中国的抗战正和苏联是站在一起，打击着法西斯蒂，消灭着共同的敌人。因此苏联的抗战就是对中国抗战的极大的援助。自然，反过来说，中国的抗战也就是极有力地在援助苏联，所以咱们要积极参加援助苏联反对法西斯强盗的运动。

第一，就要更加努力眼前抗战的实际工作，粉碎敌人第三期的“治安强化”运动，广泛开展群众游击战、破交战，一定要打垮敌人的封锁，毁尽鬼子的交通要道，使他寸步难行。

第二，咱们更要努力宣传，使大家都要懂得苏联抗战和中国抗战的伟大意义，提高抗战的胜利信心，揭破鬼子汉奸的一切欺骗宣传。

第三，咱们要援助苏联抗战，就要大家当心德国、日本这些强盗们的走狗，严防德国走狗第五纵队的阴谋活动，消灭日本走狗一切敌探和汉奸。

总之，咱们要热烈地开展援苏运动，要打倒世界人民的共同敌人，眼前抗战的责任更重大了，咱们要大家更起劲地来担起这个担子！全世界上的人民，都在热心地希望着苏联和中国的抗战能够早早地胜利，咱们一定不辜负世界人民的期望！

（《晋察冀日报》1941年11月25日，《老百姓》副刊第78期）

平“草鸡沟”

李深

这几天，连长去开会啦，回来就给我们上“破交课”，教我们怎样□刨，怎样取得联络，怎样守纪律……这时候谁都猜到：快打仗了。在村边的场上，李小成向我跑来，说：“又要破交了，八路军来了。”

说起打仗破交来，虽说我们好歹武器都不全，可是干的次数，也不少了。

今个晚上天变了，下起牛毛雨，约莫吃晚饭的时候连长招呼我们集合，他红黑色的脸绷得很紧，眼睛向我们一扫，就讲起来了：“今个晚上，我们去平‘草鸡沟’（就是封锁沟），你们愿意去不愿意去？”

提起那“草鸡沟”，真不知道害得我们多少同胞家破人亡。今天我们要平它了……我的心都跳起来，恨不得一下子就把那害人的东西毁掉。

“破交倒不怕，那王八窝（敌据点）谁管呢？”李小成眯缝着小母狗眼说。

“不要紧，我们的队伍开来啦，有大炮，有机关枪，什么都有……我们只管破就行啦！”

我们出发了，队伍离开村庄顺着河滩和杨树林走去。一路上非常安静，只有人们的脚步声和秋风飘着落叶的声音。我想：这回破交，非他娘的干个彻底不可！

到了封锁沟旁边，我们全连马上散开。好多人举起武器要动作了，连长跑过来：“别忙，一块下手！”我真急得要死，怎么还不开始呢！

过了吃两袋烟的工夫，命令来了。几十里的大沟被人们一镐一镐地破坏起来了。

封锁沟里的一个老头子，弯着腰，拿着一个镐也来了，□着气就挖地。他出了满身汗，喘不过气了，但是他还在挖，我们连长叫他休息，他说："这条'草鸡沟'不知道挖了我多少地，毁了我多少财产，今个你们都来破交，我还能瞪着眼看着吗?"

还有一个年轻小伙子是和这个老头儿一块来的。他最出力，每一镐下去，都是一大块土，一次他用劲太大，一大块土把他都带下去了!

行唐城，朱食……枪炮声更响了。子弹在我们四周围飞着，但是没有人管这些，只是在最危险的时候才趴下，李小成差一点没被打中。连长叫他"卧倒"他还顽皮地锄土，班长叫他停下休息，他不肯，说："子弟兵跟鬼子拼个整夜，我就要跟这个沟拼个整夜!"

下雨了，人们的衣服淋湿了。身上有点冷，可是人们的心都是热的，汗不断地从头上滴下来。

"干吧，要是上了冻，可就不好破啦!"不知是谁说的，也没人答话，土块"哗，嗵!"的声音却更大了。

一会儿，连长跑来，说这儿的堡垒，叫子弟兵破毁了，那儿的伪军被解决了。等我直起腰来问，他又跑到别处去了。

天快明了，命令又来了："沟平好了，马上回去!"

子弟兵们背着枪，耀武扬威地也回来了。他们真辛苦啦！和敌人拼了一个整夜，你看衣服都淋湿了，可是他们非常高兴。一个向我说："老乡，真加油啦，没到时间就完成了任务!"

我笑了笑说："没有什么，你们才辛苦呢!"李小成抢着说："说什么辛苦不辛苦，还不都是为了抗日!"大家都在兴奋地笑着，走上回去的路。

（《晋察冀日报》1941年11月25日，《老百姓》副刊第78期）

反对自私自利

杨栋

我们老百姓在四年多的抗战当中有了非常大的进步，这是谁也要承认的。特别是在我们敌后抗日根据地里，因为有共产党八路军的领导，大家的进步更快。可是另一方面，也还有少数人进步得不够，他们还有很多落后意识，他们总是脑筋不开，没有真正懂得抗战是大家伙的事，谁都有责任，什么事情总离不了给自己打算。这种人，我们说他是自私自利。

自私自利的人光顾个人利益，只要对自己有好处就行，别人怎样他就不管了。所以常常是为了他自己占便宜，而叫别人吃亏。用我们中国一句老话来说，这就是“损人利己”。比如在这一次敌人秋季大“扫荡”中间，有些村子曾经发生过这样的事情：

敌人快来了，村子里住的队伍把一些带不了的东西交给村里老乡去坚壁。可是反“扫荡”结束以后，再来找这些东西，有的人就说叫鬼子烧了，或者是说不知道叫什么人拿去了。当然，有的也许是实情，可是有些就不是那么回事，鬼子也没有烧，也没有什么人偷，却是他自己隐藏起来了。

像这样“发洋财”的人，就是一种自私自利心很重的人。他应该知道，做这种事情是非常不对的，这完全违反军民合作的精神，对军民关系有不好的影响，对抗战自然也是没有好处的，并且，这种行为还是犯法的。

对于这种自私自利、损人利己的人，当然大家都要反对他，可是另一方面，我们也还要教育他、说服他，希望他能认识他这种错误，能够知过改过。

（《晋察冀日报》1941年11月25日，《老百姓》副刊第78期）

大家一齐动手平毁封锁沟

力克

这几天咱们边区的子弟兵又出动了，在各线上都获得了不少的光辉成绩，杀死鬼子多少先不说，光封锁沟就让咱们子弟兵和老百姓填平了几百里。

说起封锁沟来，这还是一个不常听说的字眼儿，恐怕大家还不很熟悉□！什么叫封锁沟呢？要追究起它的根底来，就得和日寇的“治安强化运动”这个鬼名堂连起来说一说。原来在今年三月的时候，日本鬼子和汉奸小丑们因为害怕咱们，企图毁灭咱们，苦心焦思地想出一套毒计来！这个毒计他们把它叫作“治安强化运动”，从二月到四月算是第一期，从七月到九月算是第二期。但是敌人的这两期“治安强化运动”在咱们的军民不断打击下已经可耻地破产了。可是大家都知道，咱们边区存在一天，鬼子就不能安心顺手地抢夺咱们老百姓的东西，更不能叫他方方便便地实行什么“烧光”“杀光”“抢光”的“三光”政策。所以鬼子野心不死，从本月一日起又来了一个第三次“治安强化运动”。这一次可就更加阴险毒辣了，鬼子在咱们山外平地上挖一道深二丈宽丈八的大沟，在沟外还修一道厚三丈高丈二的大墙。至于地是张家的还是李家的？地里有没有庄稼？有没有祖宗坟墓？是一概不管的。这样一来，咱们几百千顷平坦的肥地变成没用的深沟还不算，还要使沟里的老百姓吃不上盐买不到日常的必需品，使沟外的老百姓吃不饱饭（鬼子要把沟外老百姓的粮食棉花等都要运到城里霸占起来供给他们使用）。你瞧！鬼子这一条毒计恨不恨！这么说来封锁沟还不就是最可恶的吗？如果咱们老百姓和子弟兵眼看着不管，叫鬼子阴谋毒计完全实现，那还能使他们很快倒霉吗？

所以咱们老百姓和子弟兵，这几天在各线上都出动了。几天来已经填平了几百里的深沟。但是这一件工作是一件大工程，不是三天两天就可以完结的，我们把沟填平了，鬼子还会抓老百姓重新挖，这是一个持久的顽强的生死斗争呀！不过，不管鬼子挖得怎样快，它也没有咱们平得快，要知道挖是多费劲呀！并且鬼子还逼迫着咱们老百姓给他们挖，谁肯卖力呢？再加上已上冻了，以后更不好挖。可是咱们呢，人多夜又长，平沟也比挖沟费劲少，所以他是怎么样也赶不上咱们的。我们要抓紧这个好机会，完全平毁这些封锁沟！

有人就说奇怪了，为什么鬼子要费死费活地挖封锁沟呢？其实说起来很简单，本来鬼子挖封锁沟就有两方面的用意：一方面是想要困难咱们，另一方面（主要的）还是为了解决他自己的困难。这道理谁都知道。日本本来就是□国家□□少资材少，平常就穷得要死，再加上对中国的四年侵略战争更是穷得不得了。但是这还不算，苏德战争后鬼子的国际地位更加孤立了，被中、美、英、荷几个大国家包围和封锁起来，鬼子最需要的一些军需品如煤油、粮食、棉花……都没有来路了。这可就大大治苦了它，逼得王揖唐老汉奸连汽车都不能坐了（没有汽油），穷途末路的鬼子没法想就想出这一条毒计来。

咱们既然说破了这个鬼把戏，就要和它干到底，你挖我平，看谁来得快！

（《晋察冀日报》1941年11月26日，《子弟兵》副刊第20期）

粉碎鬼子抓人的大阴谋

李长工

日本鬼子过去就在华北各地，拼命抓捕着咱们的壮丁了。现在咱们的八路军在平汉路作战的时候，抄出了鬼子的机密文件，更发现了它要在华北各地抓捕一百一十万壮丁的大阴谋。鬼子的这个毒辣的阴谋，就是他把这一百一十万壮丁，抓来运到伪“满洲国”去，替他们下炭坑、挖煤窑，去做牛马不如的苦工，干脆一句话：就是去做他们的替死鬼！

鬼子定这个大阴谋，是为着救它自己的狗命。在咱们这四年多的英勇抗战里，咱们打死了许多日本鬼子，它为了要想灭亡中国，继续拼命地把他国里做工种地的壮年汉子，都赶到中国战场上来填了炮眼了，连咱们东四省的壮年同胞，也大批给它强迫编成伪军，拖上战场做了它的替死鬼；□下来的，被强迫去做牛马不如的苦工，也被它大批地糟蹋折磨死了！这就闹得鬼子后方人力特别缺乏，生产万分困难，军民用的一切物品都供给不上，国内大闹饥荒。它眼看快完蛋了，所以定下了这个大阴谋来挽救狗命，要抓走咱们一百多万壮丁，去东四省填满那些已经被它折磨死了的同胞的空缺，去照旧被它折磨糟蹋到死！

被鬼子抓走了的同胞，真是一去永远回不来的！他们把这些同胞送到伪“满洲国”后，关在永不见天的煤窑炭坑里，逼迫你昼夜不停地流着血汗，又吃不饱穿不暖，成年成月地挨打挨骂，许多人气死、饿死、冻死、累死了；侥幸活下来的，在做完了苦工以后，鬼子怕你回来走漏了他的消息，说破了你在那里受苦受罪的实情，道破了他的阴谋诡计，迟早还是要把他们暗地活埋，要了他们的性命。这就是鬼子抓到伪“满洲国”去的人们下场！鬼子这种下贱毒辣的阴谋，真叫人恨得“怒发冲冠”呵！

可是鬼子还有更毒辣的一套手段呢，他们还用哄人骗人的方法，骗一个村子的老百姓都出来开会，到会场就把人都抓了！骗人搬到他的“治安区”去过“好日子”去，搬去就把你抓走了！骗你到伪“满洲国”发洋财去，一去就是自投罗网送掉性命。过去一些受骗的同胞，早已后悔不及，郑家庄五百七十个老百姓，可不就是给鬼子骗去开会，当场就把所有的青年都抓走□。现在为了这些惨痛的事实的教训，大家应该赶快起来，粉碎鬼子的大阴谋！

咱们一百一十万壮丁的拳头，难道还打不碎鬼子的臭脑袋呢？鬼子要抓的这一百一十万壮丁里，不是咱们的父兄就是咱们的子弟，咱们不能眼见自己的骨肉去做敌人的奴隶牛马，咱们自己不愿去做敌人的替死鬼办法只有一个：打死要抓捕咱们的敌人，争取自己的自由解放！

（《晋察冀日报》1941年12月2日，《老百姓》副刊第79期）

一粒子弹

萧沈

九月二十五日晚上，在唐县城□上有一个鬼子站岗，忽然听见□面黑影里响了一下，他马上喊了一声，但全无声息，他害怕了，于是"砰"照着那个方向打了一枪，然而也没有一点动静……

放这一枪不要紧，把城里的"皇军大人"惹得生了气，马上叫了一个人把这站岗的抓了来。

"皇军大人"说："现在子弹大大地没有，你还浪费。""去！把他给活埋了！"

于是几个鬼子把这人真的给活埋了。"活埋"就是因为浪费了这一粒子弹。

（《晋察冀日报》1941年12月2日，《老百姓》副刊第79期）

平沟之夜

周奋

十一月十日下午七点钟。

敖山，边区东南线上的一个村庄，村口挤满着在黄昏时候陆续到来的民兵们。区妇救会主任来回跑着，她在组织妇女同志们给民兵送开水。有时，她又走进一所屋子去，那里，县武委会老□同志在对带领民兵的干部同志们讲：“部队完全负责掩护……告诉大家多卖点力气，平得不彻底，就该我们负责的！”“……就该我们负责的！”干部们又分散去□着，全体民兵们□着。而在前街的一间民房里，人也是挤得满满的。“……保证民兵的安全……”××团的副团长讲着，土炕的正中处的菜油灯照亮着盘坐在炕上的五六个人的脸孔。几张紧张的脸孔紧凑在一起了——手指指□着地图。副团长在下达了命令之后，他又重复地说了那句话：

“记着要保证民兵的安全——如果敌人出来了，我们要坚决掩护民兵，打退敌人！”

副团长对于这一带地形，是最熟悉不过的。什么地方有一条沟，它□到哪里去，哪里有个土堆他都知道，他□队伍的最□头走去了。

距离县城三里地的城北面，有一个土□是团指挥所，连队就靠到城根和堡垒的脚下去了。

“谁？”后面上来了三五个人，指挥所有人低声问。

“我们□□面去一趟，找他们谈谈。”完县×区的区长说。和他一同走的还有县治安员和其他几个同志。

“是□□□□□？”

“嗯。大、小□北都去一趟，把那些人们找来谈谈。”

四个人，□去了。四□地方工□者到城□工□去了。

副团长和参谋长也前去了。当他们在检查了埋伏在城跟前的部队，又去看了在“沟”的两旁挥动着铁□的战斗者。□□□幅土地广阔的旷野上，月亮也在东边升起来了。

“从前，我们在这里上马操来哩。”他高兴着指着这□□□□的土地，对我谈□一九三七年时候他们驻在这里的情形了。

“好，这真是上马操的好地方。”我说。

“东北会有更多的好地方？”

“我们到东北上马操去。”

我们不约而同地笑了。

从完县到巷北的二十来里的短短的距离中间，敌人为了看守他们的封锁沟，保护他们的封锁沟，曾在白庙、五郎村、五郎桥这些地方安置了碉堡。不过，“沟”就这样被守卫住了吗？今夜，一千五百个民兵在这里的战斗，“沟”就要被□毁了。他们一声不响地工作着，他们知道时间是宝贵的，他们爱惜时间。地方的游击小组和部队里的侦察员，来回地巡视着，督促着，勉励着。

完县，出了北门，就是小城北，过了小城北□是“沟”了。它从这里起始向东伸延着。而我们的两个连队已经跨过了“沟”，通过小城北到达城的北边和东边的城墙□□去了。东□、白庙、五郎村、五郎桥的碉堡的脚下，我们的连队也靠上去了，一个人从城墙那边走来，在小□北村口，他对哨兵讲了些什么，又沿着“沟”向东走去了。

荆六村的一个游击小组长沿着“沟”走来走去。“挖呀！快哟！”他常常低低地嚷着。走□一个□□而没有完全填平的地方：“这里可不行□。”他招呼着民兵。“来！再挖它几下！要平得彻底哩。”

那边，二连指导员站住了。

“老乡，来一些人到这里，先把这里平掉。”

“对。”民兵们过去了，身体一起一伏的，他们一声不响地工作着。他们知道时间是宝贵的，他们珍爱着时间，而城根和碉堡脚下的战斗者，对着城和碉堡摆开了包围形势，枪持着，对着前方，眼睛睁得大大地。

城北碉堡也不是没有动作的。它像被宰的猪似的嘶鸣过，“哒哒哒……”不时地打枪。不过，久经战阵的民兵们是知道怎样对付它的：沟的两旁的土墙立刻成了他们的掩蔽体了。爬下去，一声不响的。

“起来吧，挖呀！不要紧。”那个游击小组长又在低低地嚷着。民兵们又工作着，身体一起一伏的。

那边，城根和碉堡脚下的战斗者，枪持着，对着前方，眼睛睁得大大的。

（《晋察冀日报》1941年12月3日，《子弟兵》副刊第21期）

重见天日

韩柯

反封锁战，像冲天的烈火一样，□焰万丈地燃烧起来，到处都是民兵和子弟兵的出击。

鬼子苦坏了也慌坏了。

“封锁沟”旁的堡垒，随着几十里几十里沟的填平，它也被我们强力的手撕成碎片了。

有的山包上，靠近它们据点的附近，还缩缩□□□□着几个堡垒。

但堡垒里面的鬼子和伪军，是不时打着颤战的，心神也常常陷于困惑，因为往往在早上睁开眼来，总是发现随修随毁的“封锁墙”又挡不住视线，被人们□得一坦平了。

这没有什么稀奇，你看，光我们这个连，在一个晚上，就配合民兵，摧毁“封锁墙”三四十里那么长呢。

于是，白天鬼子又要来修。

它哪里来的人啊？还不是抓来的民夫！有一部分民夫是在反“扫荡”中从边区内地拉走的，现在鬼子就驱迫他们来干这个活。

这里面，有白发苍苍的六七十岁的老头子，有鼻涕未干的八九岁的孩童，而鬼子还把他们当作“匪民”看待，做工的时候也是用绳索连串起来的。天气冷了，这些人还是穿着夏秋时的薄薄的□衣，而且破烂得七洞八孔，挡不住□冻的□□了。

鬼子管不了这些，瞧着不顺眼，还用皮鞭乱抽一阵。

这真是了不得的活罪！

晚上，鬼子就把他们圈在堡垒附近的村落里。每天灌一两顿稀糊糊，算是他们最好的优待。

★★★★★★

本月十四日，我们侦察得清清楚楚，在乔家园村，有三几百这样的民夫，在那儿住下了——自然有鬼子和伪军看守着他们。

我们决定把这些受难的同胞拉出火坑，拯救出来。

夜，天是乌浓浓的。我们悄悄地越过了堡垒线，就接近乔家园了。村口有两个放哨的，看不清是鬼子还是伪军，全靠在树□上打盹，我们没有打扰他们就进了村了。

我们把捆绑民夫的绳索全行□断，解脱了他们沉重的束缚。于是跟随我们一道冲出村来，这时候敌人也发觉了。

“苦力！苦力！”鬼子无力地追喊着。

“瞄准射击，打一个排子枪！”连长命令一发，枪声就乒乓地响起来了。鬼子人少，被我们打得落花流水，有两个当场倒下了，剩下的全往“王八窝”里奔，哆嗦着一声儿也不响。

二十分钟结束了战斗，三百多个边区受难的同胞，这才爬出地狱，重见天日，回到自己亲爱的土地上来了。

（《晋察冀日报》1941年12月3日，《子弟兵》副刊第21期）

提高民兵游击小组的质量

一鸣

在反“扫荡”中，告诉了咱们一个很宝贵的经验，这就是：哪个地方，如果群众游击战开展得好，哪个地方民兵游击小组活跃得厉害，咱们受的损失就小，鬼子也不敢那样横行无忌，反过来，咱们受的损失就大。的确，在反“扫荡”中，只要是咱们民兵游击小组活跃的地方，不管是在配合子弟兵打击敌人的战斗中，不管是在保护村庄和掩护老百姓撤退中，都起了不小的作用，创造了不少成绩。

可是同时这也是一个不能否认的事实，在这次反“扫荡”中，咱们民兵和游击小组活跃的程度是大大□□的，有的地方暴露了很严重的缺点，这实在是值得□□□□检讨的。

最近这些日子，咱们为了粉碎□□这个为解救自己□□大困难□咱们实行的“第三次治安强化运动”，咱们民兵游击小组又配合子弟兵在各线上出动了，到处开展着猛烈的□路、平沟、毁墙、打碉堡的斗争，□□也已创造了惊人的战绩。仅仅头□天的统计，咱们就平沟三一六里，毁碉堡□□个，毁□棚六五个，打死、打伤、活捉敌伪一千二百六十个……可是大家都知道，这次的斗争是不比以往的，这是鬼子穷急发疯的一次进攻，你想，饿狼吃了肥肉咽不下，见了肥肉吃不上，它怎能甘心□？咱们这些日子虽然取得不少的胜利，但是怎样巩固已有胜利和继续创造更大的胜利，还是很迫切很重大的任务。这一任务在子弟兵方面，当然是更要努力地来干，在民兵游击小组方面同样也是更要努力的，光凭咱们过去的那一套老办法，只是每天应差似的出出操，喊喊一二三四……那是不行的，那是没有办法担负这个严重任务的，必须从各方面提高咱们民兵游击小组的质量。

至于提高的办法？最重要的一步就是要趁着眼前的有利机会，积极活动起来，到处开展群众游击战，配合咱们子弟兵进行各种活动，在实际战斗中和子弟兵互相学习，学习怎样动作，怎样打便宜战，怎样打埋伏，怎样扰乱敌人和袭击敌人，先从最简单的动作学起，慢慢在战斗中提高自己。

其次要加紧学习军事和政治知识，咱们要认识学习的重要，不学习政治就不知道为什么打鬼子，不学习军事就不知道怎样打鬼子。现在□□□□学了，到处也有子弟兵的帮助，□□民兵队长和游击□□□员要很好地抓紧时间，除了配合子弟兵或单独进行活动外，一有工夫就要到冬学里去，咱们在冬学的学习中要做模范，咱们要在今年的冬学中，学会□□□度的军事的政治的知识和熟练地准确地使用自己的武器——不管什么武器咱们不要看不起它，只要练熟了什么都管用的。

（《晋察冀日报》1941 年 12 月 6 日，《子弟兵》副刊第 22 期）

彻底粉碎敌人的封锁阴谋

张有福

鬼子野兽，近来在各地强迫着敌占区里的同胞，钱也不给，饭也不给，沿着铁路、汽路、大路，连日连夜，挖深宽一丈五尺的沟，并且在沟的旁边，筑墙；路的岔口，筑堡。他们这样做，说是为了封锁我们。敌人使尽一切吃奶的气力，现在这些沟、墙、堡垒，有一些地方是筑成了。

敌人为什么要使尽气力，筑墙、筑沟、筑堡垒呢？是不是真如他所说的那样简单呢？自然不是的！

第一，敌人说，筑起封锁沟、封锁墙来，是为了不让一些货物进边区来，这样来使我们买不到东西，困难我们。这话，我们说，它不想让一些东西进咱们边区来，这倒是真的。可是，它有这个想头，实实在在是因为它自己国家里的东西，就快用完了；外边，人家美国英国这□国家□对它封锁起来，一点东西也不卖给它。这样，它狗急跳墙，一方面向敌占区同胞抢、刮（敌占区的同胞可受不了了）——也想向咱们根据地的人民抢；一方面，也想堵住货物不让流进边区来。再，它说是封锁我们，实在也是封锁敌占区的同胞，因为，在敌占区，鬼子的搜刮一天天加紧了，咱们根据地里，各方面的建设，一天比一天更好了。它恐怕敌占区的同胞过咱们根据地里来（过去就有许多敌占区的同胞，受不了鬼子的欺负□到咱们根据地里来了）。所以筑沟筑墙，把他们圈住。

第二，咱们都知道，咱们的子弟兵和民兵，过去一天□来，不是打鬼子占的县城，就是打他们占的乡镇；不是破坏他们占领的铁路，打他们的火车，就是破坏他们的汽车路，打他们的汽车，打得他们一天起来不能安身，夜里也不敢安心睡觉。鬼子对咱们子弟兵民兵经常不断地打击、扰乱，实在没有办法，因此，才想了这个顶没出息的办法，想筑起些墙来、沟来，防备咱们对它攻打。自然鬼子还有一个想□，就是把咱们各个根据地中间的来往切断，减少对它的威胁。

所有这些，都显出鬼子一天比一天更走上了死路，它的这些鬼办法，正如一个淹在河里快死的人的乱抓一样！

但是，咱们也应该知道，鬼子的这些办法是顶毒辣的。别的不说，就说鬼子筑沟、筑墙、筑堡垒所占了老百姓的好地就不知道有多少！看报上登的：鬼子在华北挖沟筑路所占了老百姓的好地就有七万方里，要合起亩来，那一天我算了一下，就有三千七百八十万亩。多大的一个数目呀！其实这还有没算上的呢。就这些地，能打多少粮食呀！此外，费了咱们的人力那就不要算了！

咱们今天正在和鬼子打生死仗，鬼子是咱们的敌人。有一个标准，咱们一定得看住，就是，凡是鬼子做的，咱们一定要用一切力量破坏它、粉碎它。今天鬼子在大筑封锁沟、封锁墙、碉堡，那咱们就应该起来，用一切的力量打碎它的这个诡计；何况这样，还能加重了鬼子的困难，解救了敌占区的同胞，便利了我军对鬼子的攻打，便利各个根据地的来往，最后能恢复咱们老百姓的耕地呢！

现在咱们边区子弟兵同咱们的民兵正在破袭敌人的道路，平填敌人的封锁沟，攻打敌人的堡垒。这叫破袭战，这个斗争，咱们已经取得了很大的胜利，可是咱们一定要继续不断地努力斗争，一定要继续不断地胜利下去，直到把敌人的阴谋彻底粉碎为止。民兵们，同胞们，继续不断地干，干，干！

（《晋察冀日报》1941 年 12 月 9 日，《老百姓》副刊第 79 期）

破封锁墙的时候

镜湖

自从井陉×区的民兵展开破袭战，可把×坪的鬼子吓坏了。在民兵们拆毁×坪一带围墙的第二天早晨，堡垒里的五六个鬼子，像老鼠出洞一样地东张西望着，慌忙跑到××村伪村公所，见了汉奸村长说：“新庄八路军，五百的，大大的有；黑水坪八路军，三千多，大大的有！你的，八路军朋友的。”接着又慌忙到村口，朝山头□的黑石头打了一阵机关枪，就急急地回去了。

就在这一天，×区民兵也到桃林坪破坏围墙。民兵们在敌人堡垒的山根下面走过，鬼子打枪打不着，又不敢下来，于是就大骂起来：

“八路军的，你妈的，你上来!”

民兵们马上也就雷鸣一般地骂起来：

“日本鬼子！你小舅子，你下来!”

破围墙的时候真快，拿木杠插在石窟窿里两个人一扛，哗啦啦四五丈的一段就倒了。

回去的时候，还没离堡垒二里地，民兵们兴奋地忍不住就唱起歌子来，抗先队长把嗓子都喊哑了，大家才安静下去。

（《晋察冀日报》1941 年 12 月 9 日，《老百姓》副刊第 79 期）

抓紧时间上冬学

文光华

政府规定在今年阳历十二月一日，冬学一律开学，现在各地冬学该早开过学了。政府还给了冬学运动很多的指示，军队给了咱们很多的帮助，大家这样关心咱们的学习，眼前真是“一寸光阴一寸金”，对学习时间，丝毫也放松不得！

冬学运动，为的就是打日本，冬学里教给咱们的知识，就是打日本顶厉害的子弹。没有子弹打不死敌人，没有抗战知识也不能把敌人打垮。比方眼前咱们要粉碎敌人第三次的“治安强化”阴谋，大家就该有粉碎敌人阴谋的知识，最后咱们要把敌人彻底打出中国去，还要经过更多的困难，更残酷的斗争，大家就该准备更多的克服困难的知识，争取斗争胜利的知识。咱们老百姓□来很少有求知识的机会，冬学里正是要把这些宝贵的东西教给咱们，把咱们不识字的瞎眼睛打开，把旧脑筋换成新脑筋，把愚笨人变成聪明人，把抗战力量增加得更强更大，今天冬学运动的意义，真是重大得很！

所以临到这加紧学习的时候，大家应该学得特别起劲，注意下面这些事情：

第一，不光要保证该上学的每人都要□学，还要保证每天学够两小时，不要迟到早退，借故请假，缺了课应该自己设法补上，进步快的更要热心帮助别人。

第二，大家要拿起书本，就要把心用到书上，进了教室，要静听教员讲课，不要随随便便，不守规矩。你言我语，东张西望，或是光打瞌睡，或是胡思乱想，白糟蹋了宝贵的学习时间，妨害了别人也妨害了自己的进步。

第三，学习要有耐心和细心，不要因为一开头学习不惯，或是进步太慢，就悲观失望，要不怕麻烦，一次再一次地努力，“用的功夫深，铁棒磨成绣花针”，脑筋是活的，只有越练越灵，字眼越记越多，只要不是粗心大意，敷敷衍衍，进步自然会慢慢地快起来的。

第四，学习好比撑上水船，半路泄不得气，一定要有恒心，没有学到的要努力学，学到了的更要经常温习，不要只顾食多，喜新厌旧，有头无尾，要“学而时习之”，学得愈多，练得愈熟，熟则能生巧；反过来说，人没恒心就百事难成。

总之，专心、耐心、恒心是保证我们冬学里学习胜利不能缺少的东西，咱们坚决反对个别地方冬学的马虎散漫现象，冬学运动今年有特别重大的意义，现在正是加紧学习的时候，大家赶快加油！

（《晋察冀日报》1941 年 12 月 9 日，《老百姓》副刊第 79 期）

靠人，不要靠“神”

□德厚

鬼子这回到俺们村里，杀了些人，烧了些房子，连村里香火顶旺盛的火神庙也给点着了，烧得那些泥菩萨东倒西歪，焦头烂额，可是有一些迷信很深的人还是要谢神谢鬼。俺家大伯就是一个。这回他家的房子给鬼子点过了两次，第一次是咱们模范队赶回来得快，替他救灭了，第二次是八路军打了来，鬼子点房还没点着，就忙着逃走了。这分明是人保佑着他，可是俺大伯还是迷信是神的保佑，所以眼下一平定，他选了一个日子赶□□羊圈里牵出那只老山羊来，领着全家跪在露天里“领羊”，还他早向“火神爷”许过的愿。这□□得好几家没烧□□街坊，都打算要玩这套把戏了。可是那天的天气很暖和，俺大伯在山羊耳里口里，灌了许多酒，又在身上浇了许多凉水，等着山羊哆嗦起来，就算“神”领受了。可是跪了老半天，四两酒快灌完了，山羊全身一动也不动，气得大伯从地下跳起来，不管神灵不神灵，直嚷“你不□领就算了！”因为他是一个□□□，再灌些酒他是舍不得的，可是照迷信说，神不领他的羊就难免往后不遭□□，所以他很着急，快要哭起来了，趁这时候，我才狠狠地□了他一顿。正好住在俺们院里的同志们也来给他解释。说那完全是瞎迷信的事情，世间上如果真有神灵的话，为什么“火神爷”连他自己的险都保不了呢？说到“领羊”这件事，因为人们把酒和凉水浇到了羊的身上，因为羊受了酒和凉水的刺激，所以羊就哆嗦了，这并不是神领不领羊的问题。再说要想鬼子不烧咱们的房，只有大家努力把他打出中国去，大家才得安身。这完全是靠咱自己努力抗战，帮助军队，帮助政府，说到神鬼，本是完全没有的。这篇道理讲得真是透彻，所以还有一些要“领羊”的乡亲，听了这番道理，也就自动不干了。要是别的什么地方还有像俺大伯这样迷信的人，我想也请赶快知道这个道理。

（《晋察冀日报》1941年12月9日，《老百姓》副刊第79期）

“毁民”沟

李蕤

我所记下的，是平原上我们同胞所遭遇的惊天动地劫难。这便是敌人“三次治安强化运动”开始以来的“赫赫功绩”！

原先敌人在“二次治强”中，曾给人民留下了不可磨灭的仇恨，便是在铁道两旁，公路两侧，都挖了那样深宽的长的大沟，所荒废很难统计的耕地。现在敌人又已经开始在沟的外面再加宽二丈五尺，要挖出水来为止，并把成千万的人民，赶到那里做苦工。

这一条沟，近来敌人又给他起了一个“生色”的名儿，叫“惠民沟”！同时炮楼子也叫“惠民堡”。但是人们把“惠民沟”却叫“毁民沟”，把炮楼叫“毁民堡”。

我从铁路边走了一趟，在“王道乐土”的那里住了几天，我就来表扬一下“皇军”新的创造吧。这一条大沟，敌人要限期挖出来，所以把那里的村落的人民都被抓走了，白天走到每个村子，街上都是死寂寂的，一个人也看不见，间或有一两个老太太和小孩子的影子，那也是很快地便消失了。在谷家村一带，连青年妇女都逼着去挖沟，大村要七八百人，小村要二三百。但是从那里拿出这些人来呢？寺家庄敌人要二百五十个苦力，便集合了二百四十五个，可是敌人的规矩是“缺一扣十”，马上扣起来五十个苦力，送到城里一个破庙里冻饿了一天一夜，拿了许多钱，才放出去，接着又挖了一天才让吃饭。小辛庄一位老乡去得较晚了，便把全家妇女抓到“毁民堡”上，被汉奸轮奸了一整天，送到金翻译那里去开心。因此敌人有了一个新主意：这个沟按户口地亩平分；每亩约分得沟长一寸二分，这样没有人口的人家，花五块钱包工挖一寸都没人去挖！

姜家庄，全村八十户，要三百苦力，这是无论如何没有办法的！

这样的苦力，是谁也难支持下来的！每天早晨带着干粮钻进沟里，在沟里吃午饭，一直到太阳落才放回来。敌人也就想尽了各种办法来“刑罚”人民，一次一个人拉屎到沟外面去，便被日寇绑进“毁民堡”里，脱掉他的衣服，让他坐着把头和生殖器用绳子系起来，叫他在沟旁站了半天。如果把小孩当苦力去，便让他弯成弓形，四肢着地，当中竖一刺刀呆三二点钟，不能支持的，就这样被刺死了。

另外有一种游戏式的“刑罚”，画一大圆圈，找两个老头儿，各站圈之顶端，互相追击，几时等到这一个追到另一个，用木棒在头上打一下才算完。有一次，找出一个爷爷和孙子对着脸互打“三宾的”（即耳光），两个人不打，结果两人像山羊一样碰了一头才算完结。这既是敌人开心的一个办法，又是“刑罚”的一种。

敌人的奴役和掠索，使人民陷入了痛苦的深渊。夏天挖沟老乡锄地的时间耽误了，今年一亩地连糠带秕打一口袋多。现在被敌掠夺每亩已达二十元以上，人民已经不能再忍受了，反抗的怒火在酝酿着，现在已经普遍地流行着一句话：“干吧，迟早也是死！”人民真的起来了，在望都宽阔的平原上，掀起了剧烈的平沟破路运动，这在粉碎敌寇“三次治运”中，是生动有力的一面。

（《晋察冀日报》1941 年 12 月 10 日）

鬼子烧了咱们的房子咱们把它盖起来！

楚人

反“扫荡”后我们回到××村，在这里，鬼子留下了暴行的恶迹，整齐的房子现在只留下一片焦黑的破墙，村落的面貌全变了样子。

许多老百姓失去了住处，有的挤在邻舍家里，有的住在破庙里，想起冬天转眼来到，敌人是逼迫我们冻死呵！

最没办法的是人手少，村里不少人病倒床上，还有一部分落难——被鬼子抓走了。

我们刚回来的那天，还听见野地里女人的哭声，口里号啕着，房子烧了，人没有了，以后怎样过日子！

这是最野蛮的鬼子给我们留下的，但是我们可以把它消除掉。最初，我们帮老乡抢收庄稼，赶种麦子，接着我们就告诉老乡，大家动手盖房子，部队可以帮你们忙！

军队帮助老百姓，这是用不着说的事实，因为老百姓全亲身体验过了！

这样我们掀起了修房的巨浪。

我们连里有木匠出身的人，也有泥水匠出身的人，这是一个非常便宜的条件，同时村公所又动员了村里几个木工泥工，咱们军民一道卖力气。

那些房东领我们先去砍伐他们家的树林子，然后，每天早上，在早操的时候，干部战士便全部出动，分别到远远近近的地方去抬木头，“杭唷，杭唷”劳动的呼声在晨光熹微里传遍全村。

我们有很好的分工，搬运烂砖破瓦的，掘土的、推车的、打土坯的、锯木头的，大家都紧张忙碌。在我们工作的时候，老乡们时时抬水来，抬稀饭来，还有的做上很好的饭送来——其实我们每天早晚都是回队吃饭，但是在午间，老百姓一定要给我们送一顿，口里不住地说着："同志们累得很，容易饿，吃饱肚子劲儿大……"

真是没有办法。

这样，受重伤的房子，被集体的力量医治好了，被毁灭了的房子，渐渐地也复活了——傲然地屹立在清晨的寒空，抵住了风雹的扑击。

半个月的时光，浩大的工程全部都完成了，我们一共修理了十四间破裂的房子，在旧的基础上盖好了三座新房。

在这里，自然也出现了"修房英雄"，三班杨开道一个人在一天当中打了一百五十块土坯；七班胡继同是个木匠出身的人，整天不放下斧子，累得满头大汗也不休息；七班陈子玉在反"扫荡"中受了伤，伤好归队的第二天，就卖劲推小车，"碰龙碰龙"轮声不绝于耳，来回地运走破砖片……这些同志，都在军人大会上受到荣誉的表扬。

老百姓欢天喜地，口里只叨念："八路军真能，什么也会做，什么也帮咱们干……"

（《晋察冀日报》1941 年 12 月 14 日，《子弟兵》副刊第 22 期）

我们的生活走向了紧张活泼

张渥民

自从我们的分区首长指出了我们日常生活得不够紧张以后，我们唐家峪的全体同志，为了响亮回答首长的号召，为了准备迎接敌人任何可能到来的进攻，便以新的姿态开始了我们紧张活泼的日常生活。

从早上起，当着司号员刘高基吹出了第一个号音，大家便骨碌碌地起床，虽然天气是那么冷了，但是没有一个睡懒觉的。

不一会儿，西操场上已经飘流着雄壮的歌声和那高亢的一二三四的跑步声，我们的各股长也都来参加跑步，绕着大操场，一圈一圈地跑。这时，天边还闪着星星。

平时生活最不紧张的杂务人员也都空前地紧张起来了，而且学习也努力了，工作也积极了。勤务员们的清洁卫生做得满漂亮，炊食员们也不像从前三天两天地误了开饭时间，挑水切菜做饭都有科学的分工和秩序。

再看他们的学习，从干部到战士，都能遵守学习制度，他们在积极学习武装着头脑呢。

晚饭后的篮球场和大操场上，也热闹起来了，他们不但努力学习，而且努力锻炼着身体呢！把身体练壮了，打鬼子才更有劲。

然而，我们不能为这小小的成绩所满足，我们还应该更紧张、更活泼，我们还要反对个别学习不自动的同志，要克服个别同志轻视文化娱乐工作的不正确观点，还要反对个别松懈散漫不遵守纪律的现象。

（《晋察冀日报》1941 年 12 月 14 日，《子弟兵》副刊第 22 期）

袭击北镇的两位英雄

野蔓

一、向敌人的堡垒猛冲过去

左文彬同志是个年轻的班长。在这次攻打堡垒的时候，他带着冲锋组的九个人，沉着地、顽强地执行着任务。

铁丝网已经砍开了，我们的火力已经配备好了，左文彬他们十个，手里拿着铁疙瘩，从冲锋出发地，向着敌人的堡垒冲过去。

左文彬用自己英勇的战斗动作指挥着队伍，在半阴不明的夜空下，他们那一组□电流似的飞动着。敌人在乌龟壳里打炮打机枪，他们用手榴弹往回掷。同志，那是硬拼的战斗动作呢！

第一次退下来后，重新组织了一下，第二次又冲了上去，后边侧翼的轻重机枪帮助着他们，一口气冲上一百多米远，这样，相隔堡垒只有几十步路了。

哭哭哭哭……敌人的机枪求救似的哭叫起来了。

趴着不动，冲锋组像撒开了的渔网似的□了一忽儿。

怪得很，堡垒里突然没有声响了，简直像片坟场，什么动静也听不出来。左文彬跟朱秋来同志接连往前打了一阵手榴弹，还是静悄悄，原来大堡垒里的敌人已经像饿狼似的溜走了。

二、用欢乐的姿态射击敌人

当我们在北镇东北的一个山头上跟堡垒里窜出来的敌人进行战斗的时候，我亲眼看见一个中年的轻机枪射手用他独有的欢乐的姿态射击着，后来一问，才知道他是×大队的机枪班长马林新同志。

三四十个敌人，带着一个掷弹筒、一挺轻机枪，像一群野猴似的想要冲上来，那地形，对我们是有利的。

答答答！马林新同志手下的轻机枪有力地鸣响着，敌人打他，他不打，敌人一停手，他又打了。像装着弹簧似的，他灵活地搬动武器，压制着往上冲的钢帽子。

太阳照着他的笑脸，微微弯着腰，右肩膀托着歪把子，那样愉快地进行着战斗！

轰……冬！一颗炮弹落在他三十米达的左后方炸开了。

“球！”——当寒风把炮弹烟吹到他脸上的时候，马林新有心无心地咒骂着。

这一次，他打得更凶了，让手下的轻机枪连珠般地吐着黑枣儿。

这时，副支队长的转移阵地的命令下来了。

就在这紧张的瞬息间，我们的马林新同志不但抱下了自己的武器，还奋不顾身地冒着火烟抢救下了他旁边负伤同志的武器——另一挺轻机枪。

几乎是挨着脚跟，紧接着两颗炮弹又在那个山头上爆炸了。

在新的阵地上，马林新同志的独有的欢乐的战斗的姿态又出现了。

（《晋察冀日报》1941年12月14日，《子弟兵》副刊第22期）

神枪手的两颗子弹

□增□

在袭击大赤涧敌碉堡的时候，我们的四班长赵同同志，英勇地率领奋勇组，破坏敌人的障碍物，一直逼近王八窝，这时敌人已经发觉，便猛烈地向我们开火。

好一个赵同，他心里有数，手里不慌不忙，端好枪，照准一个鬼子的射击手打去，这一枪就把他打死了。这时碉堡口又偷偷露出一个鬼子的脑袋，四班长照准大脑袋又是一枪，把那个倒霉鬼子的脑壳打碎了。这下子可把鬼子吓掉了胆，谁也不敢出头露面了，我们乘机把鬼子打个落花流水。

（《晋察冀日报》1941 年 12 月 14 日，《子弟兵》副刊第 22 期）

我们向英勇的边区军民致敬

□□的边区军▨晋察冀边区▨鼓舞了一切东方▨的感召，增强了▨

四年来，你▨一个铁的堡垒。▨中，□显地表现了你们雄伟的力量▨使用了极大的兵力，抱着“毁灭边区”的阴谋企图，而结果却仍然在你们灵活的游击战争底下被击败了，这是一个辉煌耀目的胜利，值得我们来钦佩、来祝贺的！

美丽的高丽江山，自从一九一〇年覆亡于日寇铁蹄之下，三十一年来，三千万朝鲜人民是历尽了惨痛的亡国奴的滋味的，然而广大的朝鲜人民是不甘于这种被奴役的生活，在先进的革命组织领导之下，我们曾经一再掀起巨大的反日本帝国主义的斗争。如一九一九年的“三一”独立运动，一九二九年的学生运动，历次共产党所领导的群众斗争；这都是历史上光辉夺目的壮举，一直到今天，我们从没有松懈过自己斗争的意志，我们坚决奋斗，一定要摧毁日本法西斯强盗的统治。

朝鲜亡国的悲剧，是由于当时昏聩的统治者和亲日卖国贼的无耻出卖所造成的，当时我们没有上下团结一致，及时予侵略者以致命的打击，遂遗给三千万朝鲜人民以水深火热的无尽的痛苦。亲爱的弟兄们，我们更有这样惨痛的经验，即是亡国之后的解放斗争，其艰难困苦是千百倍于国家尚存的时候的。英勇的中国人民不屈不挠的四年半的抗战，这实在是一种斗争的幸福，值得你们珍视，也值得我们羡慕的。自然，我们的斗争是要坚持下去，而我们的胜利信心，是坚定不移的！

今天，全世界反法西斯怒潮正在狂卷奔腾，东方各被压迫民族也正在加强团结，建立强固的反法西斯阵线。韩中两大民族，一向有着亲睦友谊的联系，而我们的枪靶是同一的，都是瞄准日本法西斯开火，我们大家携手并肩的战斗，是比任何时期都来得更必要、更有意义的了。为此，本会遂胜利成立，一方面积极组织与强固自身的力量，同时并热烈参加到你们抗日的战线上来，为两大民族共同的解放事业，英勇坚决地一道战斗下去，直至日本法西斯的溃灭。

本支会在这伟大的边区里成立之际，我们谨向边区英勇的军民致以崇高的敬意和慰问，同时，更要求把四年多的珍贵的斗争经验，来指示与帮助我们，使我们的力量一天天巩固和壮大起来。

日暮穷途的日本法西斯匪帮，在我们共同的战斗中，是决定了要覆亡毁灭，我们的解放事业，是一定要获得最后胜利的！

韩中两大民族亲密地携起手来！

打倒共同仇敌——日本法西斯匪帮！

华北朝鲜青年联合会

晋察冀支会成立大会

（《晋察冀日报》1941年12月17日）

加油抗战，日本强盗快完蛋了

长工

本月八日，日本法西斯政府已经对英美两国宣战，已经在太平洋上和英美两国开火打起来了。太平洋是一个很大的海洋，它四周围的陆地上和这海洋里很多的海岛上，大大小小的有许多的国家。日本法西斯政府为了要灭亡太平洋上这些弱小国家，要抢夺英美两国的属地，要打断外国对中国抗战的援助，要帮助它的强盗伙计们德国意国法西斯，毁灭世界人类，特别是要抢劫太平洋上各国人民的生命财产，去填它的饿狗肚子，挽救它给咱们四年半英勇的抗战拖得半死的狗命，所以逼得它狗急跳墙，又乱撞乱碰去进攻英美两国，发动了这祸害人类的太平洋战争。

现在太平洋上的各个国家，为了反抗侵略，保卫世界的和平，打倒太平洋上的海盗——万恶的日本法西斯，已经有二十四个国家起来对日本宣战了；英国、美国和咱们中国，不光对日本宣了战，对日本法西斯的强盗伙计们——德国、意国等，也一齐宣战了，要把日本、德国、意国，这一伙世界法西斯强盗彻底消灭！

这样，今天的世界大战，就在全世界上四面八方都打起来了，可是打仗的国家，也清清楚楚地分成两条战线了。德国、意国、日本这一伙强盗是一条战线，它们是法西斯阵线，为了侵略别人的国家，抢劫全世界的人民。他们进行的是强盗战争，全世界人民都要打倒这帮杀人的强盗，法西斯阵线一定要最后失败的。另外咱们中国、苏联、英美等国和全世界反对侵略的国家又是一条战线，这就叫“世界反法西斯阵线”，单说东方各民族抗日的阵线，就叫“抗日民族统一战线”。咱们这条战线是为了保卫祖国，保卫全世界人民的生命财产，咱们进行的就是正义的战争，全世界人民都拥护这个战争，咱们的战线坚强巩固，一定能够得到最后胜利！

咱们中国人民是坚决站在反法西斯阵线这边的，咱们已和日本法西斯强盗抗战四年半了，现在太平洋战争一爆发，有了更多的打日本的国家，咱们抗战的力量更加大了，抗战的胜利也更要快了。咱们的抗战不光是为了中国人民的解放，不光是为了帮助苏联抗战，更是为了帮助英国、美国抗战的胜利，帮助全世界人民得到解放。咱们抗战的意义也更大了，抗战的责任也更加重了，因此咱们边区抗战的老百姓就要更加努力，很好地担起这个大责任。特别是大家要注意日本强盗这回既是不顾死活地在太平洋去进攻英美两国，它害怕咱们中国抄它的后路，还打算掠夺咱们的东西，供给这个战争，所以可能它更要用更残酷的手段来进攻咱们华北抗日根据地，特别是咱们边区。所以在这太平洋大战起来的时候，咱们边区人民就要拿出更大的力量来保卫自己和援助世界人民，开展敌后的游击战争，扩大平沟破路的胜利，准备反攻力量，不怕未来的一切残酷的斗争，一定要粉碎敌人一切毒辣的阴谋诡计，战到底，打到底。只要咱们和全世界反法西斯的人民一起紧紧地拉起手来，日本和德意法西斯这伙强盗，一定要被咱们消灭！中华民族和全世界各民族一定要得到最后解放！

（《晋察冀日报》1941 年 12 月 18 日，《老百姓》副刊第 81 期）

×分区的反封锁斗争

刘钊

最近平、井一带，敌寇正加紧使其“封锁政策”与“堡垒政策”互相配合，以达其切实对我封锁和确保占领地的血腥统治。像现在敌寇以平定城中心，城南自十一月十号开始修筑大土堤一道，敌图以此作为强固的根墙，根墙之外再筑第二道寨墙和封锁沟。城北从十一月十二号起，也强征全县男女老少七千余开始挖大沟一条。勒令全封锁线各村都挖“自卫壕”，敌寇企图于封锁沟和封锁墙完成后，实行其最残酷的暴行“并村政策”与“经济封锁”。

不管敌寇“封锁计划”与第三次“治安强化”如何阴险毒辣，但在我边区军民英勇顽强的斗争下，给敌寇以严重的袭击。从十一月十日开始的我们×分区的反“封锁”、反“三次治安强化”斗争，已经获得不少成绩，计毙伤敌伪一七九名，俘敌工作员七一名，投诚伪军二名，解放民夫二〇二〇名；缴获电线一三二〇斤、电杆三五七根、木材九四六五根、电话机一架、自行车四辆、步枪十四支、战刀十五把、冰糖二〇〇斤、煤油十二桶；破坏堡垒□三座、哨棚二十四处、封锁沟一〇五里、封锁墙七七里、汽路二十四里；毁汽车三辆、木桥两座；获军毯棉被八十余条。

由于我们这次出击反封锁的伟大胜利，大大地动摇敌人的军心，在井陉常平堡垒上，日军时常在白天坐在太阳底下哭，特别使得伪军更加动摇、害怕。一次平定伪县公署各“科长”及伪军，联合组织一个“挖封锁沟的下乡突击队”，到付家村一带突击挖沟工作，不料被我神□八路军知悉，当即给予破击，吓得该突击队立时土崩瓦解，四散潜逃，数日惊恐不已，说：“即使封锁沟挖成后，□□不能阻止八路军之出入活动！此种设施，自属徒劳无功。”而在行唐王市□村一个伪情报局联络主任王某，他因我方部队无情打击，非常恐慌，跑到堡垒上，找到鬼子的伍长，双膝一跪抱头大哭起来，说着“救命啊！救命啊！……”但是，出乎他意料之外的，鬼子的伍长，竟然也哭泣起来。闹了一场痛哭的滑稽剧，结果谁也不能帮助谁，谁也无法救自己的命！

（《晋察冀日报》1941 年 12 月 19 日）

太平洋大战前夕石家庄的景象

游子

近日来国际的消息似乎太紧张，石家庄的市民和知识阶层，一般的是觉察得到了，就是伪组织的机关里的人员中也浮动着一种不安的情绪，特务机关的日本人却时时谈吐着对美作战势不可免，他们总抱怨着美国。无线电广播每天只听到日本东京和天津、北京的片面武断宣传，以及汉奸头目的长篇谬论，整个石门市都在敌伪的欺骗宣传和新闻的封锁圈里。汉奸报纸是被强派推销着，每一家头等的商号和旅馆被强迫订购《大同报》《庸报》《新民报》《河北日报》《石门新报》《中华日报》和日文报纸，起码要订两种以上。头等商号和旅馆所订的这起码的两种敌伪报纸必须要有□份，以下逐级减少，最低限度各民商也要订阅一份伪报，不订就要受检查、罚款。同时，各家头等商号以及各职业联合会，又都必须购置日本造的无线电广播收音机一架，每架收款四十三元至四十七元，但是只许你收听敌伪的长波广播，短波机子根本不许装置，就是被强迫装置的长波收音机，也只准许埋设地线，不准架置天线，以防止收听“重庆方面”的中国消息。在这样强制的严密的新闻封锁圈里的石门商民，大多数就完全失去了自由的听觉。

但是人们究竟还是有眼睛的，当耳朵听不到外界真实的消息的时候，人们就更要特别注视眼前的事物与现象。人们不安的心情也就从这些事物与现象中增长起来了。

从十一月二十五日开始，石家庄实行了“物资配给制度”，由敌伪□□决定先组织了三个面粉配给分所，同时指定了三合公等四家大商号配给石油、火柴、煤炭等日用必需品，配给手续时先制定配给证明书，按保甲组织发给各户，由保甲长签名盖章后，各家再到配给所领取，中间还得经过三道检查，每月只配给一次。所有日常食用的面粉、盐、火柴、煤炭、石油等等，每一样东西，每月每人都被限定只能取得最低数量，有钱人就是要想多买、多吃、多用一点也都完全没有自由。为什么要这样受活罪呢？人们总在问着，敌人和汉奸都说这是为了“强化治安”，但是石门市所有的商用汽车都被禁止开驶了，一切交通运输都改用了胶皮轮的大车，平常在市街上往来奔驰的军用汽车也少见了，人们知道了：这是敌人石油缺乏了！物资因不足而恐慌了。

敌人的经济恐慌的确是太严重了，石庄汽车管理局曾经公开承认因为没有煤油，所以汽车要停驶，石庄车站附近的堡垒也都点上植物油灯了，伪组织的人员自安慰地说：“日本技师正在想法子使□代用品，以后还是可以坐汽车。”但用敌人特务机关却在喊着“一滴煤油一滴血”的口号，新民会宣抚班又发起什么“征献废物运动”，强迫石门市新旧市区内（新市区包括旧市区周围十五里以内的村庄）的居民，每户都得缴纳废物一种，并在物品上签注物主姓名及所属区村保甲。旧市区内分区征纳，新市区各村则由保甲长负责搜集，用大车装运回来，其中残破的茶盏、痰盂、菜盘、木桶、铁锅、洋炉，形形色色，无所不有。敌人检收员看见多数铁质的废物时，就笑逐颜开，旁观的人也实在奇怪鬼子是真穷到这步田地了。

敌人越是经济困难，越要装饰外表，石门市□□马路，宽约九丈九尺，在旧大桥街北，叫“新兴路”，南面旧木厂街改称“朝阳路”，东连平汉路石庄车站，南通铁洞桥，西边连到留营村，现在还计划建设石庄西车站，地基建筑已经开始动工了。在筑路修站中，附近民商房屋被拆毁无算，民商稍有不满表示，就被拘捕论罪。但是街道愈宽，汽车愈少，却愈显得萧条，大商铺也都没有了买卖，因为所有买卖都被统制了。一切物资都在封锁配给之列，原有的“经济系”被裁撤后，由驻在矿务局的宪兵一队参加成立了“物资搬出委员会”(设石门警察所内)，登记统制全市各商号的货物和资本，便衣侦探每天来稽查。零售购买者必须有警察队的证明文件，商号须对购货者之身份、环境一一登记，稍有不慎，就被拘处罚巨大之罚金，有的竟被处死刑，所有批发购主都得拿上证明书到“物资搬出委员会”领取“物资搬出许可证”才能允许取货。因此各大商号空有门面，每天只受到特务机关和汉奸宪警的肆扰与勒索，捐税又一天地加重和加多，许多商家都是有苦无处诉，简直不愿营业了。

很多混在伪组织里当差事的，白天愁眉苦脸，夜里被特务机关的日本人你拉我扯地带进烟馆妓寮里去，抽起鸦片白面，胡闹一宵。回家冷得也有烧不起煤炉的了，大、中、小汉奸层层剥削，“谁能刮到手，谁就多享受”，这是他们的死主意，但是他们今天也实在担心日子不长了，“太平洋战争一打开手，东洋鬼敌不过西洋鬼，终归要吃败仗，那时树倒猢狲散，咱们这一群往哪儿□呢?”这是他们最大的悲哀!

今天的石家庄就处在这个恐惧与悲哀的气氛里。

十二月九日

(《晋察冀日报》1941年12月21日)

恭贺新年

——给子弟兵家属的信

新年到了，祝我们子弟兵的家属快乐安好。部队里因为军务关系，平常缺少对我们的亲属通讯，不知身体安康家事□劳如何？甚为挂念。一年中，我们将日本强盗最野蛮的“大扫荡”已经粉碎了，我们是在自己强大子弟兵的保护下，在自己抗日政府的保护下，过着民主自由的生活，这是伟大的胜利。我们又从胜利的战斗中过了一年。

咱们中国已经和日本法西斯打了四年半，最后胜利已经不远了。正在这时候，日本又跟英美二十几个国家打起来，这就是太平洋的大战。二十几个国家和中国联合打日本，力量大过了他好几倍。日本是更加快要失败了，中国抗战胜利是更近了。新年过来，是杀人放火的日本法西斯这些强盗走向死亡的一年，也是中国加紧争取抗战最后胜利的一年。这是一个世界大变化的年代。

日本鬼子这些年来，在中国烧杀抢掠，无数中国同胞生命财产都牺牲在万恶的敌人手中，鬼子是已经恶贯满盈了。我们顶天立地的中国男儿，一定立誓要向敌人讨还血债而奋战到底，站到斗争的最前线。子弟兵的每个指战员，都感到担负这种任务是无上的光荣伟大。这也是为家门生色，为祖先增光。

部队中整日愉快紧张地操练，愉快紧张地学习。每一个指战员，不论或快或慢，都是一天天进步着的。现在过新年，又加国外国内传来很□□□□□消息，对中国抗战形势的发展非常有利，部队中兴奋高涨气象是充满着的。大家都在准备着在新年用自己部队的新胜利，来报告给自己的亲属及全边区父老兄弟姊妹们。

□此，恭贺

年□！

晋察冀军区司令部、政治部及军区全体指战员

（《晋察冀日报》1941年12月21日，《子弟兵》副刊第24期）

争　先

——关于秋季反“扫荡”中部队生活报告之一

周奋

约莫是下午一点钟，我们一个连队又到达了刚才走过的杨家台，我们是前哨警戒。刚才大队过这里时派出去的警戒还没有撤下来，我们到达了村子，马上有人去撤他们了。

天空阴暗，在路上我们就看着要下雨了，这时真个落了下来。幸好，雨粒并不很大，只不过是微微细雨。

在山头上警戒的几个同志下来了。那当中有个叫董德林的三班班长，他是连队里一个很活跃的青年，参加部队有三年了。当他赶到队伍里去的时候，他刚好来得及听到连指导员给大家讲话的末了的一句：“……上级给了我们第一个任务了，这是我们的光荣；不过，光荣是在我们完成任务——完成了任务，才是光荣的！”

我们开始踏上了反“扫荡”的战场了。

连长集合着班以上的干部到了村外的河滩上看地形。雨点击打着树叶沙沙地响，雨点打着人们的脸颊。望□连长坚定的面容，每个人都浮满着战斗的热情，潮湿的脸炫闪着□□的光辉。我□曾看见那个叫董德林的，他的心的跃动。当连长讲了：

“二排长带一个班到前面范家庄去警戒，另外去五个人，到前边侦察去，由一个班长带着……”

连长的话还没有讲完，他就争着说他要去了。

“不，我去吧！董班长他才担任警戒下来，他还没有吃饭哩。”这是刘亚礼说的。

刘亚礼是连队的青年队队长，又是四班的副班长。今年二十岁，长得一副□□脸孔，大眼睛。他眼睛睁大地瞅着连长，连长的两片厚厚的嘴唇微微张开着，喜悦地看望着他。刘亚礼的眼睛要求连长说一句话，肯定地说一句话。但是连长没有说，是董德林说了：

“不要紧，我□，我带着烙饼吧。”

“我去吧！”他仍然瞅着连长。

…………

纷争又从另一个地方起来了。

灰暗的天空没有一点转为晴明的模样，虽然雨似乎减弱下去了。在街上，二排长带着一班人集合了。

“他两个谁去□？”二排长问连长说。

“我去吧！——我子弹带，什么都带好了，董班长，他还没有搞好咯。”刘亚礼全身准备停当，紧背着他的“三八大盖”走来了。他□□□地抢着□□了回答。董德林也紧扣着“三八大盖”来集合了，同样是什么都准备好了。“搞好啦，你看。”他只等待出发的命令。“走吧！”他说。

连长笑了笑：“刘亚礼，让董德林去吧！你留在家里还有事情咧。”他说，用了一种安慰的调子。然后又转向二排长他们，厚厚的嘴唇又频繁地翻动着，他关照了他们，指导员也关照了他们，他们就出发了。

当连长对他说了那句话，刘亚礼他不再争辩了。不过，他的圆脸同时也失却了笑容，紧闭着嘴，他好像一个被处罚了的孩子，感觉委屈地，懒散地走开了。

我到了他的班里去，而班里没有他。后来我在一家老百姓院里找到他，他和老乡谈着他们的坚壁清野。

“你没有去侦察吗？”我见了他第一句竟然说出来这么一句不得当的话。

“不让去。”他阴沉地说。

“不，在家里还有别的任务哩。”我说。

“那是□□不让去就留在家呢!”

“你为什么要争着去呢?”

“为什么?”他对着我微微地笑了，“那还为什么?反正是应该去的。这是第一个任务，我更想着去。”

连里的一个通讯员□叫着他，说是连长集合他们看地形去了。于是，刘亚礼又显得快活了。“我走咯!”他向我招了招手就走了。

(《晋察冀日报》1941年12月21日，《子弟兵》副刊第24期)

青年学习轻骑队的前锋

子□

小钢炮正在写字，司号员刘庆峰逗他说："小钢炮，日头从西边儿出来了吧！"因为能看到小钢炮写字，真是不容易呵！

"那……那怎么说！"小钢炮说着仍写着字。这是一个礼拜六的傍晚，还有一丝的阳光，射在他们丰满的脸上，他们一小群在西廊下乱□乱笑。

小钢炮是土门炮兵连的理发员崇玉同志。他一贯地不爱学习的，在例次整训时，受过不少次的批评，青年会上也斗争过他。有一次开讨论会，他藏在厕所里，被通讯员找到后，两个人□着他，那时他满脸羞得绯红，"学习的顽固"他便□名□□了。上次，青年晚会提出青年□作学习的轻骑队，月底要□识字组升级。这号召大大激励了他学习的热情，他□□了决心，一定要消灭他的"学习顽固"的不名誉的名字，从此他讨论会发言，识字本上满满地写了字。

礼拜日上午，暖烘烘的太阳晒着这一群青年，小队长总结着这一周的工作，小钢炮得到了小队长的表扬，□新□娘一样，满脸□风□出微笑。小队长最后征求大家有什么意见，"我要求取消我的学习顽固的名字"，小钢炮理直气壮地说。

（《晋察冀日报》1941年12月21日，《子弟兵》副刊第24期）

一个早晨的奇袭

叶瑞

十九日那天，在天还未大亮的时候，×团刘营长，□率领二个连的子弟兵，悄悄地离开了还在睡梦中的×村，向着到封锁沟上道路上开进，地面上盖着一层□霜，洁白的颜色，在微明中发亮，好像已经下过小雪。

到了南□井封锁沟附近的时候，太阳已经从东边伸出头来，微笑地欢迎他们。到这里来守沟的是六连，小个子的刘营长仍然走在前头。南□井那个“王八窝”就蹲在□冷的旷野上，好像一堆白骨架在那里，里边装着六个鬼子兵和八个皇协军，有一挺“歪把子”和一个掷弹筒。这些家伙，在我们填沟以后，曾经出来到各村去抓夫，企图□挖这条“血腥沟”，但我们守沟的□□□却不依他，见到就打，老乡们一哄地散了，沟终于没有挖成。

到了×村以后，队伍就隐蔽在村东北的野地里，一挺捷克式的轻机枪□□在沟外的一个土阜后面，枪口正对着“王八窝”的东南角，离那里也不过是五百来米远。刘营长这样想，鬼子今天如果出来，一定可以□□他□□，但是很奇怪，□□鬼子已经知道，连一个影子也没有。

太阳慢慢地升起来，天气□温暖起来了，鬼子们大概是想晒太阳，一个一个从“王八窝”里钻出来就在堡垒跟前蠕动，没有离开“王八窝”的模样。机枪□长握着□□□□们瞄准，□□一下把□□野狗送去见阎王，但是没有命令，只好忍耐等着。当他听到“准备快放”的时候，他□迅速地拉动了□□，马上一阵嘟嘟嘟的干脆的声音震动了人们的耳朵，□□了这死□般的□□的□空。“王八窝”跟前的□□也便□□起来，有几个朦胧的黑影倒下了。当“王八窝”上的机枪□掷弹筒□□的时候，他们是已胜利地撤退了，太阳正高高地迈过了树林。

下午，老百姓传来这样的消息，南□井碉堡里，在早上被八路军攻击，打死了三个鬼子和四个皇协军。

（《晋察冀日报》1941年12月21日，《子弟兵》副刊第24期）

“无人区”里的人们

——在灾难痛苦中更坚定的团结起来了！

戴烨

在雪地里，我踏到敌人所谓“无人区”的盂县四区××村，天色已经有些暗了，在往常，这应当是做晚饭的时候。然而在今天，能看到的，除了堆垛的断椽残木、破碎的瓦砾和一些曾被兽蹄践踏过的□满尘土上的粮食和粪便外，再亦找不到什么了。这是“无人区”，在晋东北遭受这样不幸命运的，据说有一百四十六个村子。

“无人区”真的没有了人吗？开头面对着这些现象我有此困惑，然而当我转过一个山角以后，突然来了一声“同志，带着路条吗？”的小女孩问话，我望见两个手拿红缨枪的活泼娇小的面影。接着，他们背后拥上了一群人。一会儿，我便被拥入了一个半山坡上的窑洞，这是村长的新居。

洞内还保存着日间阳光的余温，夹着做饭的热火，更暖了，暖气立刻解除了我一日的疲乏，二十多个人，挤得满满的，炕上、地下，都在乱混混地谈吐着他们的不幸和愤恨。

我一边吃着开水，一边听着这些诚直的人们的诉告：

这个不到二十几家的小村，敌人前后共计来了六次，屡次的烧杀抢掠，使得村子变成了荒芜，以后，敌人即用武力威胁着群众转向“治安区”去享受“幸福”。然而群众们都懂得这是一种无耻的欺骗，因此在行进的晚间，群众们便又成群结队地跑了回来，甚至连病得不能行动的病人，也一拐一蹓地爬了回来。

□□□□，□□继续斗争，终于他们含着眼泪向着毁灭了的自己的□□□□了。

他们在政府的帮助领导下，每人贷了五十元的款子，便在离村一里多的山腰上，又开辟了新居。在这里政府的关怀和群众们的互助，使他们在灾难与痛苦中，更加密切地团结起来。

“同志，你看鬼子还能烧掉这个吗？”村长指着窑洞骄傲地笑着。

“其实，烧掉了村子，我们倒少操一些心。”另一个老头打趣着说。

十月的高空里，冀西的原野上正飘零着细雨，但在这峰山起伏的山谷里，雪花却已经在飞飘了。朔风亦在刺骨地呼啸着，在这一带被敌人烧抢了棉衣的人们，在寒冷中愤怒地咒骂着万恶的敌人。

生活在自己祖国怀抱中的人们，是不会没办法的。政府早就关心着这个问题了。在月初，政府和各个群众团体，便发起了二万五千元的□□运动，准备救济灾难民。在本月二十二日康县长并亲自到四区灾难最严重的车轮，召开群众大会，当场□发了二百斤棉花、五十匹布，救济了二十多个村子无棉衣的群众，而其中抗属们还特别的受了优待。

在其他的灾区，政府同样伸出了援助的手，统计：三区拨发了二千元作购买棉衣布匹之用；在□咀发了二十匹布，四十多斤棉花，四百元钱；在五区发了二百斤棉花，五十匹布，一千元款；□六区发了一百斤棉花，二十匹布，并急赈一百元；在四区急赈粮食六十多石。

在村长报告数目字的时候，一个白了髭的老头拉住我的手，叫看他的新棉衣，他说这是政府救济的，说着眼泪便感动地流下来。

对于被病魔掌握的人们，政府还特别花了五□元，成立了一个保健医院，内中有三个医生，成天在各村流动地医治着。医生们像一条温暖的激流，激流所到之处，人们都逐渐地痊愈健康了。

"唉！政府到底是咱们的，没有一点痛苦不给解决的。"村长的父亲在白胡子的抖动下，感慨地叹息着，人们在黯然的灯光下，都在默默地点着头。谈得太热闹，虽夜已深了，大家还都舍不得回去睡觉。

十二月五日平山

（《晋察冀日报》1941 年 12 月 23 日）

蛇 吞 象

张有福

法西斯强盗们，结伙打劫，东方西方，都叫他们闹得乌烟瘴气、鸡犬不安。看看！这几年来，日本拼命打咱们中国，想把咱们中国灭亡；德国和意国，共同扰乱欧洲，灭亡了十四个国家。世界上千千万万的人，现在叫这些强盗们踩踏在脚底下：欺负、屠杀！法西斯贼寇们的罪恶，真是数也数不清了！

这些强盗们，如同中了毒的疯狗见人就咬一样，不管哪个国家，它都想来搞一下：六个月以前，德国法西斯盗匪，竟不讲信义地打起世界和平堡垒的社会主义国家苏联来。现在，大家都已经知道的，东方法西斯日本又不自量力地向英国和美国进攻了。

法西斯强盗们是天字第一号的吹牛家，他们那个无耻的嘴巴是什么屁都可以放出来的，但是事实却往往不能如意。比如，日本最初打咱们中国的时候，吹牛说要三个月灭亡咱们，可是后来的事实是：到现在叫咱们把它拖了将近五年，并且愈拖它愈没办法了。希特勒德国在开始打苏联的时候也说两个月内一定打下苏联来，结果呢——看一看吧，到现在已经半年了，它一意要想打下来的莫斯科、列宁格勒，到底连个边都没有看见；他的士兵的损失，已经有了六百万。现在是叫苏联的红军打得落花流水，全线败退。苏联红军，自从罗斯多夫大胜利之后，接着就在莫斯科和列宁格勒发动了大规模的反攻，这攻势顺利地开展着。在莫斯科打了个从来没有的大胜仗，收复了四百多个城镇和村庄，打垮了德国法西斯军队二十二师团（人数大约三十万），并收复了一个很大的城市叫加里宁；在北线列宁格勒方面也打了胜仗，消灭了德军三万人。全线上法西斯军一百万正在乱七八糟地着急地往后溃退。关于这些败退的事实，希特勒起初还想遮盖，说是因为天气太冷，不想占莫斯科了；后来就是德国法西斯也不得不承认红军的厉害，自己实在是不行了。现在红军正在继续向前推进，德国法西斯呢？不得不继续向后败退！

日本的口气也是很大的，说是要歼英灭美。但在它向英美宣战之后，三天里头对它宣战的，就有二十五国。日本现在是处在四面包围之中了！日本人口六千来万，和它打的人就有十万万。古书上说："得人者昌，失人者亡。"这十万万人的大联合，就是日本鬼子的一个致命征候，再以各种东西说来，日本比到这些国家中，更是一个破烂的穷汉！况且日本鬼子发动这个战争，本来就是各种困难没法解决的最后的挣扎！

因为日本鬼子是先下手的，所以在这大战的开头，也许它能占点便宜。但是我们还记得蛇吞象的故事吧，那蛇也许能够在象的蹄子上咬一口，可是，当象抬起腿来时，蛇就不免在象的脚下压碎了。日本鬼子正如那一条蛇一样，终究要叫中英美荷等等国家联合的力量消灭的。

在整个世界上说来，现在法西斯阵线和反法西斯阵线已经最后明朗化了，法西斯贼寇们正走上他们的下坡路，被反法西斯阵线的巨手一推，所有法西斯匪徒们，一定会滚到底的。

咱们边区老百姓，一定要知道这个真理，认识前途的光明，更加坚定我们的胜利信心，顽强地和敌人□下去，最后胜利是越走越近了！

（《晋察冀日报》1941年12月23日，《老百姓》副刊第82期）

拥护军民誓约运动

光华

咱们全边区和全华北的军队、老百姓，都热烈地响应了中国共产党北方局的伟大号召，决定在明年一月二十八日，各地都要举行，人人都要参加这伟大的军民誓约运动。这是咱们彻底粉碎敌人一切毒辣阴谋的运动，是巩固边区，保证抗战胜利的伟大运动。

敌人，现在正到了四面烈火烧身、完全走上绝路的时候，咱们四年半的英勇抗战，已经拖得他倾家荡产，快招架不住了，眼前太平洋大战一爆发，起来抗战打日本的国家越是加多，他的狗命更难保了；真是“老鼠过街人人叫打”，大祸临头，没法收拾。所以他只好不顾死活，越要胡碰乱撞，要更疯狂地去抢劫太平洋上的人民，更要更毒辣地来进攻咱们中国，特别是用更多的阴谋诡计，用更卑鄙下贱的手段来进攻咱们边区！他只打算这样狗急跳墙，逃出性命，可是罪恶滔天的日本鬼子，是永远也逃不掉全世界反法西斯人民的手心的！

可是，眼前敌人的阴谋已经加多，往后的斗争就越会残酷，因此咱们边区的抗战力量，就该更要加强。比方眼前敌人就正在闹什么三期“治安强化运动”呀，“经济封锁”呀，什么“物品配给制度”，“粮场制度”呀……这些玩意儿，无论对敌区和咱们边区老百姓，这都是吃人的诡计、毒辣的阴谋，往后敌人还会有更多的阴谋。军民誓约运动，正是为了要大家都能够彻底识破敌人的阴谋，要大家都懂得粉碎敌人阴谋的根本办法。

要粉碎敌人的一切毒辣阴谋，要取得抗战最后胜利，大家要没有坚强的民族意识和坚定的胜利信心，是不行的。军民誓约运动，正是为了增加大家抗战的信心和决心，使咱们在最困难的时候，能够拿定主义，去争取最后胜利。

要在最困难时候能站稳脚跟，在敌人面前不会软了骨头，还要有高尚的民族气节。军民誓约运动，正是要提高大家的民族气节，要大家像中国历来的大忠臣一样，忠于民族、忠于国家，要像岳飞那样精忠报国，像文天祥那样死不投降，像咱们这回棋盘陀的五个壮士那样勇敢，使敌人也佩服得给他们下跪。

军民誓约运动，是全边区的军队和老百姓，一齐都要举行的，咱们誓死要遵守这个公约，誓死要保卫边区，帮助军队，拥护政府，誓死不支应敌人的差事，不做敌人的奴隶牛马，誓死要把敌人赶出中国去！

军民誓约运动的意义重大得很，咱们全体军队老百姓打敌人的决心越大，力量越增，大家团结得愈是亲密，边区越会巩固得像铜墙铁壁，敌人一切阴谋毒计只有根本失败，抗战就会早早胜利，咱们坚决地拥护这个伟大的运动！现在大家就该赶快去分头宣传，一定要□人人都彻底明白这个运动的意义，一定要保证到时候人人都能够自动热烈地参加这个运动！

（《晋察冀日报》1941 年 12 月 23 日，《老百姓》副刊第 82 期）

新年新岁话团结

原戈

新的气象随着新年降到人间，人们在欢腾，在歌舞。

父老兄弟姊妹们，祝你们新年健康！

俗话说：“一年之计在于春。”在这新年的开头，咱们都得很好地来想一下，怎样安排新的一年的工作、生活，新的一年的胜利和斗争。

咱们中国跟日本打仗打了四年多，现在世界上有二十五个国家都和咱们一起来打日本了。日本鬼子两只血腥的泥腿，一只早已陷在中国的大陆上，另一只现在又陷进太平洋的大海里了。它的困难更多，它走向死亡是更快了。

但是，咱们要打败日本，打倒日本法西斯强盗，还须经过一番最大的努力，最艰难的斗争。在新的年代，咱们敌后军民顶要紧的任务，就是发扬过去四年来艰苦奋斗的精神，继续跟日本鬼子搏斗，把它的泥脚拖得更紧，使它动弹不得，活活地被大伙儿的力量揍死。

要完成这个巨大的任务，加紧军民之间的团结是一个非常重要的问题。子弟兵和老百姓原是有着不可分离的血缘，谈到军民团结，四年来咱们是这样做了的，而且做得很好，因之咱们粉碎了日本鬼子一次再次的“扫荡”，粉碎了日本鬼子和汉奸挑拨离间的诡计，胜利地坚持了敌后艰难困苦的抗战事业。

在日本鬼子最后挣扎的今天，它一定会想出各种各样的方法来破坏咱们军民亲密的关系，咱们最有力的回答，就是团结得像一块钢铁，让它一切阴谋诡计都在这块钢铁上碰得粉碎。

在这新的一年，咱们子弟兵老百姓，要在过去团结的基础上，更进一步地团结起来，子弟兵要更多地关心和爱护老百姓的利益，更多地帮助老乡春耕秋收，更多地帮助老乡修盖房子，使老乡的日子过得更好。老百姓也要更多地关心子弟兵和壮大子弟兵，要把子弟兵当作自家的亲兄弟来看待，要鼓励在子弟兵中自己的子弟更加努力上进，做一个模范的抗日军人，帮助子弟兵打更多更大的胜仗！快快地把鬼子赶出中国。

咱们每个老百姓和子弟兵，要永远地牢心地记住这句话：没有边区子弟兵，就没有咱们老百姓；没有边区老百姓，也就没有咱们子弟兵！当此庆贺新年的时候，咱们更要把这句话在心里温习几遍。

（《晋察冀日报》1941 年 12 月 28 日，《子弟兵》副刊第 25 期）

明比赛，暗比赛，比赛中的比赛

安明

土门二分队第四班，他们班里的老年，为了月底青年识字比赛的优胜，老年同志们就开了一个会，讨论怎样去帮助青年，怎样去鼓励青年，使他们有把握得到比赛的优胜，他们想了很多的办法。第一，他们老年要竭力帮助青年缝被子、补衣服，使青年有充分的时间去突击。第二，他们和青年比赛戒烟，老年做模范都不吸烟，警惕青年，使青年更不敢吸烟。第三，在星期日帮助青年洗衣服、擦枪，使青年可作整日的突击，这样青年比赛在老年有力的帮助之下，我们敢大胆地预料，优胜一定是他们的。

土门二分队一班战士巩根旺同志，他听说青年在月底要做识字比赛，在礼拜日那天，他就对青年们说："青年同志们，你们的衣服我来替你们洗吧，你们利用这个时间，可以尽量向文化突击，你们胜利了，我们老年也是光荣的，加油吧，来！我帮助你们洗衣服，四班的老年们也在帮助他们班里的青年了，让我们老年也在暗中比赛吧！"

（《晋察冀日报》1941 年 12 月 28 日，《子弟兵》副刊第 25 期）

崭新的黑水坪

林千

在秋季反“扫荡”中，井陉的黑水坪被敌人毁坏了，二三百间民房被烧掉了一半。

老百姓没房子住，临时搭盖的草棚又抵不住冬天的劲风，鬼子真是可恶呀！

不久，我们的部队开来了，首长提出了“帮助老百姓修建房屋”的号召，在这伟大号召底下，我们整个部队都动员起来。

首先，我们进行了调查、统计，然后根据所得材料进行设计，并与当地村政权开了几次座谈会，在会上产生了兴建房屋的建筑委员会。

建委会决定军队和老百姓很好地分工合作，部队出人工，房主出器材，老百姓得到军队的帮助，都高兴极了。

于是工作开始了，劳动的歌声充满了全村。

我们部队全体指战员都参加了这个伟大的劳作，××连和×部的战士们是我们修房的主力。

这是反摧毁的斗争呵，由于军民一致的努力，这个斗争我们是胜利了。经过一个来月的时间，破坏的房屋都以新的面貌出现在人们的眼前。

老百姓在温暖中过着冬天的生活，他们不会忘记鬼子的罪恶，也忘不了修盖房子的人们。我们军民关系是愈加亲密，愈加团结了。

（《晋察冀日报》1941年12月28日，《子弟兵》副刊第25期）

黑夜沉沉，照明弹帮助我们平沟

俊□

黑沉沉的夜，天空布满了乌云，牛毛细雨渐渐地下着，天黑得伸手不见掌。

我们的子弟兵掩护民兵去平毁敌人的封锁沟。他们来到××村附近的沟边，瞪着眼睛，很细心地从黑暗中辨别出周围的道路和地形地物；接着，便你一锹我一镐地干起来了。天黑得谁也看不见谁，只能依靠两只耳朵来听出土块和铁器相碰击的声音，以及同伴们的喘息。

但是，大家都埋怨这太黑的天气，工作干起来不很带劲。

忽然，一个敌人的照明弹打过来了，像一片闪光，于是黑漆漆的大地，突然变成明朗朗的白昼。这一下可把破路的民兵乐坏了，因为借着这亮光，他们可以清楚地看出了这伟大的交通战的场面，□奇□似的兴奋了他们的心，于是连个别最不中用的人也加起油来了。大家拿排山倒海一般的气概，把那隆起如山丘的土堆都给填在沟里了。

不一会儿，那段敌人费九牛二虎之力才挖成的大沟，已经变成平坦坦的大地了。

任务完成了，大家都说："谢谢鬼子的照明弹，帮助了我们的平沟，以后我们再来，请多准备几个照明弹！"

（《晋察冀日报》1941年12月28日，《子弟兵》副刊第25期）

从一个村庄去看敌占区人民的生活

江风

×庄子是靠近平汉铁路被寨西店、明月店车站（敌据点）十家町炮楼、内化据点包围着的二百户的村庄。在一九三八年春天，人们便戴上了奴隶的枷锁，民主自由完全被剥了去，在敌寇血腥统治下过着人间地狱的黑暗生活。仅从七个月里对敌负担数字的统计中便可以看到人民是怎样地在过着痛苦的日子啊！

从今年一月起到七月底，有着下面许多繁重的负担开支：

两个伪报告员每月每人四十六元；看铁路的苦力十个，每月每人五□□元；在敌人那里服务的“反共青年团”，每月开支四十八元的伙食费；十家町的敌人是由那一带村民轮流每月管饭五天，开支一百元。如果饭做得“不合适”，一怒之下，便把饭倾倒在地上去喂洋狗，碗盆砸碎，群众还得忍气吞声去另做。这样，花费就更多了。

修屋、筑墙、建堡垒等，在七个月中便出雇工工资七百元，砖瓦木料费一千元。

粮银敌人是按季索要，每季四百六十九元二角，地亩捐每季九百二十八元□□□□□□□□□到城内“爱护费”三元，勒索敲诈支应，真没有办法去统计。在七月二十二日寨西店敌人一天就要过五次梨；七个月中，只买鸡子菜蔬就花费了一千元左右；汉奸特务今天要零花二十元，明天三十元，他们家属办理婚丧时，也都要强迫送礼。这几项开支就有八百余元。

七月间，敌人要大车两辆，民夫十五个，每人一把镰刀，要到我根据地抢秋。伪村长向翻译官苦苦哀求了一番，算是出运动费五百元，少去了五个夫，结果买车买牲口雇夫共开支了一千二百八十元，七个月对敌负担在账本的结算上已达一万六千七百七十五元一角四分。

四年中，由于敌人的烧杀抢掠，×庄所受到的损失也是非常惊人的：一百四十间房子、粮食五百石、衣服二千件、布二百匹、边钞五百元，在日寇的“杰作”下，已付之一炬。去年抢走麦子五十石、谷子二十石、边钞三千五百元，今年又抢走麦子五十石，四年中只五次绑架敲诈花费就一千元！

在敌人“以战养战”的政策下，人民对敌的负担是在递年增加着，就按这一个村庄来说：

一九三八年开支是一千八百〇六元。

一九三九年二千元。

一九四〇年六千元。

今年只七个月就开支了一万六千七百七十五元一角四分。

从这一个村庄来看，就可以知道敌寇所谓“治安强化”的实质，便是公开的烧杀抢掠；从这一个村庄对敌的庞大负担，便可以看出敌占区人民是过着如何痛苦的生活了。

（《晋察冀日报》1941年12月30日）

恭贺新禧

张有福

新禧，纳福，老乡们！我在这里拜下——不，咱们大家还是行个鞠躬礼吧！

一九四一年过去了，从今天起，就是一九四二年。在这一年的开头，除了互相祝贺以外，什么事，咱们也都该打算打算。

回想去年一年来，咱们大家都努力地工作了一年，和鬼子又打了一年，自然在这一年里，因为鬼子的毒辣残忍，咱们也受了些苦，可是到底得到了很多的胜利。比方：在秋天反“扫荡”的时候，鬼子抢了咱们的许多东西，烧了咱们的许多房子，还杀了咱们的一些人，可是因为咱们边区子弟兵和咱们大家的苦斗，鬼子的“扫荡”，终究叫咱们打败了。再比如：在这一年里，鬼子一次、二次、三次地闹着什么“治安强化运动”，想把咱们边区灭掉，可是在咱们边区子弟兵和咱们大家苦斗下面，他的这些诡计，鬼办法也终究叫咱们打跨了。去年这一个年头啊，可是个不寻常的年头呀！鬼子“扫荡”，咱们反扫荡；鬼子闹“治安强化运动”，咱们反“治安强化运动”；鬼子挖沟，咱们平沟，鬼子筑路，咱们破路。军事对军事，政治对政治，经济对经济，文化对文化，这样针锋相对地和它苦斗了一年，无论在哪一方面，咱们都终究得到胜利。这就是去年一年咱们做了的工作和得到的收获！

那么今年这一年怎样呢？未来的事，虽然不敢说定，但是咱们却可以确实地推断：今年这一年，将是和鬼子斗争越发残酷，同时也是胜利越发接近的一年。咱们都知道，鬼子为了解决他国内国外的各种大困难，和它西方的强盗弟兄互通声气，趁火打劫，已经冒险地攻打英国美国，发动太平洋战争了。太平洋大战打起来以后，对它开战的就有二十五个国家，在这样大的力量下面，鬼子终究要失败的，这是一定的。可是它为了要强挣扎，一定还是赌命乱干的。这样为了安定它的后方，它一定要想各种各样的毒辣办法，来毁坏咱们边区，所以说今年的斗争越残酷，就是因为这个。但是无论怎样挣扎，如前面所说，在太平洋二十五个国家一齐与它作战的情形底下，特别是咱们中国人民团结一致，对它坚持抗战的情形底下，它一定要失败，□□□的失败也就越来越近了。所以说咱们越发接近胜利，就是因为这个。

在今年，咱们到底该怎么办呢？今年，咱们应该越发起劲儿起来，继续更加大过去那种苦斗的精神，从各方面和鬼子顽强地斗争下去，取得各种斗争的胜利！

老乡们，天明以前，要有个临明时的黑暗，比暗夜更黑暗；胜利之前，要有个临胜时的酷斗，比以前更残酷！可是，这黑暗过后，天就亮了；这酷斗过后，胜利就到来了！咬紧牙关吧，勇敢地冲向各种战线上去，让我们预祝今年各种斗争的伟大胜利！

（《晋察冀日报》1942 年 1 月 1 日，《老百姓》副刊第 83 期）

勒住鬼子的咽喉！

张有福

敌人的各种东西，都缺乏得很，这是咱们大家都知道的。本来，打仗不是说着玩的，那是需要大量的东西的。那日本那样一个小小的国家，叫咱们中国和它打了四年半，早就大大地受不住了；国里，百姓们没米吃，没油点，没有布做衣服的事，普遍得很；在中国，鬼子们被逼得没办法，也只好吃高粱，穿粗布，甚至时候已经到了冬天，还穿着一身单衣服。后来又遇了太平洋上各个国家，英国、美国、中国、荷印对它的封锁，这就使它更没有办法了。

可是，鬼子总还要想些办法的，这就是对敌占区同胞的搜刮，和对我们根据地的抢劫。最近鬼子在敌占区实行的什么“物品配给”和“粮场”制度，以及对我们的封锁和抢夺，就都是鬼子穷极无聊想出来的鬼办法。

太平洋战争起来以后，二十五个国家一齐对它宣战，这自然使它在经济没办法上，更加了个没办法；这战争要用更多的东西，同时国外的东西，更是丝毫也没来路了。

在这样的情形底下，鬼子又在想什么办法呢？自然，还只有一个办法：更加厉害地搜刮敌占区人民，抢劫根据地的东西。汉奸头子王揖唐就说：“以后要和日本更密切地‘协作’，供给日本一切需要的东西，特别是粮食”。这还不明显吗？咱们中国的沦陷区现在成了鬼子的命根子了。

鬼子对敌占区的搜刮和对根据地的抢劫，是会用各种各样的法子的，明抢、暗夺，什么都用。比方最近，鬼子拿着大批的中国法币，派人在各个市场上，出高价来收买咱们的东西，皮毛啦、铁器啦、棉花啦，特别是粮食。这看起来是做买卖，好像很平常，其实这就是鬼子抢夺咱们根据地东西的一个新方法，顶毒辣的。

鬼子这些法币，是以前用各种方法拿去的。它拿去，□原是为的把它变成外国钱，买外国货的。可是因为以前美国封了中国的存钱，变不成外国钱了，特别是在太平洋大战起来以后，也更没有法儿用法币买外国货了。因此，它便转回头来，用这些法币，来咱们各个敌后抗日根据地里，高价收买各种东西。它想用这种办法，一、降低法币的价格（高价收买东西）扰乱咱们的市场；二、夺取咱们的各种东西，供给它在中国和太平洋上的战争，你说它这个办法毒辣不毒辣？

可是，不管它的鬼办法想得怎样毒辣，咱们贤明的政府，总是有办法的。现在，咱们边区政府就下了命令，一方面禁止法币在市面流通，规定只有边币是市面流通的唯一的钱，假如咱们老百姓真有几块法币想花时，要先到边区银行按照市价换成边币再花；一方面禁止以下八类东西出口：粮食、油、榨油的原料、铣、棉花、布匹、皮毛、鈇□。这是一个非常好的办法，如果，咱们人人好好认真做起来，鬼子的那些鬼办法，还有什么用处！这办法是对敌寇经济战上顶要紧的一着，就等于勒住了敌人的咽喉，咱们老百姓一定要好好地拉紧这个绳头，不放松，一直等到把鬼子勒死以后才停。

（《晋察冀日报》1942 年 1 月 6 日，《老百姓》副刊第 84 期）

加强武装斗争

甄正

过了新年，万事都有了一个新的气象，今年的抗战，咱们也应该有一个翻新的打算，应该准备好打敌人的新的力量，老乡们大家要拿起武器来，更广泛地来开展敌后游击战争，努力准备反攻，趁早打垮敌人。

今年，敌人的死期越加近了，抗战的胜利也越加近了。可是，这里大家应当特别注意，要是有人认为现在既是敌人的困难越多了，死期越近了，咱们对敌人的斗争就可以松一些劲了，这就是完全错误的想法！正因为敌人的困难越多，死期越近，它就越要拼命挣扎，正像疯狗临死以前，免不了要有一阵子那种胡碰乱咬劲儿。眼下敌人为了要巩固它的后方，就会更卑鄙下贱地来进攻边区，为了要填补它四面作战的窟窿，它更要疯狂毒辣地来抢劫边区和敌区的同胞。因此今年对敌人的斗争，就越发残酷，现在咱们就该准备好全边区的武装力量，大家自动积极地武装起来，去打垮敌人一切新的阴谋。俗话说得好，“不入虎穴，焉得虎子”，咱们要勇敢地参加到这个残酷的斗争里去，争取到今年抗战新的大胜利！

眼下边区新成立了一个人民武装部，正是为了准备更大的武装力量，应付这残酷的斗争，有了这个组织，对边区的民兵的领导就更方便，和敌人打起游击战来，更能够百战百胜，马到成功。咱们不光要坚决拥护这个组织，更要在人民武装部的领导下，争取做抗战的新英雄。大家自动地拿起武器，猛力开展游击战争，一定要打得敌人头昏眼花，屁滚尿流，昼夜坐卧不安，到处没法立脚，配合咱们的军队，配合太平洋上一切国家的抗战人民，一直到彻底消灭日本法西斯强盗！

（《晋察冀日报》1942 年 1 月 6 日，《老百姓》副刊第 84 期）

回　家

王任

我参加八路军已经半年了，对于军队里的生活，我很快地能习惯了，想家回家的念头，从没有在我的头脑中回旋过。

日子过得真快呀，不知不觉地又到了阳历年了。上级首长为了爱护和体贴每一个战士，特规定离家近的同志，可以回家去看望亲人。

于是，离家只有五十里的我，得了上级许可，便兴致勃勃地回家去了。

到了村边上，远远地就看见我的父亲正在辛劳地砍着树，所以我就把注意力集中在父亲的身上。那村口站岗的，我倒没有注意。

“哎，同志，带通行证没有？”我的沉思忽然被一种熟稔的声音所打断，定了神仔细一看，原来是我的母亲，我并不即刻走近她，只是对她微笑，要试一试她老人家的眼力，能不能辨认出她变换了军装的儿子来。

正在母亲发呆的时候，父亲已走了过来，笑着向母亲说：“那是你的儿子小任子，你认不出来了吗？”

“噢，原来是小任子！”母亲惊奇地笑了起来，“穿起了军装，我不认识你了！”

“你儿子变成了八路军，你当然就认不出来了呀！”我欢快地说，为了使母亲更加高兴。

母亲果然被幸福的火焰燃烧起来了，她慈爱地拉着我，说东说西，好像把几个月的话，都要在这个短时间内说完似的。

“你先家去吧！”父亲向我说，“你娘站岗哪，我砍完了这几棵树枝，就家去！”

到家之后，我故意地要和家里人们开一个小玩笑。

“老乡！能不能给我们腾两间房子？”我拿着外路腔调，在院子里喊着。

“同志们，找房子吗？”我家老婆听见声音急忙地从屋子里跑了出来，指着西房说，“这屋里一间，妇救会的同志们占着哩！你看北屋西头还有一间！”

我看她那种严肃而认真的情形，忍不住笑了出来。

她看了是我，又喜欢，又生气，在洋溢着欣喜的光辉的脸上，噘着小嘴说：“不让你在这里住，滚出去！”说着便娇憨地扭着身子回到屋里去了。

到了屋里，嫂子也走过来，向我的老婆说：“我说你跟谁闹，我看着是穿军装的哩！哎，你看，老二比在家里还壮了呢！”

“当然啰！”我夸耀地说，“八路军的饭养人啊，吃不壮，怎样能打鬼子？”

妻，看了看我，笑了笑，没有说什么。“她心里一定是很高兴的呢！”我想。

我们吃起午饭来，这饭是母亲专心为她儿子做的，我吃着非常高兴。

孩子们放学回来了，我向他们打招呼：“下学啦？”

顽皮的芹儿看准了是我，但却故意笑嘻嘻地说：“哪儿的武装同志？在这儿吃饭？带着粮票没有？”

勋儿年纪小，看不出芹儿在故意地捣鬼，便天真地插着嘴说：“是你爹，我二叔，你认不出来？”

芹儿大笑起来：“哈哈！原来是爹同志！”

母亲说：“你看这个，叫爹就叫爹好了，还叫爹同志！”

“爹抗日，我抗日，不是同志吗？叫爹同志不对吗？”芹儿争辩着说。

“是的，不错!”我回答他说，“吃饭吧，儿子同志!”

饭吃得很热，所以饭后我把大衣脱下来，芹儿翻着我的口袋，他把通行证拿着来念着，念完以后，向我笑嘻嘻地说：“有通行证，是告假回来的，要是没有，那一定是开小差回来的。”

我故意地问他：“我要是开小差回来，你还送我到村公所去吗?”

“哼!你要是开小差，我送不了你到区公所，也要偷偷报告给武委会来抓住你!”

“我怕儿子同志给报告，也不敢开小差啦!”

于是，大家发出热烈的爽朗的笑声来，整个的家庭都沐浴在温煦的空气中了。

傍晚，在全家的欢笑中，我离开了家庭，归队了。

(《晋察冀日报》1942年1月8日，《子弟兵》副刊第26期)

三十年不如两个月

□

一所大门的底下，在用砖和板砌成的桌子的周围坐着十几个八路军的新战士——刚参加部队不到两个月的子弟兵，在讨论和研究一些他们很感兴趣的问题。他们当中的一个——孙玉田同志说：“我这一辈子他妈的老给人家扛长工，受苦，这三十年还不如我参加八路军这两个月哩！在两个月以前，连我自己的名字都不认识，到八路军来两个月的光景，不光是认识了我自己的名字，而且还认识了八九十个字，当八路军真好啊！……”

大家都点着头，表示赞成他的话。

他们仍在兴奋地继续进行讨论，研究，而且愈来愈热烈了！

（《晋察冀日报》1942 年 1 月 8 日，《子弟兵》副刊第 26 期）

日本友人的新年之夜

——记日人反战同盟支部的“越年会”

徐灵

傍晚，夏川、上原、伊藤三同志在准备着明天的野球赛，原、上野两同志，哇啦哇啦地在背诵后天出演“前哨”的剧词，和田、高柳同志则在忙着糊跳舞化装用的花帽子、大鼻子……有川同志跑来抢过鼻子带上，孩子似的做个鬼脸，大家都笑了。

“让开，同志！让开，同志！”小林同志抱着一大包从各分区送来祝贺新年的东西，谷川猛地转过身来，撞在大包裹上，花生、枣子……立刻滚了一地，××吃惊得慌忙地把鼻子摘下来，大家哄然一笑，半间屋子都震动开了。

整个新年的日子都充满了愉快、兴奋和欢笑……

反战同盟支部门前布置得很美观，门的两旁有红柿子、黄的稻草和绿的松枝。

办公所里布置得整洁而轻快，书桌上放着辞典，从苏联寄来日文的政治理论及文艺书籍，迎面桌上陈设着雪白的大镜，镜框顶上放一个杏红的柿子，两旁垂下了深绿的丝带。

“新年恭禧，新年康健！”

“同志们新年恭禧！健康！”

支部的同志们和被邀请的来宾们相互祝贺着。

在贺年的笑声里，越年会开始了！支部长宫本同志站起，微笑向大家说：

“新年来到了，同志们，过去的一年里，我们在八路军的帮助和领导下，使我们得到光明与进步，我们今后，应该加强锻炼我们思想意识和工作能力，让我们成为一个坚强的革命战士，好和八路军并肩携手为了打倒日本帝国主义和整个的法西斯而奋斗……”一阵□亮的掌声。

每个盟员都在愉快里说着笑着，在主人和来宾之间，举杯交欢。

在欢腾里，酒杯很快地飞传，同时，唱着“小原节”“东京音乐”等小曲子，个个都在用手拍着掌，一起一伏地和着节拍，有规律地击着碗、碟子和酒杯，尽情地喝着酒，尽情地吸着烟，又尽情地哼着日本小调。

“新同志，干一杯，干一杯，干一杯！”大家向着才从下社过来不久的新同志——西川和齐藤：

“欢迎唱一个！”

“干一杯，干一杯的哟！干一杯……”大家的哄声，把西川平和齐藤，弄得不自然而羞答起来了。

桌上又摆满了很多的日本菜，和很软细的“越年面”。

我轻声地问支部长：

“今夜你有什么感想？……”

“从来没有的快活！”他那很爽利的明晰的高兴的声音，真使我感奋。盟员们听到支部长的话，都抢着说“从来没有的痛快！”随后我便走出办公所，到另外的一间屋里去，那里也同样在欢笑，我一进门就被他们拥上了炕，让酒，让烟。

夜深了，大家都还在尽情地欢乐着。

（《晋察冀日报》1942年1月10日）

谈谈子弟兵中的新战士

昂

帮助新战士的光荣传统，和八路军的其他光荣传统一样，在边区八路军——人民子弟兵中，是被承继下来而且更发扬光大了：每当新战士入伍的时候，照例要受到子弟兵全体指战员的热烈欢迎和恳切的帮助的，这是中国共产党领导下的八路军、新四军的特点，是革命的人民军队的本色。

子弟兵帮助新战士的多种多样的模范例子是数不尽说不完的。譬如：学习中耐心地帮助新战士学习军事、政治、文化、识字、唱歌；战斗中帮助新战士选择地形地物和射击瞄准；行军中帮助新战士背枪和背包；日常生活中想尽各种方法帮助新战士解决困难，只要是大家能力所能达到的没有不尽力的。像在冬天，自己不穿新鞋新袜子却诚恳地送给新战士穿的事情，在子弟兵中是顶普通和常见的。不管是谁，只要一参加了子弟兵的行列，不到三天就会和大家熟识得像自己家里的兄弟一般。子弟兵的老战士，只要回想起刚入伍时的那种被无数不相识的人热烈欢迎，亲切的呼唤与诚恳帮助的情景来，没有不激动的，那深刻的印象无论到什么时候都忘不了的。

在子弟兵中从来都找不到像军阀部队、土匪部队、法西斯部队所特有的那种官打兵、老兵欺压新兵、新兵侍候老兵等等黑暗残暴的事情的。互助互敬，团结友爱的光荣作风是永远被边区八路军继承着、光辉地发扬着。

为什么在子弟兵中有这种帮助新战士的光荣作风呢？没有别的，这是由于每个子弟兵的成员，都具有高度的阶级觉悟和政治认识；他们都知道，同志间的利益是完全一致的，没有丝毫可以引起冲突的地方，大家参加子弟兵是为着一个目的——打倒日本法西斯！

同时，青年在子弟兵中是占绝对的多数，青年是有他本身的特点的：他们对革命具有着高度的热情，对同志具有着丰富的感情，对于到了陌生环境的新同志，尤其能多方面地照顾，所以帮助新战士的光荣传统也就能在子弟兵中高度发扬。

（《晋察冀日报》1942 年 1 月 11 日，《子弟兵》副刊第 27 期）

洗不清的仇恨和算不清的账

——记晋东北之行

陆望

一

初冬微雪，路上有些泥泞，然而这冷落不了我们急于赶路的心情。

沿着营里河，往西北前行，过了桃胡底，就渐次进入了敌人把它叫作“无人区”的地带了。

“同志！哪一部分？路条！”

要路条是我们沿途接近一个村庄或经过一个山头要道时，必经的手续，在这时候，常常有老的少的男的女的，汇聚拢来，他们愤恨地苦诉着：

“可妈的烧完啦！抢光啦！”

由台怀向南，经黄土咀、高洪口、石佛寺、上下社、苌池等地一直到盂县城、会林、牛村一带，附近三二十里的村庄，都被敌人烧成断壁残垣和焦黑的瓦砾堆。

当地政府，对这一带灾难民的救济，已做了不少的工作，获有不少的成绩。

我们原来计划，用一天的工夫，到达敌人所谓“治安区”的×××去住，此刻虽已暮色苍茫，虽然由对窝到×××，还有十多里；虽然汗在背上流，夜风吹得两腮痛，但我们仍一直向西北前行。

二

牛道沟一连三个村庄，这都是“治安区”了，敌人一百多人，就住在沟口椿树底，筑有炮垒，作为据点。这儿静寂得很，没有人嘈杂，没有鸡鸣狗叫，一切都在死的状态里。不久以前，这儿曾是住过由许多小村并来的人们，然而经过一场尖锐斗争到现在，连本村里的人也都搬向“无人区”去了，他们渴求着自由的空气，这使万恶的敌寇也不能不说“大大没办法的”。

××岭上，积雪没膝，西北风吼得真个怕人，东望冀西，山浪起伏，一步比一步高，我们一直上到从前所谓敌人的炮垒里，同伴四喜子（××部侦察员）想在这儿歇歇脚。这个炮垒是在××岭的主峰上，位于盂县五台的交界处，可以与呈三角形的东峪口、王成、椿树底，那三个据点的炮垒相呼应。

“风太大了，简直冷得使人呼吸困难！”

“不要紧，盂县五台各据点里的敌人前几天（十一月十六日前）还没穿上棉衣哩。”

我们边走边谈，四只冻硬了的冰鞋，踏在两县的土地上，继续转向西南行进，下了坪塔后坡，即到滹沱河的上游，这儿是游击区了。

三

出五台境，到达定襄、崞县及阳曲一带平原，沿途碰见所有的人，大家都是互相警问：

“同志！下边有情况没有？”

“暂时没啦，上边呢？”

“也没听到甚消息。”

这是在游击区走路时，一种习惯的对话。

敌人的“政治工作队”，曾给这一带人民下命令说：“八路军来到你村子，少了你们自己把他打死，多了你们一面给他做饭，一面很快来给我们报告。”可是在民族的仇恨里，那些命令，只能把它叫作梦呓而已。相反的，这一带的人民，对我们部队和工作人员，爱护唯恐不周。倒是在敌人据点里，敌人失踪反而是常有的事。

鸦片是在边区所看不到的，然而在这一带不仅很平常，而且有“护烟队”的组织，敌人据点里的各个“俱乐部”，现在正在开始给各村派送大批烟土，不管销售与否，白洋三元半，这是“俱乐部”规定的官价，得按数即日收清。根据伪山西省长苏体仁自己说：“山西每年销烟土四百万两，值洋三千万元，料面也在三千万元以上。”然而伪山西民政厅长宋澈却对人说，仅“每年吸料面者，至少在五千万元以上”。

敌人根据第三次“治安强化运动”的方策，正在喊着要“推行重点主义”（即主要之一环）。这一次的“重点”是经济掠夺，就是大队人马，今天在这个村，明天到另一个村，找寻“财神”。上月敌人一部，到定襄凉楼台住了十三天，该村仅临时支应就花去了四千余元（白洋）；到龙门住了三天，临时支应亦花去三千余元。在宽沟、簸箕×一带，仅修炮台，每两银粮得按一百四十元征收；伪村长和秘书，月薪规定二十元到三十元，情报员月薪十五元（每村负担情报员薪金的常在三四个人上下）；服装费，训练费，军妓费，伪军棺殓抚恤费，另外烟税、人口税、割头税、牲畜税、契约税……多不胜计。连煤炭工人每下一次井也要抽一次税，自十月十五日起，又要开始征收通行税，和二十七年以后的田赋了。这些费与税，都得拿白洋去交纳。至于像对定襄官庄周寡妇的那种搜刮办法（据说从夹墙里弄走万余元）及罚款办法，那更没法说了。

为了“强化治安”，除了加紧苛捐杂税的榨取以外，敌人把抢粮又作为经济掠夺的“重点”。“地区粮食组合会”是直接向人民榨取的机关，根据敌人“政治工作队”的宣传，只准给人民留三个月的粮食，其余全部得送交敌人据点里，不送的，一点不给留，定襄前营村已经接到通知，按照地亩收获量计算，要送交敌人三百〇一石，如此，这百余家人三月后的生活，将如何呢？

人们到处喊着：“这是洗不清的仇恨！算不清的账！”愤怒的火焰，正在熊熊上灼，行将烧着奴役者的眉头。

（《晋察冀日报》1942年1月18日）

早晨的歌声

李鹤鸣

下了雪后的天气，冻得人们不愿在外面多站一会儿，甚至于起床的时候都懒出被窝，可是我们青年战士们，却是利用早起的时间来练习唱歌子。

黎明的早晨，镰刀似的月亮还在高空悬挂着，冷静的街上没一个人，这时我们连的战士们早就武装齐全地站在街道上唱起歌来。他们是分作两边，互相比赛。

一夜的飓风，还在不停地刮着，把光秃的树枝吹得飕飕地发响，刮得的街上尘土飞扬得睁不开眼，但战士们的歌声也像风一样起劲地唱着。

“敌人从哪里来，把它打回哪里去……”雄壮的歌声向寒风做着斗争，一排的政治战士——韩富庆低矮的小个子，笑眯眯地喊：“加油，压倒他们的声音……”在鼓动大家的情绪，紧接着二排的歌声也传送过来。

六班副班长高冲，他身体非常弱，但他唱歌的声音，却很洪亮；“打……打……打倒法西斯蒂希特勒……”唱着打倒希特勒的歌曲，接着又换了一个，“歌声飘过了祖国的海洋……”

这早晨的歌声，冲破了寂静的晨空，压倒了寒恶的风暴，振醒了太行山上梦睡的人们！

（《晋察冀日报》1942年1月18日，《子弟兵》副刊第28期）

水碾堡垒的攻击战

——一幕战场上欢迎伪军反正的写真

林山

十四日的晚上，天空的星光，稀疏地闪烁着。集合场上的一群健儿，黑越越的，静待着命令出发。

××队长用了他那沉重的南方口音，向大家讲话了："同志们，我们今晚的任务是过河去打堡垒，我们要坚决地攻下它，我们为了我们建屏的老百姓再不受这些野兽的蹂躏，我们一定要攻下它！……同志们有没有决心呀?""有!"像雷鸣一般的声音，冲破了夜空，大队便开始前进了。

滹沱河里的水不住地向东流着，银白的冰块，像玻璃板似的顺躺在河岸的两旁，水里的流冰互相撞击着，发出呛啷呛啷的声音。大队停止了脚步，低声地向后传着："脱衣服!"河岸上的人群，便马上忙乱起来。准备好了，队伍便徐徐地进入水中，水的声音立刻大起来，冰块不住地撞击着战士们的腿，刺骨的冰冷简直使两腿麻木，但战士们的血却沸腾了，攻堡垒的热望使他们不知不觉地便过了这一道一里许的大水，而轻轻地进入了水碾村（平山城东北）。

××队长很机敏地指挥着队伍，放了警戒，队伍便像雁群似的展开来。奋勇队悄悄地挨入了堡垒周围挡沟的门口，用力拆门。敌人发觉了，"砰！砰!"枪弹飞到奋勇队的身边，我们的副班长脚部挂花了，××队长迅速地将他背了下来。冲锋号响了，喊声与号声搅成了一团，门被拆开了，奋勇队抢进了堡垒下的侧室里，"轰！轰!"两个手榴弹已掷入了堡垒的顶棚里，队伍便很迅速地跳入了挡沟掩蔽起来："欢迎伪军同胞反正！伪军同胞不给敌人当炮灰！中国人不打中国人!"口号声不住地喊起来。

"砰！砰!"堡垒里的敌人还在开枪。

“欢迎伪军同胞交枪!”“欢迎王班长！欢迎王狗狗！一二”拉拉队开始拉拉了。“轰！轰!”

“哎呀!”（堡垒上叫了一声）“好！好!”掌声随即雷一般地响起来。

手榴弹的火力终于压制着敌人由顶棚退入了第二层，由二层钻入了第三层。奋勇队向外招呼着抬梯子，游击小组便迅速地抬了进去。奋勇队一刹那间，便抢上了堡垒的顶层，监视着敌人。

“同志们！不要打啦，我们交枪了!”堡垒中的伪军大声地喊起了，随着十几支大枪和子弹带便一条条地丢了下来。

“好！好!”掌声又重新响起来。“欢迎伪军反正!”“欢迎伪军交枪!”的口号也随着更响亮地喊起来。

战士们忙乱地扑灭了门口的大火，十几个伪军两个妇女从堡垒中走了出来，妇女（伪军家属）流着眼泪，在呆呆地立着，政治委员亲热地安慰着她们，要她们快些回去，战士们笑嘻嘻地一趟一趟地往外搬东西，柴草便一捆一捆地搬了进去。堡垒里还躺着几具被伪军刺死的敌人的死尸。

火光照着每一个战士的笑脸，集合号异常清亮地吹起来，队伍马上紧凑在一起，像一座铁的长城，带领着十个伪军，十条步枪及一堆堆的胜利品，顺着来路前进了。

河水还是游游地流着，流冰依然撞击得呛啷呛啷地响。大队不知不觉地过了滹沱河，遥望着对岸堡垒上的火光，在漆黑的大地上，照耀得异样通红。

一月十五日晚

（《晋察冀日报》1942 年 1 月 21 日）

军民一家

殷牛

“八路军和老百姓是一家人”，谁都知道而且谁都会讲这句话。我们碰到老乡，时常对老乡这样说；老乡碰到我们也时常对我们这样说。但是，究竟从什么地方看出军民是一家呢？不见得大家都明白，所以现在就来谈谈这个问题。

八路军是从哪儿来的？我们也许会觉得这个问题问得太简单了，一定会不假思索地回答说：“八路军是从红军改编来的——红军就是八路军的前身！”

这句话说得很对，可是我问的意思不在这里，而是说：八路军是由老百姓组织起来的，不用远说，就是拿现在边区的八路军来说吧，谁不是在家里当老百姓的，为了打日本，救中国，就来当兵了。所以说：八路军是老百姓的子弟兵，我们都是老百姓的亲爱的子弟，所以我们边区八路军，又称为边区子弟兵。

八路军是干什么的？是坚决打日本替老百姓谋利的，凡是愿意打日本的人，全都可以参加。特别是自从我们聂司令员提出：志愿的义务兵役制以后，这个问题就更加清楚了。这样一来，军队和老百姓的关系是更加亲密了，老百姓在一定时期中，可以成为军队，而军队在服务期满之后，又可以成为老百姓；这样，军民一家，就表现得更明显了。

现在新兵役制，马上就要实行了，边区青年小伙子谁不愿意打鬼子，保卫边区呢？所以许多青年，很快地就要由老百姓变成手执武器保卫边区的军队了。

军队在前方坚决打仗，保卫家乡，保卫边区；老百姓在后方积极工作，努力生产，供给部队吃穿，这样军队靠老百姓才能生活，而老百姓靠着军队的保卫也才能生活，恰似一家人一样谁离了谁都不能活。

在不打仗的时候，军队有时间，就帮助老乡做事情，比如：现在春天快来了，军队就给老百姓担粪、耕地、下种；夏天来了，就给老乡锄地、割麦；秋天给老乡收秋、打场、背谷；冬天呢，就给老乡们上课、教书、开展文化娱乐；总之，一年四季，军队总是要尽力帮助老乡的。

而老乡对于军队呢，也是想尽办法帮助军队的。比如：把房子让给军队住、借家具给军队用、运粮送粮、带路送信，甚至于打起仗来，还给部队探信、抬担架、破坏敌人的交通、扰乱敌人。军队和老乡，全都诚心诚意地互相帮助，简直同胞兄弟也没有我们军民这样亲近——这亲近就是因为军民是一家人呀！

（《晋察冀日报》1942 年 1 月 25 日，《子弟兵》副刊第 29 期）

政治委员的重要性

平凯

凡是八路军新四军里，都有政治委员，边区子弟兵也是同样。政治委员在各部队里，是最重要的一个人。

到底政治委员是什么呢？我们简略的回答是：政治委员是中国共产党在八路军新四军里的全权代表，他代表党执行党的每一时期的主张和政策，他领导所属部门中，党的工作和政治工作，同时，政治委员还保证与领导所属人员执行抗日民主政府的法令，和一切政治的设施。

因此政治委员，必须是中国共产党中最优秀的党员来担任，他要最有阶级觉悟、最坚强、最勇敢、有政治工作经验与武装斗争经验。

政治委员的权力是：一方面他可以处理那些违反党的主张和策略路线、组织路线的党员；另一方面，他对那些违犯政府法令，破坏群众利益的指挥员、战斗员和工作人员执行革命纪律；此外他还有监督军事行动与决定任务的最后决定权。

正因为政治委员制度的建立，是为了保证部队彻底实行共产党的主张和政策，是为了保证共产党对于部队的坚强领导，所以他的作用是非常伟大的，从主要方面来讲：

一、有了政治委员制度，全体指挥员、战斗员、工作人员，即可得到政治上坚强的领导与正确的革命教育，可以提高所属人员政治觉悟，使我们有为民族、为阶级、为社会、为人类解放事业，艰苦奋斗，英勇牺牲的胜利信心与决心。

二、有了政治委员制度，可以保证中国共产党的主张政策和抗日民主政府的一切法令，在部队中完全执行。

三、有了政治委员制度，可以保证军民团结，保证军队始终忠实地为保护父老人民的利益而牺牲奋斗，使军队与人民永远血肉相连，使军队永远不容许任何违反群众纪律的现象存在，使军队处处爱护人民，帮助人民，关心人民的利益，保证军队和群众关系打成一片。

四、有了政治委员制度，可以加强革命武装部队中政治工作，巩固革命武装力量，消灭部队中一切不良倾向；同时能够从军事技术上和政治质量上、文化教育上、经济供给保证上，提高部队战斗力，保证部队能打胜仗，最后消灭日本帝国主义和一切法西斯蒂，胜利完成革命事业。

这就是政治委员制度的作用和好处，所以我们每个武装战士，每个边区的人民，都应该拥护政治委员制度。

（《晋察冀日报》1942年1月25日，《子弟兵》副刊第29期）

一颗边区造的红头子弹

史秉廉

这颗边区造的红头子弹，是上次发子弹的时候，发给王凤山同志的。自从他领了它以后，它就像到老同志的家里一样，一切待遇都是舒服痛快的，他经常给它搔痒，把它擦得耀眼发光。

去年十一月三十号这天，满城的敌人出来向我驻地××村袭击了，王凤山同志早就想着把这颗边区造的红头子弹来一个与众不同的射击，但他老找不到一个好的机会，和一个明确的特殊的目标（比如像带指挥刀的模样的目标）。因此，他就没肯把这粒子弹轻易地射击。战斗快要结束的时候了，忽然有一个信号灯，在村东南远远地照耀，这是日本鬼子放的退走的记号。这个明显的特殊的目标，就被王凤山同志看见了，他一声不响地把这颗子弹推上了膛，瞄准了灯光，"噔"的一枪，灯光就马上不见了。这颗被优待被看重的红头子弹，它怎样去完成它的任务呢？在黑夜里，我们全然不知道。

可是我们终究知道了。

过了几天，我们的侦察员从满城回来，他听见伪军们对群众说："八路军自造的红头子弹真是厉害，前天在石井战斗快要结束的时候，日本太君正在放信号灯，就被打着了！打的伤口特别大，血又流得多，把他抬回来，在医院里费了很大的劲，还没法把这颗子弹起出来……"

（《晋察冀日报》1942年1月25日，《子弟兵》副刊第29期）

老太太爱护子弟兵

魏占华

冀中靠近敌人的××村，有一个老太太，她至少也有六十多岁了。这次，她看见我们队伍来了，她高兴得眉开眼笑地恳切地向我们说："同志们！你们来了，咱们可不是外人，快进来烤一烤火吧，……外面天气怪冷的……"

她把我们让进屋子里去，并且还拿出许多东西来让我们吃，她亲热地说："你们一定饿了，你们真辛苦啊！"

一会儿，她看见我们不吃东西，便劝解着说："同志们吃吧，这不算什么东西，只要你们多打死几个鬼子，我心里就喜欢得说不出话来啦！我什么东西都乐意给你们吃，给你们使用，我就怕日本鬼子来抢东西……"

我们的哨兵，在老太太的房子上放哨，老太太见了更加高兴，她说："你们在房上好好地放哨吧，我到村外给你们看着点，鬼子要是来了，我就给你们做个记号！"

她说完以后，一拐一拐地走了，她走到村外的路口上，自动地帮助我们放哨。她挺直地坐在村口，面对着可能发生敌情的方向，机警地监视着。

（《晋察冀日报》1942年1月25日，《子弟兵》副刊第29期）

宣 誓 去

张有福

今天，咱们村里要开宣誓大会啦。村东的那一个场面上，已经搭起了台子。家家的男女老幼都急急忙忙地预备就要去——有的早就去啦。咱们也很快地走吧！

好多日子了，就听说在“一二八”要开这个大会。冬学里也早就把咱们要宣的誓言，一条一条地讲过啦。这真是一件顶要紧顶好的事。你说，咱们和鬼子已经打了四年多，这四年里头，咱们倒也用了很大的力量，不怕死，不投降，顶有骨气。可是，打日本这件事，究竟不是一件寻常事。要能到底打胜，还需要咱们大家努力。并且，今后的 两年里，正是打败日本鬼子的一个大关口，日本鬼子在二十几个国家和他开了仗以后，一定要叫打败，这是注定了；可是日本鬼子就和淹在河里的狗一样，它还不愿意就那样款款地死去，一定还要乱抓一气的；因此，以后咱们和鬼子各方面的较量，也就越发厉害了。这样，咱们的胜利，倒也越发快到了，可是，还得和它经过一个时期的越发残酷的斗争，这是很明白的。

宣誓这一件事，到底有什么意思呢？意思是很大的。这就如咱们红口白牙的亲自对人承应下的事一定要做一样，这宣誓，也就等于咱们对咱们自己的民族承应了一些重要的事，咱们无论如何一定要做到。这样，咱们大家一致宣誓以后，咱们打日本的心就和铁一样的越发坚定了，大家的心越发齐了。这对于咱们以后在残酷的境地，和日本鬼子坚决斗争，取得胜利，关系很大的。

实在，咱们中国人，自来就是有骨气的。好多朝代里，遇到外来人的欺压的时候，咱们的祖先，都是决不投降，不怕困难不怕死，一直要干到底的。现在日本鬼子欺负咱们，比起以前那些朝代的外国人的欺压，要毒辣得多得多哩，这时候，咱们还能不就和咱们祖先们一样，一直和它干到底吗！这一次的宣誓，也就是为了大家互相约好，一齐一把，和鬼子干到底，得到最后胜利！

咱们宣的誓里，说：决不做汉奸、顺民；不当敌伪官兵；不参加伪组织、维持会；不替敌人做任何事情；不给敌人汉奸一点粮食……这本来是一个有骨气的中国人应该有的决心。今天我们宣誓，不过把这些决心再一遍提高罢了。自然，经这一次大家在一块宣誓以后，我们无论谁，都一定要越发下定决心，一齐确实按照咱们亲自宣誓过的做去。也只有这样，才能算是一个堂堂正正中国人！

宣誓开始了，很快举起咱们的手来吧！

（《晋察冀日报》1942 年 1 月 28 日，《老百姓》副刊第 87 期）

严防敌人毒害青年

方正义

四年多的抗战，咱们青年不怕流血不怕牺牲，已经为国立了许多功劳，做出了许多惊天动地的大事，那祸害人类的狗强盗——日本法西斯，已经给咱们打得快断气了。谁不说咱们青年真是抗战的先锋，救国的英雄。

所以眼下敌人越加害怕咱们青年，为了填补它兵力人力空虚的窟窿，为了挽救它四面挨打，死到临头的大祸，自然它要用更毒辣更卑鄙的手段，来专门陷害咱们青年。眼下对敌后的青年，敌人正在拼命地抓捕，使尽阴谋诡计，用金钱收买，拿女人来勾引，用大烟白面来毒化，拿抽筋剥皮来威吓，拉你学会吃喝嫖赌，掉进火坑，逼你去当伪军、做苦工，变成奴隶牛马……这一切卑鄙下贱的阴谋，对咱们青年，正张开血口，咱们应该赶快结果了这吃人的狗强盗的性命！

热烈地响应北岳区青救总会的号召，勇敢积极地参加目前的志愿义务兵役，放下红缨枪，拿起机关枪来，正是咱们打死吃人禽兽，打倒日本法西斯顶好的办法。参加子弟兵本是青年的责任，也是青年的光荣。瞧着吧，这一回参加志愿义务兵役，咱们边区青年一定要勇敢的一万倍的伟大和英雄，一定要人人打先锋，个个做英雄。

（《晋察冀日报》1942 年 1 月 28 日，《老百姓》副刊第 87 期）

护　路

洪右举

一

张大水给日本鬼子雇去“看小屋”，那还是两年前的事情。当时，村里的小孩儿见了他，就远远地躲开，不像从前喜欢和他闹着玩了。年纪大的调皮孩子，还在背后指着他骂：“越老越糊涂，不得好死！”

果然三个月以后，张大水死了。张大水的独生儿子张虎星，刚从地里回来，抱着他爹的僵硬的尸身，望见被枪把子打碎的额角，难过得只是落泪。

“不要哭，你爹是个好人，这回吉田小队长因为酒醉误伤，对不起！你也是好人……”

翻译官站在旁边劝他，又告他说：“你也要跟你父亲一样，给‘皇军’好好地看路，一个月给你五块钱！”

“不……”张虎星声音颤动地答着：“我不看路呀！”

二

但是，张虎星终于还是被敌人强迫着“看小屋”去了。

张虎星纳闷地伏在路旁的小屋里，想起了日本兵用枪口对着他的胸口：“你看不看路？”他浑身打了个冷战，用手掌摸着脸。

在张虎星看守的这一段路上，已经平安地过了一年了。

每天夜里，不管有月亮、有雨、有风，还是落着大雪，张虎星总是孤独的。有时伏在小屋里，有时提着灯，在汽车路上来回地走着。

不知从哪一天起，在张虎星的小屋旁边，每天“三星”偏西的时候，就有两条黑影，从南往北，跨过汽车路，急急忙忙地走着。

张虎星心里很惊奇：这不是“八路”吗？“皇军”要知道了怎么办呢？

有一天晚上，他格外小心地望着南边的麦田里。一会儿，两条黑影照样地出现了。月光下看得清楚：都是老乡的打扮，穿着黑衣服，背着包袱。

张虎星心里砰砰跳着：“是不是要打梆子呢？‘皇军’要是知道有人在这里过路，怎么办呢？”

他揉了揉眼睛。那两条黑影很快向他走来了：直逼到他的面前，低低的声音说：

“张虎星，你不认识我，可是我们认识你。我是八路军，他是抗日的老百姓。我们天天在这里过路。你别黑了心，你该记着你爹是怎样死的！……”那黑影说着就朝北面一晃一晃地走了。

三

张虎星那天显得格外聪明，心里格外清白。他想：日本鬼子杀了我爹是仇人。八路军打日本鬼子，是给老百姓解除痛苦，是好队伍。于是，他等不到天亮，就拿着锄头察看着路身，把“八路”过路的时候踩塌的路边的土堤修好，免得白天给巡路的日本鬼子看见。

可是，这事情好像日本鬼子也得到一些风声。秋收过后，路的两旁，金黄的谷子都收割了，四野里只有稀疏的白杨树。夜里，旷野更延长得深远。日本兵驻在碉堡里，耳边总听到“苦突苦突”的大车辗路的声音，由远而近，又由近而远，远了。

吉田小队长不放心，天刚亮，就亲自去查看道路，道路上并没有车轮辗过的痕迹。问张虎星，张虎星他摇摇头。

四

这一天晚上，可把张虎星急坏了。吉田小队长为了要执行“经济封锁”的使命，加紧守路工作，就派了两个“自卫团团员”，和一名日本兵，来和他做伴。日本兵穿着单衣，怕冷，躲在小屋里。两个“自卫团团员”，对坐在门口抽烟。张虎星站在路上，向四处张望着，手里紧握着梆子。心里想着怎样来救八路军的运输车。

远远的地方，一辆载重的大车，“苦突苦突”地走来。张虎星认得那是“八路”的运输车，要从前面的道上经过。他焦急得搔头皮，回转身背后站着三条黑影，他吓了一跳。

“吓，你们看见吗？那就是八路，打梆子吗！”张虎星试探着问。

三条黑影像被一阵大风吹刮的小树，都吃惊地摇着头：“呵——”

日本兵拉着张虎星的袖子：“大大的有？嗯，不要打的！”

两个“自卫团员”也低声说：“算了吧！谁还给‘黄狗’卖命！鬼子不是要钱，就是要人，害得咱们够苦啦！”

张虎星心里很快活，前面黑压压的蠕动的大车，显得格外庞大，耳旁“苦突苦突”的车轮声也越发响亮起来。张虎星很兴奋地说：

“好！我们不打梆子，‘太君’知道了会杀我们的！你们要有决心，我们就一道儿投八路军去！”

日本兵起初还定不了主意。后来，大家就都同意了。于是张虎星走在前头，后面三条黑影紧紧地跟着，向八路军的运输车大踏步地走去。……

（《晋察冀日报》1942 年 1 月 28 日）

中华民族

鲁知新

咱们中国是一个大地方，这里边有咱们四万万五千万中国同胞，这些人民结合起来就是今天坚决抗战，驰名全世界的中华民族。

“民族”的意思是什么呢？比如：咱们中国同胞当中，有张王李赵这些多不同的家族，还有汉人、蒙古人、西藏人、满人、回民、苗民等，这好些多不同的氏族、部落、种族，虽然过去大家当中有些界限，可是因为咱们是住在一个地方，经济上、生活上免不了互相要发生关系，现今各种关系的来往愈加密切，言语文字，风俗习惯渐渐也快混到一起了，特别是经济上、政治上更要互相依靠，今天更要依靠人家亲密团结起来打日本，这样就自然结合成了今大一个四万万五千万中国人民的大族，自然结合成了伟大的中华民族。

这么，咱们就知道民族，原来是现今各种不同的氏族、部落、家族、种族自然结合起来的大族。可是这并不是随便就能结合起来的，它必定要有这四个条件：

第一，要有一种大家都能讲会听的言语，比方今天的汉话，就快变成了全中国各地的官话；第二，还要大家是住在一个地方；第三，是要大家过的经济生活相差不远；第四，是要彼此的心理上、文化上、风俗习惯上合起来，要有一个彼此相同的地方，这样才能结合成一个今天的民族。这四个条件是一个也缺少不得的，比方彼此不通言语，离的地方太远，风俗习惯全不一样……正像中国人和西洋人，根本就没法变成一个民族。

可是这四个条件要在过去的封建社会里，还是办不到的，那时社会上的生产力并不发达，交通也不方便，不怕人们是住在一个地方，但是人们大半各自为生，自己种来自己吃，经济上不发生关系，大家少有来往，彼此界限很深，这样自然不会结合成一个民族。只有到了现在的资本主义社会已经产生，生产力已经发达，人们免不了要在经济上互相发生关系，大家的来往才会越来越多，互相依靠越来越紧，共同的利益才会越来越大，这样才能结合成今天的民族，所以说民族只有现在的年头才能出现。这种情形，咱们中华民族是这样地结合成的，当然世界各国的民族也是这样结合成的。

（《晋察冀日报》1942 年 1 月 28 日，《老百姓》副刊第 87 期）

从有到无及其他

丁原　沈重

一、从有到无

公路，敌人的“生命线”。敌人在前些日子曾经煞费苦心地给公路穿着上电线、灯、狗、手榴弹……的装备，使人远远望去，颇感狗吠四起，灯火辉煌，有些排场。但是，自敌实施三期“治强运动”以后，公路改变了，一切敌人曾给公路所安置下的排场全都没有了，三期“治强运动”，给游击区敌人自称为“生命线”的公路带来了沉寂和无边的黑暗。

敌人有实行“三光政策”的兴趣，但是，对公路的无声无色却没有一点愿意——敌人是没有办法。这是怎么搅的呢？

这是由于跨入太平洋战争，和被 ABCD 阵线包围的日本自己在经济上遭受到严重困难的结果。特别是在我边区军民热烈展开反封锁斗争以后，敌人的体面再也无法保持了。在平沟斗争里，敌人的狗被埋在沟里。手榴弹，因为它一直没有起过作用（经过霜露的浸湿，点火药即失去效用），所以在它给摘了以后，就不再挂起。灯给敌人的煤油恐慌牵住了腿，接连给我们摘了几次以后，敌人索性连这也不挂了，让公路从此失去了诱人的明亮。表现得最为顽强的要数挂电线，据说为了确保公路的“生命线”，不得不坚持着这最后的一着。于是，包皮电线给割完了，敌人又挂上细铁丝。可是，游击区的人们对割电线却感到绝大的兴趣。在曲阳竟出现了这样一个铁丝大王：这位大王日夜在公路上出没着。他具有着一种奇妙的方法来收取电线：把电线缠在身上，敌人一打枪，他就随地滚去，滚着滚着就把电线全缠在身上，然后他飞似的走了。游击区的人们就是这样神出鬼没地跟敌人斗着。斗争的结果，敌人的细铁丝也完了。没法，只得发个狠：不挂了。

从此，公路上再也没有嗡嗡的电线响，一切都寂静了。

从此，假如人们跑到唐望、定望、定曲等公路旁近的时候。有时突然“呱——”的一声怪响从远处传来，或者是在黑暗的平原上，偶然在半空升起一股烽火。

不用怕，这是敌人报警的新办法。在据点旁边大概是有什么游击队在包围着它了。敌人的新方法，其实却是最古老的抄袭。敌人的困难，使它脱去了近代的武装，而抄袭着春秋战国时代人们的报警求援的办法。

敌人的困难使它撕去了近代的面皮，而走向前资本主义时代。最近敌人感到最困难的要算是煤油了。望都县全城只十来桶煤油，伪县政府的一辆汽车也开不动了。最近定曲公路由每天一次改为几天才能开班一次（说不定几天，有油时才能开），车价则增加了以前的五倍。在灵寿城内，伪县政府还因为买不上煤油斗气把伪合作社长革了职。总之，这些事情是说不胜说的，但都显示着煤油的缺乏。于是，敌人除了封锁边区外，还想尽办法来克服困难。克服困难的第一个办法是点植物油灯。从十一月起，敌据点就点植物油了。敌人除由日人自己经营油场而外（如正定的榨棉籽油场全收归日人经营），一面奖励敌占区及游击区人民打油，一面限制人民使用。但是，可怜得很，笨拙使据点里仍然灯火黯淡——用不来植物油。望都伪县政府曾经用四元伪钞设法来购买边区造的灯样子。也许是并没有得到什么结果，至今城和据点依然是暗无光彩。买灯油点，对敌人到底还是要钱的。敌人没有钱。办法呢？那便当得很。敌人具有着它特有的办法，这种办法也是在资本主义国家里所不易见的。敌人现在是更加无耻地伸开手了，向百姓要。命令规定着每村每天要向据点缴纳植物油一碗（如内化等据点），这是最舒服的办法。这种办法果然舒服，但不爽快——一碗一碗地送是多么麻烦啦。日本人不愿花费长久的时间，它需要及时地大量地吸取油类。于是定县的敌人现在是自动了：每次排队而出，各带油桶一个，到村里（如西潘、丁村等村）就找各户的油灯油罐，把油倒在桶里，然后扬长而去。至于借口没收，索取等更是说不清的。困难使敌人更加卑鄙无耻了！

现在，敌方农产品的贫乏，也正威胁着敌人，使它恐慌。敌正在极力向它统治下的各地用各种方法（索取、抢夺、收买、用贷款榨骗等）大量掠榨粮食（如行唐敌向大村每村要五六十石，小村每村要三四十石）、棉花、蔬菜等。敌限制人民的饮食，命令人民把粮食存入所设之仓库。每顿饭最多只能吃十两小米，甚至连赶集下饭馆也得经过批准（行唐）。禁止人民私自买卖棉花，由敌定价统制。敌在完、望一带将预备投下一千万元伪钞来吸收我之棉花，并诱骗人民向伪政府借棉花贷款，以便在收割时占取所产之棉花（如完县等）。白菜则不许向我输入。敌人对一切农产品都企图加以控制。敌对日用品既然如此，那么，它对奢侈品呢，现在也加以限制了：人民不能每人从它那里买到超过三斤的酒，半斤的糖或二十五包纸烟。敌人在经济恐慌的泥潭里是越踏越深了。

在泥潭里挣扎着的敌人，现在他的军队正穿着破烂的衣服，几个月没发饷地干瘪着。敌军过不了这干瘪的日子，于是，各种手段都用出来了。抢、绑票、向伪军借钱、向老百姓勒索（如老百姓走路，要给五分钱才得过去，名曰：“买路钱”）等等，我们都不必去说它，因为在游击区，现在这些事情是太平常了。这里只举一个例子，这个例子在说明着敌军的穷困，已经到了他向他的走狗（伪军）说谎的地步：

一天，望都车站堡垒里的日军，看见一个老乡来了。像平常一样，日军跳出去要“买路钱”了。吆喝着：

“站住的!”老乡吓了一跳。老乡怀里正揣着一百五十元边币，若是给日本人查出，这是要砍头的。

老乡没有站住，扭过头就跑了。日军随后就追，一个伪军跟着。

老乡拿出边票往路旁土堆里一塞，向前跑去。

日本人离开不远，看得很清。他想：

——一定是什么宝贝？

到土堆的地方日军便不追了，迅速地取出边币，揣到口袋里去。

伪军气喘喘地赶到，急忙问：“什么的，什么的？”眼盯住日军的口袋。

“子弹掉了掉了的，回去！……”日军扣着口袋钮子径自回去了。

“呸!”伪军在日军的背后唾了一口痰。

二、古董专家

今天，敌人已成为空前绝后的大古董收集专家了。这并不是指敌人在中国劫去像藏在故宫或其他博物院里的许多珍宝，而是指敌人今天对人民所保有一切旧货的绝大的搜集欲。这个，只要问问边区的人民，日本人在“扫荡”时曾经拉去的大车里所有的物件就可以知道了。在那些大车里，人民将数着指头告诉出：那里有破布、破衣、鞋子、农具、锅、碗……这是日本人在边区所收的旧货，至于在游击区或敌占区，那它所经常收集的就更广泛得多。今天，只要敌人的力量所及，它正向各村各户普遍地收集着破铁（每家三、五斤不等）、子弹壳（每家至少一个）、土枪（每家一支）……。在定望各县敌人，对这工作更加着重。敌人现在是连破烂砖瓦都要，如十二月一日行唐南桥村就给敌人拆去房屋拉了许多辆大车的砖瓦走。据正定来人说：阴历九月十六日敌人从正定就装了六火车的破烂用具、干草、棉花叶子、木头、砖片等到石庄去。不但此也，敌人还要香。完县常庄本是一个有名的产香地，敌人对供鬼神的香感到兴趣，除把香予以没收外，连制香的艺人也被敌人搬到据点里去了。敌人真是一个大大的搜集家。这位搜集家在定县是连活老鼠也收售起来了，迫令每户人家捉一只老鼠给它们。后来，才知道他是要把老鼠打上毒药针，想弄到我们边区内部来传染鼠疫病。

然而日本兵士到底还只能是一个古董专家。在望都，一个日本兵搜到了老乡一张冥票，真是喜出望外，硬说老乡私藏边币把冥票没收了。不多时，这个日军就出现在一家商铺子里了。日军一定要拿冥票买东西。眼看日军要打人了，商人只好让他随便抱着物件回去。

敌人搜集了这些古董旧货是为了它的贫乏，给它们自己用的。可是，有的时候也将它们的余唾施小惠于伪军。完县一个伪军得到了一件女人的破红棉袄。这个伪军拿了这件衣服，到完县五里岗村的街上，想卖掉它，他用嘶哑的喉咙大声叫唤着：

“谁要？五块红票，贱卖啦，谁要！”

没人答应。中国人轻蔑这样破烂的“古董”。

三、从节约到舞弊

（伪电剪集）“北京二十七日电：华北政委会委员长王揖唐氏，为提倡节约运动，以身作则，昨由内务总署回家时不坐汽车，徒步走回。……”

最近，在伪报上空前地流行着两个字：“节约”。这两个字从十月二十六日汉奸头子王揖唐“不坐汽车”以后，更加风行起来。为了称赞这样的“德政”，一个曾经做过伪天津市公署秘书长而现在赋闲着的张逆厚谷，在十二月三日的伪《新民报》上登了他的数百言的“颂词”。张逆厚谷拍马企图当伪官或是什么我们且不管它。但，这之后，伪河北省长吴武周之类的汉奸也“效颦”起来，不坐汽车了。其实，这并不是什么要节约，而是由于敌占区汽油的困难、贫乏，使汉奸王揖唐老头子等不得不走走。不仅是王揖唐，具有老资格的汉奸张景惠，现在不是在东北吃着更多的苦头吗？请看十二月三日伪《新民报》“东亚之要人剪影”上面所说的吧：

“……每餐是四菜一汤，可是张总理为了体念时艰，现在已改为每餐两菜一汤了。……他因为鉴于大米的缺乏，所以每餐高粱米和大米混在一起吃。衣饰方面，他嘱告夫人不必添置，所以张总理所着用的衣服，几乎都是往年旧物重新改做了的。……”

好了，这已经够了。他们并不是喜吃高粱米而不爱好大米，喜欢穿旧的而不愿做新的。以上所引的那段文字里，已经是指得明明白白的，他们的吃苦是为了“缺乏”，为了“时艰”，为了他们的困难。

“节约”到伪县长一类汉奸的身上，就不那么堂皇了（也没人给他们登报宣扬），虽然他们对自己还是“节约”了的。举个例子：完县伪县长候士杰在一天清晨，到了西北堡村，老百姓还没有起身。

冷清清的，“县长”寂寞了。声音：“咯咯”。百姓家的鸡想出鸡窝。

“县长”跪在地下，伸手到鸡窝里去抓。鸡咯咯地逃到里头去了——噢，好深！

终于，“县长”爬下来了，身子贴地，两只鸡给抓出来了。一手一只。

鸡拍着翅子乱叫。“县长”满身是泥，得意地打着哈哈。

突然。一个日军飞也似的过来，从“县长”手上夺去一只。日军带着鸡瓜瓜地跑走了，边打着哈哈。

老百姓从窗洞里惊异地望着，莫名其妙。但，从此完县的人民，便给候逆士杰加上一个美号，曰：“抓鸡县长”。

“抓鸡县长”也没有说明了旁的，而是表露了敌伪的穷困。汉奸们穷了就更加贪污和压榨起人民来——这是一定的。敌伪贪污的事情敌人是极力隐瞒着的，然而事到今天，终究也不得不在伪报纸上透露了一些出来。北平十二月十日伪《民众报》上登载着：《京市羊业联合办事处干部人员大舞弊案——侵吞赃款达四十万元被警案当局检举情形》：

本市自去年四五月间，羊肉价格逐渐高涨，公然超过当局指定之官价（零售每斤一元四角），而以一元七八角售卖，其中甚有抬至两元以上者，影响市民生活，关系至巨，市警察局特务科经济股有鉴于此，乃从各方秘密查访，后经侦悉：系有羊业联合办事处暗中操纵，以致酿成此种情形……”

一句话：不管是不是“干部人员”，不管在北平或是其他地方，穷困在敌方是一致的。“干部人员”尤是如此，其他伪军特务更不必说了。不过伪军特务之类的汉奸，所用的方法是更加蛮笨而已。伪军们采取着游击区最通行的办法，绑票。完县一个伪军穷得不行，他到塔山坡村抓住一个妇女，说要绑到城里去，不然就得给五十元红票（边票）。

老乡倒也硬气：“五十块？没有。”

伪军吓唬着要叫给，不然，哼！——但是，不久，伪军自动减价了！二十元。

老乡还是不给。伪军动气了，就下手搜。只搜到六元半。没法，只好把那个妇女放了。一面揣着边票说：

“哼，六块半！今天是碰到我，要弄到城里，你至少得花五十块……”

这又说明了什么呢?

四、挖沟和敌人的趣味

在定县等地的游击区，目前民间流行着一个俚调:

“拿着自己给的铁锹

挖着自己的麦田

你说可怜不可怜”

是的，当人民被迫拿起锹来挖掘自己生命的土地时，他会深深地感到痛楚的。唐县南上素有二十四顷良田，自从敌人在这村村北挖起一道封锁沟以后，地给毁去八顷多。望都召庄一个财主坚壁在地里的粮食全给挖沟挖出来，他一气就上了吊。可见挖沟这桩事情，对人民是完全没有兴趣的——他们是极端的痛恨。

但是事情到了敌人那里，却有着相反的感觉。

据伪报登载:“惠民沟”的发明是一个日本的什么学者想出来的。这个学者费尽苦心想出这个办法，是为了确保其占领地，予我以困难。而日本的士兵会从挖沟里取得他们的乐趣来，这桩事情却不是那个学者所能预见的。然事实上，日本兵是从挖沟里创造出趣味来了。

为了挖三丈余深宽的封锁沟，敌人到处乱钻，想出各种办法来促其完成:实行大戒严，命令不许村里有男人，都得去挖沟。命令不够，还让伪军去各村户搜找，寻出没去的即以红军论罪。老乡们没有办法，只得去。本来，挖沟是没有什么好看的——泥土、黑的背、流汗……有什么好看呢?可是，敌人偏能够从挖沟里找出别的趣味来。这些东洋趣味的发明，到底是集体胜于个人，比那日本学者所发明了的当更奇妙得多。

不用到旁的县份去寻找，在望都一个县份里，我们就可以找到敌军所以对挖沟有趣的原因和梗概来。兹将望都流行着的敌军玩意列条如下：

一、让民夫脱了棉袄再挖沟。冬风在刮着，民夫们不敢偷懒，一息就着凉生病。所以民夫们虽然汗流满头还是一股劲儿地挖，锄铲举过头上。看到民夫们这股傻劲的敌人，也许他会感觉到压迫者的威风而狂笑吧？

二、民夫如若偷懒，那敌人就更加有制造笑料的机会了。老头子就拔胡子，或是叫孙子打祖父的耳光（如果孙子也去的话）。对付偷懒的壮年就没有那么简单了：叫民夫脱衣趴在地下，腹部拱起，刺刀尖抵住小肚子，人一没劲，刺刀就会因腹部下降而刺到肉里去；或者是双手举锹站着，腋下放两把刺刀，锹拿不动时两臂就会落到刺刀上被刺刀戳伤。如若人们并不偷懒，只要敌人高兴，这些玩意也会随便轮到什么人的身上。敌兵眼前所需要的是解闷的趣味，而不是旁的。日本兵对中国人的流血是具有着大的快意在。

三、民夫不到，那么，那个民夫的孩子和妻子便倒霉了。孩子脱光了衣服冻着，让孩子的母亲伤心，好叫男人来。中国女人的母亲的伤心，在敌人也要引为兴趣的。有的时候，连孩子也抓不到，那么，妇女便是顶替者。妇女不是顶替男人去挖沟而是被敌人拉到“惠民堡”里去奸淫的。这样，抓到女人却是兽性敌兵所最喜爱的。

四、挖沟的民夫在挖沟时不准大便，谁大便给看见了就脱光衣服叫冻着。敌人在这里可以欣赏一个在寒冷里颤抖着的中国人的肉体。

五、苏家疃的敌人还发明了一个“打里讨金”的办法。就是随便找岔子打人，但是当人们会意而取出一角钱给它时，它就停止了。而且还叫这个人：“休息休息的！”这个发明很快地普遍地传播，现在已不仅是望都的敌人才这样干了。

六、在许多东洋趣味里，日本兵对玩弄中国老头和小孩的生殖器却感到它最大的乐趣。每当这场把戏上场的时候，敌人总是拉嘴大笑——它们从中国人的受侮辱里得到高兴，从苦闷里挣出狞笑来。这场把戏是这样的：

敌人向村里要民夫的数目太多，村里没法，只好把老头和孩子也送去充数。到了这种场合，敌人就发怒了：

“人都死光了的？”敌人把老头和孩子排在一起：“把衣服脱了的！”

老头子把衣服脱光了。孩子茫然地看着。“脱吧，脱吧……”老头低声嘱咐着孩子。

孩子眼里噙着泪，把衣服脱光了，小腿站在冰冷的地上颤抖着。

敌人发给每人一条绳子，吆喝着：“这个的，这个的！……”比着手势要人把绳子缚在生殖器上。缚好后老头们的绳子的另一端，被叫绑住老人自己的头，这样，白发的头只好垂下望着自己的下部——敌人现在是笑了。

孩子的绳子的另一端却被迫缚上一小块石头，石头刚好垂到地面。

“跑的！跑，跑！”敌人拿棍子在孩子的背后喝着。

孩子麻木了，不知道怎么办才好，想哭又想逃。老头子在旁边低声告诉：“孩子，叫你跑，跑吧……”

“啪！”的棍子打在孩子的屁股上，在敌人轰然的笑声里，孩子是负着侮辱和痛楚地拖着石块奔往前去了。

当一个中国人听到敌人在望、定一带普遍地以这样的侮辱来施加到我们的老人和孩子身上时，我们是异常愤恨的。但，敌人的军队到了只能以孩子或老人的生殖器来娱乐和安慰自己的程度，那么，这支腐烂了的军队的总崩溃的日期还会很远吗！

三十年年底于唐县

（《晋察冀日报》1942 年 1 月 29 日、1 月 30 日连载）

访问投诚日兵古内君

伍铭

十二月三十日饭后，我冒着大雪，到政治部“敌军科”去。全科的同志正在忙着过年给“敌兵送礼”的工作。把宣传品，核桃花生之类的东西装到印着日章旗的慰问袋去。在炕的一角，坐着一个穿着日本军人服装的青年，也和其余的人一样，在细心地折叠着一大堆宣传品。经过敌军科同志的介绍，知道了这个异国的青年今年才二十一岁，是个入伍已经三年的“志愿兵”。他的名字叫做“古内”，是东京人。我们三个人，围着放在地上那盆熊熊的炭火，开始谈话了：

“古内君，你来这里几天了？生活上没有什么不愉快吧？”

古内君用诚挚的目光向我看了一眼，又低下头去，屈着指头在计算着到政治部来的日子：“八天了。生活是意外的愉快……。这些，先前是想不到的，到你们这里，会得到这样的亲热，这样的优待……”

“古内君，几年来侵略战争损害太大了吧？”

翻译同志给我做了翻译，古内没有回答。他低下头去，挑着那熊熊的炭火，慢慢抬起头来，说：“三年前，我那时还只有十九岁，离兵役还有三个年头，然而战争诱惑着我，我抱着雄心，脱离还未毕业的大学生活，参加了‘志愿兵’，但是到现在我才明白……”

他带着失望和悲哀。从他这短短几句话中，知道他以前是个中了很深的武士道的毒的“忠君爱国”的青年，而这三年的时光，便使这青年的幻梦破灭了。

他给我叙述着这三年生活的经过：先到了青岛，生活还相当的好，然而只有一瞬间，到了保定后，先前在青岛那样的生活没有了。

后到曲阳，最近又到满城，在曲阳和满城一段生活给他脑里留下难忘的印象，到曲阳和满城的山地来，便无法平静了，差不多不断有八路的袭击和战斗。经常在过着□□的日子，平常都守在家里，不好到外面去，闷在家里，和人间隔绝着。……

我吟味着他这苦涩的言语，我晓得他心里积聚着那一层层的痛苦和悲哀。于是我转换了话头，我说："在你的家乡，该也快乐地过着新年了，你怀念家乡吗?"他摇摇头："说到家乡，当初是怀念的。但是时间一久，又生活在战争里，也就淡淡地忘却了！家里也有信来，不过每封都诉说着那套生活惨苦的景象，看着不愉快。近一年来，我也不想看了！说到过年，在困难的生活里，快乐我想也谈不到……"

我没有说话，我对着他点头。他的话又接上来："我是学机器的，如果这里有工厂，以后我愿意献出自己这一点力量。"

"愿意献出自己这一点力量"，这是怎样质朴而真诚的话呀！我兴奋地说：

"那么，我们会像亲兄弟一样地欢迎你!"

时候不早了，我站起来告别，我把手伸给古内君，他也把手伸给我，我们紧紧地握着。得走了。

一月八日

（《晋察冀日报》1942 年 1 月 31 日）

子弟兵中的青年

安泰

没有青年就没有革命的胜利，在作为武装斗争的基本工具——军队中，青年更占着显要的地位，并起着巨大作用。

八路军——中国人民革命的武装部队，他是一支朝气蓬勃的青年化的部队，他所以能够英勇善战，艰苦奋斗，并且有着非常丰富的文化生活，就是因为他的内部，有着数目巨大的青年。

就拿边区八路军——子弟兵来说吧！他们在构成上，青年占百分之六十以上（差不多到百分之七十），他们在战斗、工作、学习、生活各方面都有与成年不同的特点，都表现着强烈的积极性和进取心，特别在战斗中的坚决勇敢，往往成为决定战斗胜利的重要力量。他们不但在生活的各方面和各种场合，都能做光荣的模范，处处表现先锋作用，而且他们在部队里也受到特殊的爱护：子弟兵中的青年有自己的课外组织，有自己的专享的教育，有自己快乐、活泼的生活，他们永远紧张、永远快活、永远进步。

子弟兵中的青年，除了一般的正式的文化、政治、军事的学习与成年一样而外，还有许多富有教育意义，生动而多彩的日常活动。

青年队——是子弟兵中的青年们群众性的组织，它是青年同志们自愿参加的群众教育性的组织，它有一定的组织纪律。青年队员除了必须遵守这些纪律，还要服从青年队长的工作分配。所有的青年队员，除参加一般是军事、政治训练而外，并经常采取青年化的方式，进行青年的特殊教育。青年队不但是部队中的战斗堡垒，而且也是培养青年的学校——从这个“学校”中曾锻炼出无数的优秀的军事、政治、文化各方面的人才。

青年娱乐晚会，在子弟兵中是经常地举行的。晚会的主要内容，有话剧，有活泼的跳舞，有趣味横生的活报，也有雄壮激昂的多部合唱，有时也有军政问答、演讲比赛、首长对于专门问题的报告……晚会上的各种娱乐，主要的是以连队中青年战士为主力军。青年娱乐晚会，一方面是部队自己娱乐，同时经过青年的娱乐，吸引了广大群众参加，进一步密切了军民的关系。

正因为子弟兵中的青年，有这么丰富而充实的生活，所以他才能在各方面起他积极的先锋作用。边区子弟兵和边区人民是血肉相连的，而子弟兵中的青年，也是与边区广大青年亲密地联结在一起的。我们希望全边区青年同胞们，在这个志愿义务兵役制实施的过程中，高度发挥青年先锋队的作用，首先成群结队地走进子弟兵的战斗行列，壮大子弟兵，壮大子弟兵中的青年队，用青年的坚毅战斗性来消灭敌人，保卫边区！

（《晋察冀日报》1942 年 2 月 1 日，《子弟兵》副刊第 30 期）

加劲生产

张有福

咱们北岳区的产业职工会为了响应“一二八”宣誓运动，和纪念“二七”工人运动纪念日，提出了一个生产竞赛的号召来。我觉得：这种做法，是顶实际的一种做法，咱们全边区的工人，都应该热烈地起来响应。

打日本这件事，自然不是随随便便的一件小事。想要把它打败，就得各方面斗争都能配合起来，一股劲儿给它干。政治、军事、经济、文化，这里头，缺了哪一方面的努力也不行。可是，经济方面的斗争，在现在的敌后环境中，显得尤其重要。因为敌人在太平洋上和英美等这些国家打起来以后，它的各种东西的供给更困难了。因此，它一方面对它占领地的老百姓抢夺得更厉害，另一方面怕东西走漏到咱们边区来，它用不上，就想把咱们边区“封锁”起来，它的这个诡计，咱要把它粉碎，这是第一。

第二，敌人的这种困难，咱们要想法使它越没办法起来。敌人解决这种困难的办法，有一个就是凭着卖掉它那些鬼货，赚去咱们的钱，再来制造军火等等军用品，到中国和太平洋上作战。因此，咱们该一定不买敌人的东西，粉碎它的这个阴谋诡计。为了这个，咱们最好的办法，就是越发加紧咱们的各种经济建设，越发加劲儿生产各种东西，要咱们自己生产出来的各种东西，富富裕裕地够咱们自己用，一点也不需要鬼子的那些货物。同时，这样也是再进一步地改善咱们自己生活的好办法！

现在北岳区产业职工会号召的生产竞赛，就是为了上边说的这个。这和打败日本鬼子，关系很大。所以说，这是响应“一二八”

宣誓运动和纪念“二七”工人运动顶实际的做法。咱们全边区的工人，过去为了抗战，已经加劲地工作过，并且得到很大的成绩了，现在，当这工作意义越发加大的时候，更应该发挥以前的工作精神，更加卖劲起来，把自己所有的精神，都放在这生产工作的竞赛上，争取竞赛中的英雄和模范！

产业职工会的号召虽说是向咱们的工人兄弟们提出来的，可是我觉得：咱们边区各地农民兄弟们，也应该好好地注意；因为大家都是做生产工作的，工人的生产和农人的生产，对于抗战的关系，都是一样重大的。现在边区工人兄弟们的生产竞赛已经造成一个大的浪潮了；不久春耕时期就到了，在那时候，我想：咱们边区的农民兄弟们，一定也要造成一个热烈的生产大浪潮的！真是：

不论工农兵学商，
大家努力来生产，
自给自足持久战，
看他鬼子混几年！

（《晋察冀日报》1942年2月3日，《老百姓》副刊第88期）

血写的故事

——平西反“扫荡”战斗小写之一

金肇野

这篇文章是写去年秋季平西反“扫荡”中的一个战斗故事的。因为中途转折延误，以致我们收到很晚。但这是一个非常动人的壮烈的故事，它表现着我平西八路军的无比的英勇，和完成任务的无比坚决。现在发表，虽然时间较迟，但对于平西八路军英勇奋战的表扬，及对于边区人民的鼓励和激荡，仍有其很大的意义。

——编者

十六朵民族之花谢落在八里塘岭底下了。

这是一个多么壮烈的故事，同志们，请你们仔细地听我讲，还要请你们永远记在心底吧。

是在八月二十五日的拂晓，这个时候，平西东南地区各路敌人都在向山里逼近着，我们留在东南地区的后方机关，因为战斗环境，便顺着河路沟（拒马河）向山里转移，很多的人是在这天拂晓之前从石门奔八里塘岭的大道走了。当时因为主力部队在各线上担任着重要的战斗任务，只由唐县一个连掩护后方机关的撤退。为了避免敌人的袭击（因为都是非战斗员），必须很快通过八里塘岭到山里头来坚持工作。

因之，这一个连的任务在今天早晨便是十分重大了。

一个连，就是一个连。而八里塘岭山腰山脚都有通达虎过庄的大道，虎过庄在昨天已经给敌人占据了，这一路敌人据说有两三千名。我们这一连人分担的任务，由指导员周凤祥同志率领一个排从河沟下行，向七亩地警戒（也就是警戒虎过庄方向），他的警戒地点过八里塘岭道口三里许；另有一个排由王连长带领登山，在靠南安口上的一个山道向下警戒，方向也是七亩地的来路，共同防范由虎过庄来的敌人。

我们的布置是如此，在拂晓之前，对面还看不见人的时候，都把队伍开上去了。连长到达他的目的地了，指导员拼命地往前赶。谁知道敌人在今天早晨也要抢八里塘岭道口，他企图与西庄之敌合击石门，想把我军消灭在河路沟里。我们的周指导员和这一个排刚过山脚道一里多的地方，就和南来的敌人遭遇了。那时候天还没有亮，在迷离的晨曦里互相射击起枪火。指导员把眉头一皱，看了看地势，回头想起那即将通过大岭的大批后方人员，便迅速地下了一道命令：

“抓紧左面山坡，坚决抵抗！”

在每一个战士和排长班长的耳朵边上，都响着这青年的坚决的布尔什维克的顽强的抗敌的话语，随着人们风一样的马上靠紧东山坡了，枪火和手榴弹即刻从东面的山坡上向脚下的敌人抛掷。

指导员周凤祥的短小的胖胖的身材跟着一排伙伴们紧靠在一起，战士们用眼睛望一望他的脸，在那脸上的一对明晃晃的大眼睛，仿佛冒着火似的直盯着前面不断冲上来的敌人，他嘴里跟着喊：

“同志们，瞄准打呀！为了完成上级给予我们的任务，每个同志要拿出最高度的奋斗勇气和精神来，我们在这儿和敌人拼到最后一口气，最后一粒子弹。为了保障我们的有生力量，争取最后胜利，今天我们流血是有价值的，是光荣的！”

在这时候，大家听到了指导员发出这样正确的动员之后，和大家眼看着指导员自己用手榴弹准确地打击敌人，在一个手榴弹下打死两个。我们每次打仗似虎的二排长李成发同志，当即发挥他那军事指挥员的勇气，率领全排战士跟随着指导员一致地用手榴弹打下去，那一群疯狗似的拥来的敌人便在这一阵手榴弹的打击之下马上滚回去了。手榴弹的轰击声和鬼子的惨叫声混成一片，在早晨的山谷里雷一样的响着。敌人在这时候看见我们战士的奋不顾身的勇气，也就接着用重机枪和大炮密集的雨点一样地猛烈地打过来，打在我们固守的阵地上。我们的机枪也向着敌人袭来的方向给以猛烈的还击。在这大沟口的步枪机枪的惨叫和早晨秋风的悲鸣合起来吼着。火箭飞舞的子弹和一团团的炮火在这时候几乎分辨不出方向，分辨不出是敌是我了。而我们英勇善战的青年勇士们，他们在布尔什维克的领导下没有一个打算过逃避战争，没有一个动摇，他们在那里坚守着几千个人受着危险的山口，他们为了保障这些人的安全，跟敌人作最后的斗争，准备流最后的一滴血，坚持这个重要阵地，对着敌人把一个个手榴弹扔下，直到全部扔完。他们又搬起眼前的石头，投向那一个个滚来的敌人，我们的指导员和他的伙伴们，一样地奋勇冲杀，同时领导着大声地喊叫：

"杀呀，杀呀！把敌人杀他一个不剩！"

敌人在我们这十六个勇士的顽强的坚决的抵抗下，终于没有一个能突过这道沟口。

激烈的战斗还继续着，天被炮火打亮了。

后方机关人员在两个钟头的战斗时间里都爬过了那高高陡立的八里塘岭。

天已经大亮了，敌人暂时放弃山口的冲击，登上了东面的大高山，但随着不断射来的是禁用的极无人道的烈性的瓦斯弹，我们英勇的青年指导员率领十五个青年战友都还没有来得及躲开，就在喊叫的杀声里壮烈地牺牲在毒瓦斯密布下的山沟口了。

十六位同志的肌肤即刻变了青紫色，而且腐烂了。

当这场恶战结束后，敌人又走来看这残酷的战场，把那中枪弹炮弹和瓦斯弹死去的同志们都狠狠地刺了许多刀，指导员周凤祥同志和排长李成发同志们，在中毒后的青紫的身体上，又添了许多残酷的伤口。

八里塘岭的战斗结束了，后方机关人员正好完全地安全通过去。我们的民族英雄们以布尔什维克的伟大精神完成了他们的任务。

同志们，这是一篇用血写出的故事，大家要深深地记起哟！

（《晋察冀日报》1942年2月6日）

一片挑战声

实行志愿义务兵役制的热潮泛滥全边区

□□

今年一月一日，边区行政委员会明文公布了实施志愿义务兵役制的条例。边区人民——特别是年轻力壮，有着沸腾的热血的小伙子们，听到这个消息，都高兴得跳跃起来了——因为他们渴望已久的希望，现在已经变成实际了。整齐而美丽的黄制服，代替了蓝棉袄，放下红缨枪，拿起锐利的三八大盖，满腔保卫祖国、保卫家乡的热诚，今天如愿以偿，这怎能不兴高采烈欢喜欲狂呢？

现在全边区，正在澎湃汹涌地泛滥着参加志愿义务兵的热潮，专区与专区，县与县，区与区，都掀起了热烈的竞赛；专区与专区提出了严格的竞赛的战表，内中规定："要如期如数依照上级规定的质量，百分之百地完成，并入伍，人数要超过规定数字十分之一；要保证政治动员，绝对自愿地报名入伍……"而各县之间，也订有"模范县条件"互相竞赛，他们的竞赛是带有如此高度的革命精神和严肃认真的态度。我们看一看专区各县挑战的情形吧！

"还没等主席征求意见的话收住，行唐县的徐秘书突地就从自己的座位上跳了起来：'我代表行唐愿和各个兄弟县提出革命竞赛，在兵役战线上进行挑战：第一，要保证按照上级规定如数提前五天完成！第二，要保证两个排，十五个班集体入伍……'当他说完了六个条件，另一个洪亮的声音压下来：'平山来应战！……我们平山提出保证是在游击区，同时保证送专区不洗刷一个……'这时灵寿的×秘书也跳进战场：'保证按照规定数目超出十分之一，并且提前八天完成……'另外一个角落又跳出一个——这是平定的×秘书，他说：

‘平定的环境是比较更残酷的，但是我们有信心去克服一切困难！……’接着，井陉又提出更惊人的条件……”

这是一幅如何动人的炽烈的战斗画图啊！然而这还不过是全边区里边一幅小小插画而已！

实行志愿义务兵役制，不仅把各级政权机关投入这个热潮，尤其广大的老百姓，更在这个热潮中，涌现着无数的美丽的浪花。

在这里，我们随便举几个平凡的实例吧：

“杨东来同志，是井陉×区武委会主任，一贯在工作中积极做模范，在十八日县区扩大干部会上，听到志愿义务兵役制实施条例报告后，当即向大会自动报名，并提出还要动员二十名壮年一同入伍……”

这是个人的例子，集体的，这里也有：

“平山两界峰村，五个抗先队员，一听到实行志愿义务兵役制的消息，俱都喜出望外，一起到报名处报名。抗先队长张荣远更是热心，立时要求区里准予先期入伍……”

然而，现在还不过是实行志愿义务兵的开头，在最近将来，我们相信一定会有无数有骨气，有热血，顶天立地的好男儿成群结队地走进子弟兵钢铁的行列的，同时我们也相信，边区人民一定会以无比的民族忠诚，热烈响应聂司令员的号召，创造无数的母亲叫儿打东洋，妻子送郎上战场的光辉夺目的范例的。

（附注：文中引句，俱见×专署出版之《动员》）

（《晋察冀日报》1942年2月8日，《子弟兵》副刊第31期）

革命军队的生命线

树中

有些人奇怪：为什么八路军的武器不如敌人，反而把敌人打败；为什么在人世稀有的残酷环境中八路军能够坚持；为什么天大的困难八路军都能克服……这些，看起来真有些奇怪，其实不奇怪。回答这个问题，一句话就够了：因为八路军中有革命的政治工作。

为了进行政治工作，八路军有一种政治机关制度：团有政治处，旅和分区以上有政治部，最高的是总政治部；政治机关的责任就是领导和执行政治工作。连的指导员，营的教导员，都是政治机关派下去的工作人员。

政治工作管些什么事情呢？管部队的政治文化教育；管党的工作；管对群众的宣传组织工作和部队的群众纪律；管对敌伪军的工作；维持对俘虏的纪律；打仗时要保证战斗胜利，平时要保证整理训练计划的完成，巩固部队，执行纪律，保证政府的各种法令在部队中实行……这些工作都是很重要的。正因为八路军中有这些工作，而且做好了这些工作，所以才越打越强，百战百胜；敌人最怕他而人民欢喜他。

"政治工作人员"这个称号是很光荣的。在八路军中，政治工作人员处处都起模范作用，就拿连队上的指导员来说，《八路军政治工作条例》上就明明白白地写着："政治指导员不论在执行自己的职务上，或在个人行动上，均须做全体军人的模范，并在言论和行动上表现出来。"他们和连上的战士一起生活，吃苦的事情他要领头去干，打仗的时候更要英勇果敢，不怕牺牲；八路军有一句很流行的话："冲锋在前，退却在后。"每个政治指导员都实在是这样的。因为只有这样，才能得到全体战士的信仰，政治工作人员的威信才能提高，政治工作也才能很好地进行。

这是八路军新四军和所有旁的军队最大不同的地方。关于这点，不但那些根本没有政治工作的军队不能和八路军相比，而且那些实质上就是进行特务工作的所谓“政治工作”，也绝不能和八路军的革命的政治工作混为一谈。

“政治工作是革命军队的生命线”，这话千真万确，一点不假。我们可以说，八路军要没有政治工作，不但不能打败敌人，而且必被敌人打败。所以谁要轻视政治工作，轻视政治机关，那是非常错误的。

（《晋察冀日报》1942 年 2 月 8 日，《子弟兵》副刊第 31 期）

还要节省

张有福

上一次，我已经说过：为了要打碎敌人的经济封锁，坚持咱们的敌后抗战，全边区的老百姓，都应该越发加劲生产。这一次我要说的是：为了这个，咱们还应该尽量节省。节省和生产，是一件事的两方面。光节省不生产，不行；光生产不节省，也不够。这两宗儿，是互相辅助的。

咱们边区的八路军和各级政府的人员，是再俭省不过的队伍和行政人员了；为了保护咱们边区老百姓和打出日本鬼子去，他们那一股吃苦耐劳的苦干劲儿，真叫人佩服得了不得，这是咱们谁都看得到的。过去什么时候，见过这样俭省吃苦的军队，这样廉洁朴素的行政人员？就是这，人家部队政府和各机关里，为了坚持抗战，现在还都到处实行节约，不让浪费一点东西。这对抗战自然是很好的。我觉得：这种做法，咱们老百姓也应该起来仿效。老百姓究竟人多啦，你算，每个人一年就说省一升粮食吧，全边区一千五百万人，一年就要节省十五万石粮食呢！这是多大的一个数目呀！把这粮食供给抗战，这是顶大的一个帮助，不用说我们要真的在各方面节省起来，数目比这还要大得多哩。

这事能不能办到呢？是能办到的。咱们老百姓过日子，一般说起来倒也是很刻苦的，可是认真的要再来节省，还是能的。不说别的，就说我吧，我敢说：我那家里就能再节省的。平素，女人们不注意，浪费的地方，实在还很多；孩子们也随随便便糟蹋一些东西。我们要嘴勤些，常说他们，这种情形，就自然要少些——不用说，女人们好多都参加了妇救会，不，也上过冬学；孩子们住着学校或参加了儿童团；都受过教育，他们的爱国心都也是很高的。

这样做，咱们并不感觉困难，可是对抗战却是很大的帮助。那咱们为什么不能快这样做起来呢？马上就开始这样做吧！咱们应该使这个“节约运动”，不光在机关部队里展开，并且在咱们边区老百姓里头也一齐展开起来！

（《晋察冀日报》1942 年 2 月 10 日，《老百姓》副刊第 89 期）

民族解放

鲁知新

现在咱们中国，大家努力抗战，为的就是不让日本法西斯灭亡咱们的国家，压迫咱们的民族，要咱们四万万五千万人的中华民族，得到自由解放。

所以，咱们的抗战是民族解放的战争。这种战争是为了保卫全国人民的生命财产，争取国家的独立，民族的自由，自然这也就是革命的正义的战争，是全世界上的老百姓大家同情和拥护的战争，所以咱们一定会得到最后胜利。反过来说，在日本帝国主义那一边，它为了侵占中国的土地，灭亡咱们的国家，来打咱们这就是侵略的战争，是反革命的强盗的战争，是全世界上的老百姓一齐要起来反对的，所以它最后一定要失败的。

我们上次讲过，在过去的封建社会里，社会的生产能力还不发达，住在一个地方上的一些种族、家族等等，就还没法结合成一个现今的民族。这样，在那时候，自然就不会发生民族解放和民族战争这些事情，这只有世界上一些国家变成了资本主义社会的时候，特别是这些资本主义的国家，变成了眼下的帝国主义特别是法西斯帝国主义的时候，他国里的生产力已经有过了很大的发达，资本家们已经把国里的工人农民剥削得穷困极了，国里的矛盾越发厉害，危机越发险恶了，为了想要缓和国里的矛盾缓和国里的危机，这样就发动了侵略外国夺取殖民地的战争。像日本法西斯对咱们中国这种生产力还没有发达起来的国家，来进行侵略：侵占咱们的土地，杀害咱们的人民，抢劫咱们的财产。这样，就是法西斯帝国主义侵略弱小民族的战争。反过来在被法西斯帝国主义侵略的国家里，正像咱们中国一样，为了保卫大家的生命财产，反对法西斯帝国主义的侵略，这就是民族解放的运动，和民族自卫的解放战争。所以说民族解放和民族战争这些伟大的事情，只有在现今的时代里才会发生。这种情形在中国今天是这样的，在全世界上今天也是这个样子。今天全世界上被压迫的民族，一齐联合起来反对法西斯侵略，和苏联的人民一起努力消灭世界法西斯强盗，正是世界革命的伟大力量，正是争取全世界上被压迫民族解放的唯一正确的办法。

可是要想民族解放和民族战争得到最后胜利，还必须注意这几件顶重要的事情：第一就是大家要有坚强的民族意识，高尚民族气节，像古来那些顶天立地的英雄一样，为国家尽大忠，为民族尽大孝，誓死不做敌人的牛马奴隶。第二就是全民族要亲密团结，抗战到底，誓死不投降。第三更要坚决拥护共产党的领导，因为这是民族里最进步的政党，它代表着民族里对革命最坚决彻底的无产阶级。它是民族解放伟大救星，只有这样才能得到民族解放的彻底胜利。

（《晋察冀日报》1942 年 2 月 10 日，《老百姓》副刊第 89 期）

不赶敌人的集

金科

日本鬼子真穷疯了，想尽各样方法，来抢劫咱们华北老百姓的东西，比方在敌占区附近，敌人常常哄骗、强迫老百姓到据点里去赶集，就是他一种抢东西的最卑鄙的阴谋。

敌人的集市大都是用围墙圈着，鬼子汉奸们站着岗，赶集的人来的时候，他假装不打不骂，等到你买好了东西回去的时候，他就和你出麻烦了：说布只准买五尺，你就只得要五尺，把剩下的一齐给他；说粮食不叫运走，你就得白花了钱，全部放下。赶集的人要弄着粮食去卖，站岗的鬼子还会对你特别客气，点头敬礼，可是到了集上，贵贱你都得卖给他。那里有汉奸商人，专门替敌人拿着鬼子票子收买，你要嫌价钱低，不肯卖，鬼子就不客气，打你的嘴巴了，有时说不定还会要了你的性命！敌人的阴谋诡计，真是卑鄙下贱，什么都做得出来。咱们应该知道了敌人这种阴谋，就该千万别赶敌人的集了。咱们一定要坚决实行边区政府“禁止八项货物出口”的命令，管教敌人困死，饿死！

（《晋察冀日报》1942年2月10日，《老百姓》副刊第89期）

日本法西斯是个说谎大家

洪右举

一、鉴定表

我们在一份《鉴定表》上，明明白白地看到关于日本兵喜欢说谎的记载。

这《鉴定表》是在去年十一月间，盂县的管头战斗中，从击毙的敌酉增村中队长身上搜出来的，是他给吉田章大队长的《关于昭和十五年征集现役兵晋级上等兵的报告》，在这份精致的表格上，填写着：

“（一）山上登——在上社战斗中（七月二十七日），敌人冲进第三分哨，命令他和旁人担任突击，把第三分哨夺回时，可是他说谎，说大腿负伤不能走，借此理由躲避。其余事也再三再四说谎。

“（二）村林喜大——诸事背叛长官意志的很多，晚上放哨勤务中，常常瞌睡，在兵营里小便，爱说谎话。

“（三）村田植三——不服从命令，说谎话很多，前些日子与中西实同谋以战友名义到食品部购买食物，兵业不够及格……”

这份《鉴定表》上一共有二十五个姓名，有十三个名字下面，都写着按语：“诸事背叛长官意志”，“时常装病逃避作战”。

这事情初听起来也许有些奇怪，其实细一思索，实在也不足奇。

在将近五年的侵华战争中，日本士兵受到日本法西斯军阀说谎的创伤，是无比深重的。日本法西斯曾对他们说侵华战争是“圣战”，是几个月就可以成功的。但今天看来，这说谎已为全世界所嘲笑。日本士兵不愿再受其军阀的鞭笞，他们在酝酿着反抗的火苗，他们的说谎是挣脱日寇法西斯血手的前奏。

然而，如果要给日寇法西斯填一份《鉴定表》的话，他的说谎的事实几乎到处都是。而且这说谎是无耻的，是临近死亡的噪嚷。

二、一幅图画

太平洋战争爆发后，在华北敌伪出版的许多刊物上，都用暗淡的色调，画着一幅绝顶滑稽的图画：画着一个“大大的皇军”，张开十只笨秃的手指，玩弄着二十五个代表对日宣战国家的“小人”。旁边还注解着：

“这是皇军在太平洋上大展神威！”

“这是皇军建设东亚新秩序的圣业。”

日本法西斯是很心虚的。

日本士兵难道连这点常识都没有吗？

把英美等强国比成“小人”，这不是说谎是什么呢?!

三、情不自禁

日本法西斯强盗，强制着许多翻译官、参谋长，到各地开大会、讲演、贴标语、散传单，企图安定敌伪士兵中惶惶不安的心，掩盖敌占区人民的耳目。

在繁峙大营，敌寇为了强抓壮丁，以及掩盖他目前所处的国际逆境，曾在大营街上老爷庙内大唱秧歌戏。

但人民回答他的，是戏台上地雷爆发的火花。

一月九日下午，在徐水城边，围集着一大群人，当翻译官讲到太平洋上怎样打了胜仗的时候，突然人群中喊出“打倒日本帝国主义”的口号，日寇用枪弹镇压下去了，但反抗的情绪更高涨起来。

一月十二日，定县城边，同样围着一大群人，讲话的是一个敌军的参谋长，精神很颓丧，站在木凳上，声音凄厉地说：

“皇军司令官是好人，太平洋的战争是对日本有利的，日本有准备，一定会胜利……”

忽然他的声音喑哑了，眼泪直滚着，情不自禁地放声大哭，他明白自己是在说谎，讲话未完，就走下台来。

四、“英勇战死”

日本特务机关虽再三鼓吹：“华北的日军决不调到太平洋作战，治安军驻原防。”但这只是说谎。

事实是相反的。

今天在华北各地的“老年兵”以及受过训练的“治安军”，一批一批的被用闷车暗暗的装运着，离开了华北。建屏水碾村一带的伪军，大半被运走了；看守井陉煤矿的敌兵，晚间就不敢在矿上住，都逃到火车站上去。在井陉六十三个敌据点中间，除北陉、赵四岭、杨青、矿上、泉水等堡垒有较多敌兵外，其余的堡垒，多数只有伪军看守。

一月十三日的早晨，定县城里少了三十个伪军（运到南洋去了）。

伪军的家属，纷纷进城探望，有的老太太还大声啼哭。敌人因为怕动摇了军心，就把城门紧闭，禁止伪军家属进城。

在盂县，就有三十名伪警备队和五名伪警察被运到太平洋上当炮灰，葬鱼腹。他们的遗缺是由伪“青年团”来补充的。

据统计河北一省，自太平洋战争爆发后，伪军被运到海外做无谓牺牲的有十五六万人。

一月十九日，正定上曲阳敌军四名，因太平洋战争刺激太深，于该日夜集体自杀。又阳泉附近，有新从日本国内调来三次服役之日军两名，命其担任某车站伍长，他们不但不肯，而且因痛恨战争，遂相率自尽。

十二月十三日夜，浑源城的一家酒馆里，有三日兵喝酒至深夜，大醉，拉着酒馆主人的手说：“战争战争的，回不了的，你们支那大大的好了的……”回到营里，自杀了。

可是，日本法西斯□□中队长怎样处理这件事情呢？他很焦急，下令速埋尸首，并向大队长报称：“他们三个英勇战死。”第二天对当地的老百姓却说：“他们是房上掉下来的，摔死的。”

五、玩把戏

敌人为了掩盖他兵力不足的弱点，常常玩着“增兵”的把戏。

从城里开来了四五辆汽车，车上满站着敌兵；回去时，就叫他们伏在车厢里，让老百姓看不见。

于是“据点里增兵了！”声音从据点里直叫出来。

但这是太平洋战争以前可以玩的。现在汽车蹲在城墙旁，没有汽油，开不动了。

现在是下令，要中国人给他当伪军，给他壮壮胆子。

正定等地敌人，向各村强调毕业了的“自卫团”员各三名，去编伪军。

敌寇的据点受到八路军的袭击，受了损失，军心更加动摇，这怎么办呢？于是他们就开“群众大会”。

把伪军穿上了仿造的八路军的衣服，带着枪，拉到大会上，日本法西斯的爪牙就演讲起来：

“皇军昨夜打了胜仗，俘了两个八路，大家鼓掌庆祝。”

并且还让那两个伪装的假八路上台，去说八路军的许多坏话。

说谎的事实，不仅是在农村里演，就是在堂堂的敌伪报纸上，也常常这样做。

六、遗失了押金

敌寇强拆了乡村的庙宇房屋，砍伐了树木，去修筑堡垒，同时再利用堡垒为根据，向民间掠夺。

太平洋战争爆发后，敌寇在各地是更加紧修筑堡垒了。

在完县，敌寇修筑北城据点堡垒时，北城村不过千户人家，每日就开支七千多元。

新近敌人在修堡垒上，又玩了些花样。

各村要先交五百至一千元的“民夫押金”，少出一个民夫就扣押金三元至一百元。

各村要先交三百至五百元的“砖瓦押金”，少出一块砖就扣押金五分钱。

民夫和砖瓦都出了，堡垒修好了，“大功告成”了。

敌人却不还“押金”，他们说“押金遗失”了。

我们敌占区游击区同胞的血汗就这样白流了吗？

不能这样白流的。夜里，谁在激愤地咒骂：

“他妈的！日本法西斯是个说谎家，大强盗！”

“日本法西斯是个说谎家，大强盗！”这不仅是敌占区人民知道，就是敌伪士兵和下级人员也很清楚的。

当我们抗日传单，飘扬在正太路两旁，甚至贴在娘子关车站的车厢上，伪警和敌兵都看见的，但他们不把他撕下来，让那震人心魄的“打倒日本法西斯！”的巨大标语，由火车载向东去！直载到石家庄，震破了石家庄日本法西斯强盗们的肝胆。

这是说明了什么呢？我想大家一定明白的：

日本法西斯是个说谎大家，大强盗，而它也将在说谎中死亡！

（《晋察冀日报》1942 年 2 月 11 日）

敌寇疯妄无耻的实例

水生

一、“你说！日本必胜！”

日本法西斯同世界上二十多个强国作战，必败是无疑的。然而，日本法西斯却喜欢叫着：“日本必胜，英美必败。”

他的理由是：

“你们知道，英、荷，都是草字作头，这就是说，英国和荷兰，都是草寇、草王，你们中国的历史上，有过草寇胜利的吗？”接着，就自己回答：“没有！哪，英荷还能胜？……自然，美国呀！美国草不草，王不王，大不大（指“美”字面含——作者）。那，更不行了”

还有一个理由就是：

“你们中国有句话：‘美人命薄。’那美国人还能长命？而且，尽人皆知，美国最富，世界上头一个有钱的国家，国内尽是阔少爷们，整天吃、喝、玩、乐。你想，这还能打？”

这在日本法西斯的报上，“堂皇”的铅印刊物上，或者在开大会时，个别“宣传”时，就常这么厚着脸皮，用这些毫不通理的话来掩盖自己必败的定局。

不但如此，他还抓着人就问：

“日本胜的！英美胜的！你的！说！”

有些小孩怕嘛，说：“日本胜的！”

有一回，日本法西斯的牙爪，召集各村村长开会，也是这么问。而且还更进一步，要说明理由。有个村长没办法，只得答应说：“你会胜的！”后来，他回来了，半夜同我们一个工作员谈起了这件事，他气愤得跳起来说：

“我操他祖母！给他娘的鬼子当屁股眼嘛！他鬼子成天放屁，咱也得给他放屁！”他说完，就赶紧走了，给我们这个工作员闹工作去了。

二、这是“封锁”！

敌人对其占领区的剥削和压榨，现在是更加凶残的。井陉的地亩，按事变前的银子计，现在每两银子摊派到一千六七百元！特别是“实利子”的花销，更没办法计算。想出外购物吗？比如下获鹿，去石庄，可以的，你先到村里，花二毛钱，领一张“配给证”，再到警察分所去盖章。盖章是没规定要钱，然而正好，天知道他要多少！好！花了钱，拿了盖了章的“配给证”，你可以走，到了获鹿或石庄，住店坊，再拿八毛钱登记。最后，你就到“物资对策委员会”去，花一块钱，得到一张购物证，去购物。购物证，挺漂亮，铅印的，但是购完了物，得交上去。

这就是“封锁”呀！但是也有些事，却是不封锁的，比如，“皇军”或“皇军”的“反正政治工作队”——老百姓称呼为瓜壳队，因为都戴瓜壳帽——等等“窜门子”的事，就不封锁。我讲个故事：

前几天，几个敌伪军抬了几箱烟卷，有各式各样牌目的，到××沟村去，问村长：“你村有烟卷吗？”

村长知道，说有，就得拿出给他们抽，说没，就得买他们的货，而他们村里的确没有，他想着，没办法，只得说：“没有！”

“没有？好！卖给你！”价钱比平常自然贵一些，但不能不买，村长忍痛买了，他们拿着钱走了。

待一会儿，原来的几位敌伪军又来了，往村公所桌子上一坐，说：“村长！拿烟卷来抽！”

村长心想着，没法，就选了二十来小包较好的牌子的烟留下，其余的全拿出了。

“呃！还有呢？还有二十来包呢？”他们很清楚他们“送”来了多少包的。村长只好又拿出来。于是，村长遭了顿大骂，备了顿大餐，他们吃喝抽烟，剩下的烟装起来，走了。

痛心的事太多了，敌寇是那么疯狂无耻呀！

二月八日于平山

（《晋察冀日报》1942年2月12日）

马老太太

——回民支队长的母亲

仓夷

中国人民中有这样的母亲，不仅是中国人民的光荣，回民的光荣，中国妇女的光荣，而且是中华民族绝不灭亡最具体的例证。

而我们八路军人中，有这样深明大义、勇敢坚定的母亲，正是我们八路军的光荣。

——朱德、彭德怀、罗瑞卿、陆定一

马老太太是冀中八路军回民支队队长马本斋同志的母亲。她把她的儿子抚育长大，成为一位回民抗日的英雄，带领着一支回族同胞的队伍，驱杀着侵害我同胞的敌人。

在冀中肥沃广阔的平原上，马老太太到处受人尊敬。马老太太本着回教的宽宏慈祥的心，让她亲爱的儿子骑马去了，她在家乡——献县的辛庄里，努力着各种抗日工作。马本斋同志也为了母亲的幸福，纵使在冰冻的冬夜里，他也始终没有离开过队伍。

敌人深深地痛恨着马队长，时时用阴冷的指挥刀问路，要找马队长的母亲；他要把马老太太捉住了，然后迫他的儿子投降。

一九四一年八月五日。天还没有大亮，一大队日本兵，把辛庄包围了。一阵密密的枪声过后，村庄就沉入了森寂的气氛里。大街上一个人影也没有。几个日本兵，一直跑到马老太太的房子跟前，跑到马老太太住的后院去。院子里和街上一样：一个人影也没有。

"唔……"

敌人被这意外的遭遇怔着了。

枪声又重新在村外高粱地旁响起来。敌人包围了高粱地。

躲在高粱地里的老乡，被敌人赶到村子西北角的清真寺门前。马老太太也在这人群里面，四周都围着日本兵。

屠杀啊！仇恨啊！人们的血液奔流着。

当人们知道敌人是来捉马老太太时，脸色是更加苍白、铁青，痛苦压着人们的呼吸。

“乡亲们，我们是来请马老太太到城里去的，你们不要怕，只要你们告诉在哪儿。”

“…………”

人们更加沉默了。想起了回教，想起了中华民族，人们都尽力地在挽回着马老太太的巨大的不幸。千百只眼睛，都望着金光缭乱的天空。

敌人用刺刀、鞭子，用种种的酷刑，逼问着回先队员马为安、马良，要他们找出马老太太。他们都是老太太的邻居，他们是敬重着这位马队长的母亲的。他们指着马老太太住的房子说：

“你们去找吧！她住在那里。”

日本小队长暴怒了，摇舞着指挥刀，把马为安和马良都砍倒在地上。人群把马老太太更紧地围着。

愤怒燃烧着马老太太的心，她挤开了人群，向敌人扑去。人群涌动着，伸着手：

“马老太太，你不能去！”

“马老太太，你不能去！”

敌人把她捉走了，她悲愤地说：

“你们捉我没有用的，我的儿子马本斋，他现在还在河东，他知道了是会和你们算账的！”

敌人把马老太太用汽车送到献县，又从献县载到河间。马老太太两眼望着河东，密祷着她的儿子永远健康，努力抗日。

在河间城里，敌人叫伪县长，叫伪“县府传达”桐万城，来诱骗马老太太，要她写一封信，叫马本斋来河间。

马老太太气得连饭都不肯吃。

第二天，马老太太的二妹妹，从老远的献县赶来探望，还带了一些食物。马老太太很恳切感慨地说："二妹妹，我们就要分手了。我是不能活在汉奸城里的。我死了以后，我的儿子，亲戚，就再不用替我操心了。"

第三天的晚上，伪县长又来到老太太的房里：

"老太太，好好地养神吧！这里比在家保险啦！你的儿子假如过来，联队长要给他大官做……"

马老太太已经三天三夜没有吃饭睡觉了，但是她的精神还是始终清朗的，她大声地骂着："住口！狗汉奸！告诉你，我的儿子就是死了也是个中国人！"

她的头晕眩，躺倒在炕上了。

又过了三天，敌人把老太太的亲戚哈九找来，要他去摇动那不屈的马老太太的心。当天晚上，马老太太握着哈九的手，低声地说：

"哈九，你来了！很好。你去告诉马本斋好好地干吧！他的娘已经不中用了。"

马老太太气喘着，眼眶里凝聚了兴奋的泪珠，望着哈九说："日本鬼子不敢抓马本斋，抓他的娘，他娘也是和马本斋一样，不是好欺侮的呀！"

马老太太受了敌人的酷刑，死在河间城里。

马老太太的大义凛然的气节，我们□用什么来□□呢？

悲愤□□在人们的心间，八路军的首长□□□冀中军民，悼念马老太太的英灵。华北的人民，都面对着马氏的祖墓呼喊：

"誓死为马老太太复仇，消灭日本法西斯"。

（《晋察冀日报》1942年2月12日）

八路军万岁

张清润

在一天晚上，我们通过了敌人的封锁线，到达了游击区。在一个宽阔的村庄，我们休息下来宿营了。

第二天，天刚亮的时候，那些天真活泼可爱的儿童们，都跑到我们的住处，当中一个小孩子笑微微地跳跃着说：

“八路军，你们可来了，早想你们了！”

一会儿我们到×村执行任务的时候，我们刚一出发，就很远地见那村头上，许许多多的男女老幼，都伸着颈子在看着我们前进。

当我们走到街上的时候，各家门口都站满了大人孩子，数不清楚的那些笑微微的脸。

“哈！那不是夺来的鬼子的机关枪吗！那不是鬼子的大盖枪吗！”小孩子们拉着他们母亲的衣服，很高兴地嚷叫。

“是的，都是夺的鬼子的！有多么威风哪！”母亲们很高兴地回答着。

我们走出了街，那些群众还留恋不舍地跟着我们，围绕在我们的周围。同时，还听到“你们不要走了，就住在我们这里吧！唉！鬼子要欺负死我们了……”

我们走远了，快看不见他们了，但是还听到他们的口号。

“拥护八路军！爱护子弟兵！”

“八路军是保护我们的军队！”

“八路军万岁！”

…………

（《晋察冀日报》1942年2月14日，《子弟兵》副刊第32期）

信神不如求人

李子玉

王二病倒了，他母亲着急得很，爱子心切，到处求神祷告，可是一点也不抵事，儿子的病势越来越重，几乎要了命。事情来得凑巧，遇到了部队的医生，给他仔细医治，吃了几回药，大大见效，不几天王二从病的苦海中解救出来，身体也逐渐地恢复了原状。王老太太见人就笑嘻嘻地说道："信神真不如求人！"

（《晋察冀日报》1942年2月18日，《老百姓》副刊第90期）

纪念民族英雄张文海同志

张文海同志龙华县五岭庄人，一九三八年参加中国共产党，□□基干队排长、中队长、总队部干事，一九四〇年□任龙华[县]基干队长。文海同志对党对民族抱有无比的忠勇，每次战斗都是冲锋在前，退却在后，恒亲以军号鼓舞士气，曾神出[鬼]没直捣敌穴，其赤胆忠心，奇勇杀敌之气与节历松筠之概，是以惊天地泣鬼神，而为万古长青的民族师表与无产阶级[英]雄。

一九四一年的秋季反"扫荡"里，敌人在南城司做了临时据点，几千的兵力驻扎着，要"扫荡"奇峰岭这一带山地，敌酋高桥计划着消灭这支□藏在奇峰岭一带山地的龙华游击队，梦想捉拿这支队伍的首领——张文海。九月十八日的早晨，南城司、紫荆关两路敌人向官坐、高园搜索着前进，想一网打尽这支游击队，但敌人失败了。在"皇军"会集在奇峰岭上的时候，山峰在耸立着，风在怒吼着，游击队早已转移到他的后面去了。

第一次高桥的计划失败了，但高桥深深地感到：这支队伍不消灭，给自己的威胁太大了。于是又二次三次，一直前后进行了五次的"合击"，但都遭到了失败。

高桥五次的失败，教训了他：八路军是不可战胜的力量。高桥便又想出毒计：将张文海的家属、亲戚朋友四十余人全部捉了去，押起来，写了一封信给张文海同志，打算拿这四十多个张文海的家属、亲朋来诱胁张文海同志。但敌人想错了，他没有知道张文海同志是一个共产党员，具有坚定的布尔什维克的品质，他为了国家民族的彻底解放，是不怕牺牲一切的。"杀！任凭你吧！"张文海同志当接到信的时候，毅然地向别人表示。高桥的第二、第三……封信，像他的军事合击一样，失败了。

在高桥第五封信递到张文海同志的手里后，张文海同志写了一封回信："高桥：你等着吧，我去，我今天就去。"在这天晚上，张文海同志带了手枪、手榴弹同几个队员化装出发了，向南城司走去。

风雨呼啸着的深夜，张文海同志同几个队员悄悄地冲进了南城司，严密的岗哨，没有找到高桥的住处，在靠街的东边，发现了敌人的洋马，张文海布置了哨，自己走进了马棚。

第一匹马拉出来了，又拉第二匹，但——

"谁呀!"里面有人在问。

"我呀!"张文海很沉静地答。

"什么的干活的?"

"牵马的干活的。"

马夫疲乏极了，没有审查这句"牵马的干活的"话，就又沉沉地睡去了。于是一匹一匹的洋马，被张文海牵了出来，一共□五匹被牵出了村，出村后，向村中掷了几个手榴弹。高桥□队从梦中惊醒，向外反冲锋，冲出了村，静静的夜，什么也没见着，白跑一趟。

"八路的，'皇军'大大的没办法。"高桥贼酋不能不叹服了。

高桥又给张文海同志写了第六封信："贵官，你是支那的英雄，你为了国家民族不怕牺牲自己的父母妻子。"在高桥退走的时候，他放了他佩服的"支那英雄"的家属。

十二月十三日的上午，高桥惴惴退出边区的时候，侧翼下了奇峰岭时，龙华的游击队在这里又摆下了"欢送"的伏击。

大枪，手榴弹咆哮□□□□□□鬼子倒了下来……

张文海同志，英勇□□□□□他愤恨，他勇毅，但他忘了敌人兵力是超过他□□□□他在敌人的密集的炮火下牺牲了，但拥有布尔什维克品质的张文海同志的精神，是永远留在龙华的游击队里，永远像奇峰岭一样地屹立着。

（《晋察冀日报》1942年2月21日）

千万人悼念着阎振廷同志战斗的雄姿

经过了几十里的路程，拖着两条已经是很疲乏了的腿向着××村行进时，迎面带着灰尘的西风中忽然传过来《国际歌》声，这歌声是如何的激昂、悲痛而坚毅。在村子的东南角上汇集着一大群人。站岗的小孩子严肃地告诉我："那边在开追悼会呀！"

我紧走了几步赶到会场，大家正沉默地听着奏哀乐。几个农民用粗大的手合奏出哀婉的音调；箫、笛铛铛——这些农村里朴素的乐器，却传露着千万人心里真挚的衷情。会场布置得简单肃穆，风沙卷起白色的挽联，刺目的两行大字："冲锋陷阵，身先士卒，不愧为共产党员；杀敌致果，战死疆场，诚堪称头等英雄。"夕阳暗淡地照着会场的一角。

在主席的报告里，我知道了××县基干大队政治委员——阎振廷同志最近在开展破击战中英勇地牺牲了！

——一个二十三岁的青年共产党员，为着艰巨的民族革命事业贡献了他宝贵的生命！我怆然失神地垂下了头，忘记了背包还沉重地压在背上。

×专区人民武装部长向大众叙述着死者末次的战史："……为着破坏敌人的交通和护运公粮的伟大任务，我们的阎振廷同志忠勇地执行着上级的指示，把队伍带进敌人堡垒密集的接敌区里去。每个队员在他的领导下，热情地战斗着。在本月二十三日的清晨，情报传来，一部敌人已向××村出发。振廷同志立时机动地布置了伏击，敌人果然中计了，我们的阎政委机动地指挥一场伏击战，打得敌人四零五散。可是由于距离敌人周围据点都不过四五里地，几面的敌人很快增援了上来。阎政委指挥着队伍在优势的敌人的包围中，沉着坚决地应战，队员们没有一点惊惶和畏怯。当然，敌我众寡悬殊是很难长时间坚持战斗的。可是就在这样不利的情况下，由于阎政委机动的指挥，居然坚持了几个钟头的战斗，而且获得了伟大的胜利。二十多个凶恶的敌人倒了下去，十几个鬼子也被打伤了。只是因为阎政委身先士卒，不幸他负了重伤。在二十四日的下午，他在胜利地完成战斗任务中光荣地牺牲了！……”人们在泪光里仿佛看见了死者闪耀着的胜利的微笑。

“……我们不能因为他的死而悲观失望，我们要完成阎振廷同志的未竟事业……每个青年应该学习阎振廷同志英勇□□的精神，踊跃参加子弟兵，握紧我们的武器，继续战斗下去，向鬼子讨回这笔血债！”

于是响亮的口号，就在广大的会场中一齐喊出了：“我们要为阎政委复仇！”“踏着阎政委的血迹前进！”……

接着有县政府和群众团体代表、抗大×大队代表相继讲话。大家异口同声地赞颂着我们伟大的死者——英勇的阎政委。

“同志们！我们要学习阎振廷同志的是什么呢？”共产党员××同志站在台前，他的悲痛、恳切的话，使人们感受到伟大的无产阶级的热爱和无比坚毅的斗争意志，“我们应该学习的：第一，他有坚定不移的政治方向。他是一个布尔什维克党的党员，在一贯的工作和战斗中表现了他对党对革命事业的无限忠诚。第二，是他不怕困难与具有牺牲一切的革命精神。在任何困难的场合下，都能坚决地完成党所给他的任务；特别是在残酷的战斗中，振廷同志冲锋在前，退却在后，显示了共产党员的本色。第三，我们应该学习他虚心坦白的态度。当他每次检讨工作时，他都能彻底找出自己工作中的缺点，并能诚恳地接受别人的批评。……振廷同志的牺牲是我党的光荣，我们要更英勇地战斗下去，完成振廷同志未竟的革命事业。”口号声震撼着山野，大家高呼着：“拥护中国共产党！”“学习共产党员英勇牺牲精神！”“在共产党领导下永远前进！”滹沱河水悲壮地翻腾，狂风中大家痛悼着我们战友的死去！

烈士的家属，一个朴实的武装青年，是振廷同志的哥哥，他在激动地感谢着大家的关怀。“……正像大家所说的，我兄弟的死是我们的光荣，他打死了二十多个鬼子……虽然，我们痛惜他的牺牲，可是我们并不悲观失望，一定要坚决地干下去，给我兄弟报仇……大家向他学习，我也要向他学习！”

肃穆的出葬的仪式开始了，淡黄色的棺椁在送葬行列的前端，上面覆着白色的匾额，写着“为国捐躯”四个淡绿色的大字。棺椁里永远地躺下了我们的战友，我默默地追随在它的旁边，向我们英勇的战友做最后一次的送别！

人死了啼哭有什么用呢?！他终究是为了抗战啦！在死者入葬的沙堤边，他的白发的母亲，噙着荣哀的老泪，抚慰着他自己。啊！伟大的母爱！伟大的革命战争！

漫遍着山坡，白色的挽联飘扬在凄清的月光里，消失在山后。依然不散的是参加葬礼的行列，人们沉痛愤激的心底深深地刻印着振廷同志英勇斗争的雄姿！

群一、二七、四二

（《晋察冀日报》1942 年 2 月 21 日）

我们要更多地帮助抗属

一雄

在这保卫祖国、保卫边区、保卫家乡的神圣抗战中，很关键的，谁能为民前卫、英勇从军、坚决果敢的与敌搏斗，谁就是民族英雄，谁就是最光荣的抗日军人。为了国家民族，离开家庭走上抗日战场，英勇果敢、不怕牺牲、消灭敌人，就是中华民族的模范儿女。同样，有这样儿女的家庭，也是中华民族的模范家庭，我们每个人都应该尊敬它。咱们晋察冀边区政府明文规定了对抗属的优待办法，这是非常合理、非常公道的。

几年来，我们大家对边区子弟兵的家属的帮助和优待，是曾经注意了。譬如对缺乏人力的抗属，部队和地方上都曾组织了代耕团、代牧队，帮助耕地收割；对不能维持生活的抗属曾适当的接济了粮食，就是对生活比较富裕的抗属也给了优待。譬如，当计算统一累进税的分数时，抗日军人以在家计算。但是，这样是不是就算够了呢？是不是还有缺点呢？我们说，这还是非常不够的，还有很多缺点。有不少地方对于边区政府关于优待抗属的法令执行得还是不够认真，有的给贫苦抗属接济粮食时甚至还讲私人感情等，这种现象是很不好的，我们要反对这种不好的作风。

现在，咱们边区正在实行志愿义务兵役制，我们为了使这新兵役制能够很顺利地胜利地实现，为了使子弟兵更加安心杀敌人，我们优抗的工作，一定要认真地进行。对那些确实不能维持生活的抗属，一定要切实地按时接济粮食，绝对不能敷衍搪塞，马虎应付，或讲私人感情；对于那些缺乏人力的抗属，我们必须要有计划，有组织地帮助耕地和收割；在驻有部队的村庄，子弟兵更要做帮助抗属解决困难的模范。此外，我们子弟兵的指战员，当逢着重要纪念节期或抗属有重大变化的时候，要给家属写信报告部队的生活情形、战争胜利和时事消息、个人学习进步状况等，以便使家属[从]政治上更加进步，安心过日子，免受敌寇汉奸的谣言欺骗。

抗属们！我们为了抗日，能受到无数人的尊敬关心和帮助，这是我们的光荣，我们要爱护自己的光荣，并且我们还要继续用我们的模范行动，推动更多的人走上抗日战场。

（《晋察冀日报》1942 年 2 月 22 日，《子弟兵》副刊第 33 期）

胜利后

张增堂

枪声半天不言语了！当我们回来的时候，房东小周儿、小双儿和他们的老奶奶早就回到了家里。

不早了，西山头上只露出半个太阳的脸蛋，人影在地上伸得长长的。这时，按平常该吃晚饭啦，现在从山沟里，人们一股一股地拥向村子，队伍也撤回来了。这回，灵山敌人用突然的行动，企图袭击我们，碰了一个大钉子，自认晦气地逃回去。

“小周儿、小双儿、老太太，你们受惊了?!”

“俺们这回可不怎样的……”

“家里受到啥损失呀?”

“没有，没有，幸亏你们八路军……”

我们大家很高兴，互相拉话儿，都感到像家人一样的密切和亲爱。

“吓，真快，村里乱啦，我当是过年过节，大家玩儿去了，没注意，起了火，哪知道是鬼子捣的鬼……”

“连一点东西都来不及拿，枪就响啦，我出去一看还是同志们哪，我才宽了心，照着你们指的方向跑出村外。”那老太太皱纹满面，越说越有劲，连皱纹好像都伸开了。

“看到咱们打了吗?”

“看到看到，可清清楚楚，”老太太嘴真快，紧接着说，“二三百鬼子，在沙滩里，打得他蒙头转向。四面全是咱们同志，爬在山头上，瞪着眼瞄准，叭根一响，鬼子就倒了。”

“老太太，鬼子抓来的伕子，背着步枪子弹、炮弹，全给咱们留下啦！”

“呵，好东西，小周儿、小双儿，等回去瞧瞧好玩意儿。”

“奶奶，我看到鬼子也带回好些玩意儿：二三十死尸，四五十伤兵。”小双儿乖乖地凑着热闹了。

我们扯着乱谈，老太太走进房里去，不一会儿又出来了，捧了一盘红红的大枣儿，一拐一拐地走来，两手送到我的眼前，裂开一嘴黄滋滋的牙根：“同志们打了一天，一定饿了，吃枣儿吧，没关系，家里有的是枣儿。”边说边抓了一把，塞到我的胸前，一定要我伸出手去接，看样子不接她会说不领她的情，我接过来了，她也滋味地咬着，小周儿和小双儿也吃着。

“×同志，少吃点，村公所还慰劳你们大肥猪哩！”小周儿调皮地插上一句，引得人笑了。

第二天，我们就接到这样的一封信：

团镇全体指战员同志们！正当新年的开端，你们就打了一个胜仗，粉碎了敌人的阴谋。

这使我们全县人民快乐兴奋，现送去羊三十六头，猪三口，粉条、大米等物，请高兴地收下，虽然东西不多，聊表我们的一点意思。专此，并祝新年健康和胜利！

曲阳县全体群众

（《晋察冀日报》1942年2月22日，《子弟兵》副刊第33期）

为什么要开会

——谈谈八路军的会议制度

严明华

在八路军中，不但有严格的军事纪律，并且每个战士还享受着丰富而平等的政治生活。

这民主生活表现在什么地方呢？“会议”就是一种最明显最直接的表现形式。

八路军里面的会议是很多的，有：连务会、排务会、班务会、军人大会、支部大会、学习小组会、生活检讨会……这些不同的会议，有不同的内容和不同的意义，但是总起来，可以分作以下几种会议：

第一种会议是讨论事情应该怎么办的。比如上级有了什么工作任务和指示，那么，怎样去执行和完成呢？于是便要召集大家开个会来讨论讨论，“人多想得多”，“三个臭皮匠，赛过诸葛亮”，你想一点，我想一点，便会想出许多好办法来，而工作也就会胜利完成。在过去旧式军队里，便不开会讨论，只是几个当官的自己决定就算了，至于士兵有没有意见，它是不管的。

第二种会议是传达上级的计划和指示的。比如说，现在快要开荒了，上级发下了春耕计划，而各连队首长接到这指示后，便召集军人大会来传达，动员大家来响应上级的号召，并且讨论怎样来完成这个计划。

第三种是总结工作的。就是说在执行某种工作告一段落时，召集会议，由负责同志向大家报告工作执行的情形——优点及缺点。

第四种是检讨生活，促使大家进步的。如生活检讨会，在这个会议上，大家发扬自我批评的精神，检讨自己在某一定时期内生活、工作、学习、思想意识锻炼……各方面的优缺点，同时对其他同志各方面有什么意见，也可以互相提出批评，发扬优点，克服缺点，促使大家共同进步。

第五种是学习讨论会。由学习小组长来主持，讨论上的政治课、文化课、军事课……，在这个学习小组会上，大家可以自由发表意见，互相研究，互相讨论，最后由小组长做总结。它是干部战士学习的最重要的形式。

最后，还有一种临时性质的会议。如逢着一个大的运动，或重要纪念日的时候，就特别召集的大规模的会议，这个会有首长政治的、时事的——各种报告和演讲，从这个会议上，大家可以得到很多的知识和学问。

在我们明白会议的作用和意义以后，还必须深刻地了解：军队里的事情，不是任何一件都需要经过民主讨论的。有的须经过讨论的事情，只是在没有作出结论以前，大家可以自由提意见，等到讨论结束，大家都举手通过了，即使你有不同的意见，也得服从大家意见和决定。如果还有意见也得一面做，一面提意见，在没有改变这个决定之前，你必须坚决去做。另外还有的根本不必经过讨论的，如上级的决定，或者什么军政命令，只是坚决执行和完成就得了。

所以，八路军里每一个指战员，对于会议制度，都必须坚决而正确地遵守的，就是说，每个人要经常积极地参加会议生活，对于会议所决定的事情，一定要坚决地彻底地去完成。

（《晋察冀日报》1942 年 2 月 22 日，《子弟兵》副刊第 33 期）

“危险的！”

李四

十二月×日，晚上八九点钟的时候，一列火车从西过来，停在阳泉站上，准备去石庄。

夜色漆黑，天气很冷，空气和结了冰一样。人们缩头缩脑地上上下下，锅炉呜地冒着气，别的再看不见什么动静。

站上钟声响了几下，汽笛便惊叫了起来，列车骄傲地前进了，慢慢地消失在黑暗里，不见了。

第二天五六点钟到了石庄站上，站上秩序大乱，看见车皮上贴了好些花花绿绿的八路军的标语传单，人们不由得咕噜起来了：“八路军来了”“……”

戒严了，鬼子凶狠狠地检查了半天，无结果。

饭昭师团长大发脾气，打电话大骂阳泉吉田大队长：“危险的，危险的，你们糊涂的，八路军把宣传品贴到你们的脑瓜上去了，你的晓得的？……”

（《晋察冀日报》1942年2月24日，《老百姓》副刊第91期）

法西斯蒂是全世界人民的公敌

——附答董沈同志问："什么是法西斯主义"

鲁知新

法西斯蒂，就是今天在世界上明火执仗的大强盗，公开抢劫全世界，屠杀全人类，它是反动到了极点，拼死命进行侵略的帝国主义。德国、意国、日本这三个最反动的帝国主义国家，正是这种法西斯强盗的代表，他们结成的一伙强盗匪帮，就叫法西斯蒂阵线。他们的一切强盗打算，一切侵略屠杀世界人类的办法，统统叫做法西斯蒂主义。"法西斯"这个外国字眼儿的意思，原来就是"行动"，今天这些法西斯强盗们的行动，就是要破坏世界的一切革命力量，毁灭全人类的生命财产。法西斯蒂，正是全世界人民的公共的敌人！

首先在这些法西斯强盗的国家里，国家大权完全把持在几个顶大的财政资本家手上，他们已经把全国工人农民剥削得山穷水尽，闹得生产破坏，经济恐慌，人民没法生活。为了害怕工人农民起来革命，要解救他们死到临头的危险，他们就特别反动，取消掉国内一切民主办法，公开实行恐怖政策，用极毒辣残酷的手段去压迫工人农民。所以法西斯蒂，首先就是这些顶大的资产阶级，实行的最反动的黑暗专制。

第二，既是这些大资产阶级，已经把全国人民抢得山穷水尽，就只好拼命来抢劫世界人民的生命财产。首先是抢劫殖民地，灭亡弱小民族国家，要欺骗工人农民到外国来给它当炮灰，法西斯强盗就大吹牛皮，说自己是世界上最上等的民族，诬蔑其他民族是最下等的民族，尽量挑拨自己民族和别国民族的仇恨，造成互相残杀，致使被侵略的民族亡国灭种。所以法西斯蒂，就是最疯狂最野蛮的侵略主义，最残酷的民族压迫！

第三，世界到了今天，殖民地差不多已经被瓜分完了，法西斯蒂强盗抢不够东西，填不满自己的狗肚皮，就公开反对和平，拼命要求战争，不光拼命地侵略弱小民族，更疯狂地去进攻世界上的一切民主国家，甚至因为害怕社会主义国家保卫世界和平的强大革命力量，更不顾死活地胆敢去进攻苏联。这样，法西斯强盗就变成了一条最凶恶的疯狗，在全世界上胡碰乱撞，到处咬人害人，罪恶滔天，它是今天世界大战的祸首，祸害着全世界人类，所以我们说，法西斯蒂强盗，是今天全世界人民的公敌！

为了抵抗法西斯强盗的侵略，保卫全人类的生命财产，全世界上的人民已经结成了强大的反法西斯阵线；在法西斯强盗的国内，工人农民已经没法生活，更加上战争的祸害，为了反对逼着他们上火线来当炮灰，为了挽救自己出火坑，也正在起着革命，这一切反法西斯的革命力量结合起来，万分强大，最后一定会扑杀这条凶恶的疯狗，消灭世界法西斯蒂！

（《晋察冀日报》1942年2月24日，《老百姓》副刊第91期）

赶快送粪

老陈

鬼子一天在那里打算着破坏我们的春耕，我们最好的办法是提前播种，种地除开雨水以外，就要算粪土重要了。我的意见，现在就开始碎粪，边碎边送，男女小孩子们一齐动手，用活底粪篓驮粪，大人在村里一边碎粪一边装篓，小孩子们把粪送到地里，他自己就很容易地开篓底倒粪，盖着篓底转回来。路远了，小孩子们还可以骑着牲口回来，这样很快地就可以完成送粪工作；再配合着早点放水，没有水的地很快开小渠，早灌早种，鬼子来捣乱的时候咱们的地早种好了。

（《晋察冀日报》1942年2月24日，《老百姓》副刊第91期）

学习苏联人民和红军

尼司

正当着苏联红军展开胜利的反攻，法西斯匪帮的头子希特勒节节溃败的时候，红军的第二十四个生日到来了，这是多么使我们兴奋和愉快呀！

苏联红军为什么能够胜利地实行反攻呢？最重要原因的一个，就是：红军是人民的武装，中国共产党的领袖毛泽东同志说："只有与人民群众相联系的武装，才是不可战胜的力量。"红军的光辉历史就是有力地证明了这个真理。

事实上，也的确是这样，在反对德国法西斯的斗争中，苏联人民和红军的亲密团结，以及对于红军的爱护和帮助，都是任何国家所赶不上的。

苏联人民为了保卫自己的祖国，他们成千成万地涌入兵营，成为红军坚强有力的后备军；妇女们代替丈夫儿子，走上生产的战线；工人们发挥了空前高度的生产热忱，以惊人的速度，提前完成并超过了生产计划；科学家们也在埋头从事于科学的研究与发明；集体农庄的农民们也拿起了武器，给无耻的法西斯匪徒们以不断的袭扰和致命的打击……总之，全苏联的公民们，都使用他们每一滴力量，来参加反法西斯的神圣事业的。

当红军第二十四个生日到来的时候，数百万青年工人举行了"工作星期日"运动来纪念。一般人民，也是不落后的，纷纷地向前线赠送礼物。在这种慰劳的热潮中曾有这样动人的事迹：有一个老头牵了一头牛向代表团说："请你们代表我和我的老婆把这头牛送给红军。"说完后连姓名也没有留下便走了。

伊里奇火车工厂并赠送红军一辆“流动澡堂”的汽车，一天可洗二百四十个人，在前线来往行驶，给战士使用。

苏联红军在人民这样爱护与帮助下，他们会更坚决地来打击法西斯匪徒，解脱人民所受的压迫的。正如收礼物的红军将士们所声明的一样：“我们会更无情地来消灭德寇侵略者，以巨大的反攻胜利，来回答你们的崇高的爱戴！”

我们边区军民纪念红军的生日的时候，我们要学习苏联军民合作杀敌的模范行动，来打倒东方法西斯——日本强盗。

（《晋察冀日报》1942年3月1日，《子弟兵》副刊第34期）

克服调查研究工作中的主观主义

自从中共中央发表了关于调查研究工作的决定以后，引起了广泛热烈的反响，各地党、政、军、民、机关、团体都普遍地注意和开始进行各种实际的调查研究工作，这是好的现象。但在今天，有不少地方对于调查研究工作，却表现着有几种现象：

第一种是把调查研究的口号喊得很高，而对于周围客观环境与客观事物的周密的实际调查研究工作却并未切实认真着手进行，这可说是对调查研究的空谈。

第二种是你说调查研究，我也说调查研究，这里那里，到处都要建立一个调查研究的部门，好像只有建立起一个部门，才能进行调查研究，而在实际工作中随时随地具体的调查研究并不算调查研究似的，这是把调查研究工作学院化的劣根。

第三种是急于图功，贪求轻便，大量制发调查表格与调查大纲，不管干部与群众的政治文化水平如何，硬要下级填写统计数字，这里也要，那里也要，重重叠叠，大同小异，弄得下级头昏眼花，无法应付，形成调查研究工作中的无政府状态与形式化现象。

这些现象如不先机及时防范与克服，将会造成错误的偏向，影响到真正科学的实际周密的有系统的调查研究工作的开展与深入。

本来，调查研究工作是克服主观主义的有力武器，而这些现象的发生与存在，恰恰相反，其结果势必将阻碍了调查研究工作，无法克服主观主义；而且这些现象之所以发生，归根究底，却正是主观主义的作怪！这些现象实际上就都是调查研究工作中的主观主义的表现！正要克服主观主义，却先来一个主观主义，说来似乎不可信，但这却是事实。

在调查研究的口号下的这种主观主义是最可怕的，它叫人犯了错误还不知道甚至不相信自己犯了错误，想想那是多么的危险！最标本的例子莫过于叫文化水平有限的区村级干部填写多项复杂的表格与百分比和阿拉伯数字，不了解下层干部与群众大概估计说话笼统的传统习惯，结果多项复杂的表格固然无法填齐，而百分比计算的结果不是少于一百就是多于一百，甚至一百五、二百五都有，下级干部和群众费上九牛二虎之力，勉强学写阿拉伯数字，结果只能把一百五十一写成“100501”，上级机关收到这些表格，如果把它当作真实的情况，据以判断，就不免大错特错！“没有调查就没有发言权”既是大家公认的真理，而收到这些调查表格者，如果自以为是，以为自己有了调查材料为根据，从而大胆发言，滥行分析，得出结论，岂不更是大糟而特糟！这可说是调查研究工作中十足的主观主义！正要克服主观主义，却先遇到主观主义，说来却也并不奇怪。

今天要克服主观主义，要开展与深入科学的实际的周密系统而经常的调查研究工作，首先要彻底克服在调查研究工作中的这种主观主义。

因此，调查研究不应该只是空喊的口号，而应该是实事求是从事艰苦的工作；不在于建立许多调查研究的部门，而是要集中力量，统一计划，正确分工，加强领导，具体进行这一工作；不要重复雷同，抄袭一套，而要在实际工作中，随时随地，一点一滴，搜集具体可靠的材料；不要只走捷径，只求便利，贪多贪快，不顾什么对象，公式做法，生吞活剥，胡乱调查，而要切实认真，讲研各种切合实际的调查方法，重质不重量，力求真实准确。

真正科学的调查研究工作，必须是具体的实际的，合于客观环境的，任凭主观愿望要达到调查研究的目的不但是不可能的，而且是极端有害与危险的！

目前在我们边区，调查研究工作应该为根据地的建设与斗争而服务，注意与加强各种调查研究是万分迫切地需要，今天我们一方面要珍视、保存与搜集各方面丰富宝贵的实际材料，以供参考与研究，但和这同时，更要先机及时防范并彻底克服在调查研究工作中的主观主义！

（选自 1942 年 3 月 5 日《晋察冀日报》）

“礼尚往来”

沈重

元旦。曲阳东口南。寒冷。

风在吹，尘土给天空的引力吸起，像给谁拉着的一面黄色大旗骤然从地上张起来，向东方远去，逐渐变冲淡、消灭，予为枯树枝所点缀的铅色的天空以忧郁。一个局踌在碉堡内的日军，遥望着尘土所吹的方向，在想念，他的心是冬天的天空。

——元旦，新年，元旦，嗨，要是在东京……

咦，黑点，自远而近。谁，八路？噢，是那个常来的“报告员”。

“报告员”竟到了碉堡前面，打着招呼了：

“好！太君。”

日本人正在没事做，想找一个人来聊聊。

“你的进来的。”日本人表示要谈话。

“报告员”居然进来了。

于是，话匣子打开了。从新年、吃东西、穿衣，一直谈到山里的人们——八路军。

“报告员”在摸着什么。什么？

一个袋子。“报告员”竟把袋子在钢盔的面前晃着。

“什么的？”钢盔一把把袋子夺了过来。

上面是红太阳，“慰问”两个字是很耀眼地呈露在日军的面前。摇摇，花花地响。慰问袋做得同日本的一样。

“哈哈，你的大大的好，送给我的？”

现在，叫“报告员”怎么说呢，送给他，那是没有问题。但是——那不是“报告员”送的，而是……“报告员”极力想话，想把那个意思传给他。

但是，不等“报告员”把话想好，日军已经把慰问袋拆开了。现在，一切事情都显然了：八路军的《告日本士兵书》、慰问信、年片之类的宣传品都给日军拿出来，而且在仔细地读了。日军咀嚼着袋里的文字，像咀嚼着那里面的红枣、核桃一样。

糟糕，糟糕，“报告员”在心急，想要逃又不行，只得硬着头皮呆着。

日本人问了：“谁给的？”

“报告员”心跳着：“西边的，一个穿军衣的……”“报告员”乱手乱脚地指着西边山里，又指指红太阳，那意思是说一个八路军给他的，最后，“我的，没办法。”极力表示自己是被人命令着叫送来似的。说完，吐了一口长气，等待着最后的判决了。

“哈哈，”日本人却乐起来，指着山，“西边的大大的有礼貌的，好。过年的，我们的，没有。”日军告诉他的对方他们今年新年没有发慰问袋。

随即日军忙起来了，找这，找那，拿出一包糖和其他一些食品装在袋里。

他吩咐“报告员”了：“你的，把这个交给这个的。”指指军衣，“一定的，嗯！一定的！你的明白？”日军一定要叫“报告员”把袋子交给那个八路军。

“报告员”点了点头，就这样心跳着糊里糊涂地出来了。

“报告员”走得很远，日军仍在望着，像“报告员”把他的心装在袋子里带走了一样。

二月五日于□县

（《晋察冀日报》1942年3月5日）

军民一齐防范病敌

费司马

生病真是大不幸，不但增加许多痛苦，还要伤财，甚至丧命。远的不必说，单就去年秋天来说，病疫流行给我们边区军民的痛苦就真够厉害了，有的村庄竟连一个不病的人都不容易找到，使我们辛辛苦苦培植的庄稼从地里收割不回来，把不少粮食白糟蹋了。若不是仗着子弟兵的帮助，还不知道要糟蹋多少粮食呢。有心路的人，总不会忘记这个灾害吧！

究竟为什么到处生病呢？这绝不是什么“天灾”，我们得承认是讲求卫生太不够了。譬如：有的人摸着什么就吃，不注意生冷肮脏；房子里，东一堆破布，西一瓮臭泔水；地上潮湿得要命，也不想着打扫清除一下；被单不常洗晒，生了虱子不用热水把它烫死，以致总不能断根；村道巷口，不是猪圈粪堆，就是厕所尿坑，一到夏天，更无法说了，蝇蚊满天飞，臭虫、跳蚤乱蹦乱爬。这样的环境，就是病疫传染与流行的根源。况且，敌后生活比较艰苦，再加日寇对我实行毒菌进攻，那就更容易发生病疫了。最近敌人更到处大量散放□疫菌，企图杀害我抗战军民。此种阴谋，如不警惕，及早预防，那么，生病和死亡的人数，恐怕比过去还要空前地增加。所以，我们为着保存抗战的有生力量，减除军民的生病的痛苦，必须广泛地开展防疫运动，边区各界要密切配合进行。尤其是村级干部，首应与当地驻军协商本村的防疫具体办法，动员每家每人，都要一致积极参加；并切实宣传群众，指出“各顾各”的观点，是不对的。一家发生了传染性的病症，全村、全区、全县，甚至全边区都有流行的可能。子弟兵要尽量地帮助老乡，譬如已有了病的给以治疗，利用时间教以卫生常识等。但是老乡们绝不能以为“这是□□上的事□□□□们要切实合力□开展防疫运动。

至于防疫的具体办法，根据当前情况，极应做到下面几件事：

一、乘春季施肥的机会，及早把粪堆清除干净；村庄附近的脏水坑，一律填平；街道要经常打扫，猪圈厕所，要盖灰土。

二、住的房屋，尽量做到干燥、通风；一切容易霉烂的物具，要赶早搬移出来；存放的粮米、食物，要有适当的家具，不要叫老鼠吃了、落满脏东西；墙角阴暗的地方，更应经常扫除，万不可相信“不见为净”的说法，最好能常撒些石灰，用白粉把墙涂一下，既明朗又干净。

三、被服要常洗晒，不求好看漂亮，务必做到干净，以期消灭虱子和其他病菌，避免病疫的传染。

四、多多养猫，真正做些捕鼠器具，消灭一只老鼠，就减少一点鼠疫流行的机会；捉到以后，不可随便丢掉，埋在野外或用火烧掉，都是顶好的办法。

上面所提的这些，都是容易做到的，但我们不能因为容易，就可马虎[一]点。只有把这些事情做好，才能防止病疫的传染和流行。我们要在[病][疫]没有来的时候先下手防备它，保证我们不生病，少生病。

（《晋察冀日报》1942 年 3 月 8 日，《子弟兵》副刊第 35 期）

会报有什么作用

——谈八路军中的会报制度

苏陵

在八路军里面，还有一种制度叫做“会报”。

会报制度是怎么一回事呢？说得简单些，就是每个同志在一定时期（这有种种不同的规定）要向上级（班、排、连长，指导员等）把自己的工作、学习和日常生活以及对各方面的意见，一五一十地报告出来，不掩盖，不夸大，不管是好是坏都告诉上级知道，真实地告诉上级，既不害羞不好意思说出来，也不故意夸大吹嘘，骗取上级的奖励和褒赏，来夸功逞能。

会报的主要目的，是为了要使上级具体地详细地了解我们各方面的情形，知道我们有什么意见（如果正确上级一定会采纳和听取的），有哪些困难需要及时解决。比方：我看到某同志不爱学习，终天好玩；某同志在帮助群众春耕时候，不努力并且毁坏农具。那么我们就可以在向上级会报时，真实地反映出来，好很快想办法来纠正和克服它。再比如：自己脑筋太笨学习上非常吃力赶不上别人，最好由乙组调到丙组才合适，那么你也可以很郑重地会报上去，以便上级采纳你的意见，并且对你的学习上多加帮助，使你进步更快。

同时，我们应该知道：会报的范围，是非常大的，它所要搜集的材料，也是很广泛的。我们不但要讲自己的事情，而且还要讲别人的事情；对自己的优点和缺点，要毫无隐瞒地全盘托出，不增不减，不折不扣，对别人也是一样。不要这样想：说别人的缺点是对不起同志。这样的想法是不对的。另外，在会报时，也不要因为某某同志，是我的老乡或其他关系，一贯同我很要好，他有些好处，我把他更加夸大些会报上级，使上级奖励他，喜欢他。这样也是非常不正确的。因为会报，是要真实地给上级反映问题，解决困难，帮助大家进步，在这里绝对不容许有任何私人感情拉拢的不正确观念存在的。

我们不仅会报别人的问题，而且也欢迎别人会报自己的问题——特别是自己的缺点，因为自己的缺点，有时不能很清楚地知道，千万不可认为谁讲了自己的毛病，谁就对不起自己。如果这样固执自己的意见，不愿很快地改正毛病，那不仅会妨碍自己的进步，反而会使自己落后。

特别是我们一些刚入伍的新同志，对于军队里面的各种生活、各种制度，都不很清楚，问题也就必然会多些，因此大家更应该多向上级会报，同时上级对我们每人的情形了解不很清楚，也须要大家多多向上级会报。上级知道我们越清楚，了解越深刻，那么对我们的帮助，也就会更大更切实。

会报制度，对我们每个同志以及整个革命工作，都是有很重大的意义的，我们大家一定要严格遵守它。

（《晋察冀日报》1942 年 3 月 8 日，《子弟兵》副刊第 35 期）

日本兵的旧年祭礼

本报特派记者　丁原

从人们的忙碌里，从据点附近人家煮肉的和年糕的香味里，日本士兵嗅到了旧历年节的气味。

穷困、饥饿，使“皇军”丧失了威严，使他们养成了灵敏的嗅觉。在白天，站在突出于平原上的堡垒之顶，贪饥的恶狗们向四处瞭望着行人和来往的商贩，发现他们猎食的对象。但，痛苦的经验告诉人们，已不敢随便穿行于敌人的所谓“惠民堡”、“惠民沟”之旁了。因为这些“堡”和“沟”，不仅有军事上的和经济上的封锁意义，而且还有打劫行人的方便，敌人可以借“检查”的美名来搜腰包。在旧年之前，在徐水附近的一个堡垒旁边，有两个过路的老年人，被一个守卫的“皇军”追上了：

“钱的。”“皇军”扳着枪械，向着走在前头的一个人吓唬着。

但经过这样的强盗之门，谁还敢带钱呢？

“没有钱……”老年人说。还没等到说第二句话，一个子弹结束了我们这位老年同胞的性命，这位“皇军”又伸手向第二个人说：

“你的，钱的！”

“我实在没有钱，太君！不信，你看！”第二个人看见躺在血泊里的他同伴的尸体，用抖擞着的手，解开了外衣，又解开了里边的小汗褂，翻检着每一个小口袋，终于发现了五分钱的破票子，老人惊惧着递给敌人：

“看，只有五分。”

这位“皇军”，一面把五分钱的破票子放在兜里，一面端着枪，枪口朝向老人，恨恨地说：

“让你，让你，让你五分钱的！”

老头子的额门上，挨了一枪筒子，红的血在他的苍白的头发上飞溅着，他忍着痛又回来了。

终久，用这样的办法——搜腰包，是太无济于事的。而旧年又一定要过的，虽然，对旧年的观念，兴味和习惯，日本人不如中国人之为高，之为浓厚，但这是趁火打劫的好机会，总是要吃几顿的。“吃”，似乎是某些据点里的日本人唯一生存的目的，“吃”，是他们的实际，一切都为了“吃”。于是，最高明的与最有效的办法——公开抢掠，在各地方开始了。

据涞源通讯员同志们的报告，二月十二日（旧年前两天），敌伪三十余名，在大兴安抢去老百姓过年干粮、饼子十三布袋……

又涞源石佛敌人，十三日到水堡附庄、上下黄坎、东西胡桃、树沟等村庄，抢去袜底两只、袜子一双、布一匹、面二十余斤、鸡九只、酒壶酒杯一套、茶壶一把、茶碗三个、提灯一个、破伞一把、辣椒面四两……一只十三斤的小猪，三个人抢着……

又徐水某村，一个敌人在一家偷去三个鸡蛋，老太婆在背后含着眼泪骂着：“三个鸡蛋，只当喂狗了……”

是的，我们这些东西，都“只当喂狗了”！但，一个十三斤的小猪——而且是三个人背着，九只鸡、三个鸡蛋、四两辣椒面，还有袜底两双、破伞一把……这能丰富那些狗仔们的筵席吗？

在完县，敌人也同样用了贪饥的鼻子到处嗅着，当嗅到蒲上的时候，却碰了大钉子，碰了满鼻子血。整个事情的过程，可以从完县县政府门前，那一块光洁的壁报栏内，伙夫登云同志，用他的质朴的天真的话语，所写的墙报里看出来：

“敌人那几天不是到扑（蒲之误，即完县四蒲。）上吗，小日本鬼子因为他过不去年了，他就在边区抢东西吃，我们的英勇八路军便说好的，猪肉不如枪子香，说话就给二十几个敌人吃了，他们一被（辈之误）子也不饿了，（即死了之意。）他们就哭着回去了，我们的八路军唱着歌子也就回来了。”（字句、标点均按原文。）

他们实在是哭着回去的，就连完县敌人的中队长——有名的杀人不眨眼的大阎王，也哭着说：“大大的不够本的。”

在同一期间里，在徐水，我们一位无辜的老年同胞，被敌人杀死了！不，在许多地方，在许多敌占区里，也许有更多的这样的无辜同胞，被敌人杀死；但，我们也相信，在许多地方，也会有更多的为我们八路军所杀死的敌人的生命，作为我们无辜死难同胞的祭礼。

据老乡们亲眼看见的，有二十四个日军死尸，抬回完县城去，二十四个肉体，就做了日本人旧历年节的祭礼。除此之外，还有什么呢？

但，“二十四个”的数目，也许不很精确，因为在除夕之夜，落着完县伪县长“侯士杰”的大印的寻人布告，贴满了各“爱护村”，连那些贴布告的汉奸走卒们，也不耐烦地骂着：“过个年也过不安生！”

布告的上面，是这样写着：

“兹有驻军大森部队士兵一名，因失迷方向，至今未归，希各村长副严加寻找，并妥为护送至县……”等语。

迄今，旧年已过去十余天了，而大森部队的一名缺额，还没有弥补上。

天知道这位失迷了方向的“皇军”什么地方去了。

一九四二年二月二十二日于易县

（《晋察冀日报》1942年3月10日）

敌寇的黄色工程——造谣

沈重

一月二十五日，肥头笨脑的戴着近视眼镜的铃木特务机关长曾经蠕动着他具有日本人所特有的八字须的嘴巴，向伪冀自治指导员训练班指斥着中国乡村的劣点："各乡村的组织虽然团结坚固，但是对外边缺乏联络，而且对于政府命令，往往不能彻底实行，这实在是中国自治史上的劣点。举例来说：譬如这一次"大东亚战争"，在各乡村的情形看起来，好像漠不相关。鄙人对于中国政治，曾加以研究……现在各乡村的民众对于国事漠不关心，犹如很洁白的一张纸，染上红颜色则红，染上黄颜色则黄，无论染什么颜色，都可以的。"（见伪《河北日报》）

哈哈，妙矣哉！这就是研究了多年中国政治的日本特务机关长和华北"新民会"最高顾问，铃木的见解和言论。假如中国人民真像它所理解的像一张白纸一样的可以任人摆弄，那么铃木机关长也不必在中国辛苦了，中国早就被统治被屈服了。幸而，铃木之类的人瞎了眼，中国人民抗战五年了，今天成为太平洋上反日阵线的一个重要力量了，而且对于铃木却还得偏劳他一些时候（也许要让他埋葬在中国，为他的天皇尽忠吧），真是万幸万幸。"阿里阿督"（谢谢）的，铃木机关长！可是，铃木机关长却不愿意多偏劳他自己，于是，在他的狗仔们面前发起牢骚来了。铃木对中国人民的抗日行为（依他说是：对"大东亚战争"的"漠不关心"）加以斥骂，和对中国人民的政治要求和认识加以侮蔑，我们是不必引为惊异的，因为日本人所要求于中国人民的是像羊一样地任其鞭打、剥削和杀害。我这里所要指出来的是（一）敌人在历次"治强运动"中曾经累次指斥过城市知识分子对它的淡漠，自太平洋战争以后，它的斥骂是包括着城市和乡村的全体人民了——城市和乡村都违反着它的意向。因为日本法西斯的对头越弄越多，到处都是，所以（二）根据着它一张白纸的理解，它想要把人民染上它染了许多年仍未染上的颜色——黄色了。

这一个染色的艰苦工程还是由铃木所一手提携着的“新民会”来担任。

铃木是很知道的，处在今天日本每况愈下的情况当中，以前“新民会”的机构是更加会不济事的。于是，在一月十五日铃木把“新民会”改组了。它为“强化宣传及政治工作力量，特将旧有之弘报室撤销，扩大建立宣传局，分一、二、三科，置重点于民间宣传工作”（见伪中华社一月十六日电）。这一个“宣传局”的设立，据说也是“为使今后打破敌性虚伪宣传，与使会工作之宣传活泼化”（见伪中华社一月十七日电）。

果然，“宣传局”活泼得很，活泼到除了充分利用其报纸、杂志、电台来大声疾呼以外，还劳太阳牌的飞机的大驾将各种小型的“宣传品”散发到民间。底下这一张“宣传品”就是经由飞机师的手从天上飞到定县的民间的：

“冀中残暴的八路军，遍地埋设地雷，老百姓寸步难行，炸得人仰马翻，汽车不能通行。”

看敌人的样子，似乎不是为了它自己的不利，而是在为老百姓打抱不平似的。“遍地”地雷“炸得人仰马翻，汽车不能通行”，岂不糟糕？然而，我在这里要提醒提醒在日寇养畜下的坐在沙发上抽着雪茄而不去了解一些军事常识和具体情况的“新民会宣传局”的汉奸们了。在冀中，埋下爆炸物的主力都是老百姓自己，他们派人监视着那准备给日本皮靴（噢，也许日本人现在是穿胶皮草鞋）去踩的东西，有时还引诱他们进那爆炸的圈子（这就是铃木所说的人民对

“国事”的“漠不关心”，实际上人民对抗日战争是关心的：要炸尽侵入的敌人)。老百姓自己是绝不会去瞎踩的，而踩到的却是那些侵入中国的日本兵，假如日本兵在他的三岛上，那么，中国的地雷是不会追飞到日本去爆炸的。而且，“新民会”的“宣传家”在文字上又漏了一个洞：汽车。哈哈，可惜得很，冀中乡间的老百姓在这个年头还没有福气去坐军用汽车（汽油的缺乏只有敌寇的军用汽车才能开)，坐在汽车里的不是别人，而正是在侵犯着人民的土地和生命的日本人。要是冀中人民自己所下的地雷，能够给敌人所踩到，那不是他们的失着，而是他们的愿望。要是人民的地雷多，使得敌人不敢出门一步，那也恰正是人民的愿望。

根据“新民会”改组的目的，其目的是在“今后打破敌性虚伪宣传”。敌人的这一着棋子，咱们也是看到了。在敌人的那张“答共产党的虚伪宣传”上它似乎很惊异地在激问着：

“……共产党和共产军所说的‘在京津地方日美英三国发生冲突，日本军的战况极不利等等’，试问，他们根据些什么？”

嘿，好气直理壮的样子！不过，倒要问问铃木机关长及他的狗仔们了：你们所放的屁是根据些什么？我们的宣传品，是不会像你们的一样，我们不掩盖事实，更无须乎造谣。我们也不会像你们一样的愚蠢，连平津英美所残留下来的极少数武装不能抵挡日本在平津的优势兵力都不知道：我们在报上登载过十二月八日英美被日方立即解除武装的消息。这里，造谣的不是别的，而恰恰是日本人。敌人企图以他的造谣来中伤我们，但人民看事实是看得清清楚楚的，日本这个谣言国家在中国人的面前又表演了一出丑剧，重重地打了自己一下耳光！

在这里，我们也清清楚楚地明白了：敌人所改组了的“新民会”的“强化宣传及政治工作力量”，和他企图给人民渲染上黄色的工程是搅的什么把戏了。

——自从太平洋战争爆发以后，给日寇这个造谣专家所留下的唯一的“宣传及政治工作”的路将再没有旁的，而只是完完全全的欺骗造谣（当然它对这一门是最擅长，也是最后的一种技能）。这种造谣的无耻，将不仅使其国家的品格更加丧败，并说明了这个世界造谣家更走进了灭亡！

二月十三日

（《晋察冀日报》1942 年 3 月 11 日）

五台窑头矿工生活

——像死牛的背煤　命也靠不住活

田雨

一、“迎头剥皮”

自从敌寇占领了晋东北大煤矿窑头后，那里的两千八百个矿工，便陷落在大劫难中。每天，在晨曦朦胧里，一群群的畏缩着臂膀，身上挂几丝破碎的被汗和煤土溃蚀的破布，曲着背，在凛冽的逆风中，走进矿里去。到窑口，工人们都先交出一元的入窑费给敌寇的“征收局”（每天都要交，否则就不准入窑），工人们叫它为“迎头剥皮费”。

交过“入窑费”的工人们，还不能进窑，都紧紧地聚集在窑口，在风雪压缩里，抖擞着，在等待着“杂卖司”的卖油者（那是从煤矿管理卡来的），买了油，燃起矿灯才能进窑去。这里卖的油一斤要出二斤的钱，而实际所买到的油一斤只有十两。这是强迫的出售，谁都不能不买的，工人们只好忍受着这种额外的剥削，提着灯走进矿里去。

二、“冷的滚吧”

在煤矿里，工人们每天要做十八个钟头的工作，而所得的收入，却只能买到一升粮食。这些东西，连一个人也不够吃，养家更是谈不上了。于是有的工人把老婆都卖了，或出租了。十岁左右的孩子，也只有过着背煤的生活。现该矿的童工已增加到百分之三十。煤窑的洞口是那样的矮小，矿工们背上二百斤重的煤筐，嘴里衔着照路灯，只有用四肢来爬行着。矿内的设备，更是简陋，掘煤工人整天站在水中来挖煤，这样的常常在矿内要发生着淹毙、火伤或被煤石压死的事件。据统计，平均每日受伤者总在一人以上，死亡者每周总有二三人之多（病死与敌打死者尚不在内）。工人病了，死了，敌寇是完全不管的，谁要病了，只好等待着死去。工人们因饥饿与疾病之磨难，身体瘦弱得仅有骨骼了。背煤背得稍慢些或是背的少了一点，敌人便用皮靴或木棒毒打一顿，或者当时就从窑里赶出去，有时候甚至于把他们打死。白家庄一个三十左右年纪的矿工，竟被敌寇从五丈多高的悬崖上连人带煤推下去跌死了。工人们在不可压抑的愤恨里唱出了这样的一首歌谣：

青石头青，
蓝石头蓝，
像死牛的背煤，
两头不见阳婆（阳光），
饿着肚子，
命也靠不住活。
冷的滚吧！
怎么热的家还不来哟?!

（注：由于敌人的严厉统治，工人们不能自由说话，因此以“热的家”代替“八路军”，以“冷的”代替“日寇”。）

三、矿工之家

当我们再走进一个矿工们的家里的时候，更看见那凄凉痛苦得可怕的景象了。破烂的茅草屋子，女人孩子赤裸裸地躲在破布堆中。炕上睡着一个三岁的孩子，发出纤细的声音，在无力地嘤嘤地泣哭着；炕的另一角，一个十岁的小孩也在不时地呻吟，咳嗽时从痰液里吐出了血丝，他是背煤压坏了的。锅灶清冷，饭碗布满了尘埃，他们已是五天没有做饭了。这还是矿工们很平常的生活呢！除了这以外，敌寇还经常从矿上要“苦力”去看守炮台、挑水和做一些别的苦力工作。工人们在严冬的风雪里，长夜的守炮台，他们的身上搭着的破布衣，破烂到御寒的作用简直是完全失却了。有时候，他们冻得实在受不住了，跑进哨房去取暖，立刻就会被敌寇毒打的；如果偷偷溜回自己家去，被敌发现后，就即刻枪毙的。因此常常在炮台上掷下冻僵了的死尸来。

四、反抗！

在这层层压榨下的生活里，工人们并没有屈服，那无数颗赤红的心，在饥饿与死亡中，不断地对敌进行着顽强的斗争。一千多的失业矿工，都从地狱里逃出来了（现在只留下八九百），反抗流血的事件，也常常出现着。最近他们曾用煤块打死了敌兵两名。

他们是要反抗敌寇奴役的，当边区动员志愿义务兵，壮大边区子弟兵团，充实反攻力量的消息，传到这里工人们的耳里以后，就有不少的工人，勇敢地逃出来，涌进子弟兵的行列里。广大的工友们，则在热烈地盼望着八路军的到来。

（《晋察冀日报》1942年3月12日）

国际妇女节与边区妇女

胡羽

抗战中的第五个三八节又来到了。这是全世界妇女检阅自己团结与战斗力量的节日。全边区妇女在这一天将要普遍举行热烈的纪念并深入检查自己一年来艰苦斗争的成果和缺陷。

这一年来，敌后形势异常紧张，敌我斗争万分残酷。在不断地流血苦斗中我们的力量愈益壮大，根据地的建设亦愈加深入。在这些艰苦的斗争和建设中，边区妇女曾经历了严重的考验，贡献了并继续贡献着没世不朽的功绩，并且边区妇女本身的组织力量与觉悟程度，亦获得了新的进展。在国际妇女节的前后，我们就可以看见：万千模范的母亲和妻子，正在成群结队地欢送自己的孩子或丈夫到子弟兵团中去，几十万几百万的妇女正在摩拳擦掌地准备投身于春耕生产的洪流中。这些有声有色的场面，这些惊天动地的事迹，就是边区妇女成长壮大成为团结抗战之重大力量的具体表现，也就是边区广大妇女对纪念三八国际妇女节伟大的贡献。

目前，正是全世界反法西斯力量与法西斯匪徒进行着生死决战的时期。全世界爱好和平、民主与自由的妇女，莫不在反对法西斯的大旗下空前地团结起来，投身于这个空前伟大的历史的斗争。社会主义的苏联妇女，爱好和平自由的英美妇女，希特勒匪徒铁蹄蹂躏下的法比南希等被占领国家的妇女，以及法西斯匪帮德意日本国的广大妇女，都在采取各式各样的斗争方式，为着希特勒主义的死亡而斗争着，国际妇女反法西斯的广泛的团结为历史上空前所未有。团结是胜利的武器，组织就是力量，这个真理已为全世界反法西斯的妇女所深深体验。新的形势与任务要求着全中国及全边区妇女有新的更大的团结和组织。数年来，特别是这一年来，边区妇女本身的组织是更加广泛而有力了，劳动妇女与知识妇女，社会上层妇女和工农妇女，各党派、各宗教的妇女，已经实现了亲密的团结，并在一个目标之下并肩作战。但时至今日在这方面的努力还是有缺陷的，必须更加巩固和扩大妇救会的组织，更加巩固和扩大妇女抗日反法西斯统一战线，组织全体妇女到抗日反法西斯的斗争中，扩大根据地、游击区与敌占区妇女之间的联系，并进而与英美日韩等国的反法西斯妇女建立国际的团结。

过去几年来，边区妇女在生产战线上已经表现了无比的伟力。但是，我们比之伟大的苏联妇女还是大有逊色的。当希特勒匪徒把他的猪嘴伸进社会主义乐园时，数百万的苏联妇女立即投进工厂、矿山、交通运输部门，代替她们的丈夫执行生产计划，并且接连不断地超过生产定额，创造出无数斯达哈诺夫式的妇女工程师、技师、技术工人。苏联妇女这种卓绝的成绩，应当成为我们边区妇女最好的榜样。我们今年的春耕是一个严重的斗争，它担负着安定民生准备反攻的任务。在今年春耕运动中更广大的组织妇女群众参加进去，教育广大妇女熟习农事，掌握农业生产的起码技术，充实劳动力，保证不荒废一寸能耕的土地，这应成为纪念三八国际妇女节的一个重大的任务。“向伟大的苏联妇女学习”，这就是全边区妇女纪念三八的战斗口号。

日寇法西斯是全中国妇女的死敌！五年来，尤其是去年秋季敌寇对我大“扫荡”中间及以后，日寇对我妇女同胞之奸淫、杀害和侮辱，残酷野蛮到了极点。七八十岁的老太婆被轮奸致死，六七岁小姑娘被轮奸致死，孕妇病女亦被轮奸致死，穷家女儿与富家闺秀以及尼姑修女，凡沦于日寇兽蹄下者必无幸免；有的迫聚一室“集体奸污”，有的剥光衣服，强令扭秧歌或带路，有的在奸污之后一刀刺死或活活地剥皮，或用柴草活活烧死，有的则在严寒中剥掉上衣，强迫挖沟。在日寇法西斯兽军的兽行之下，几年来不知道侮辱了和残害了我们多少妇女同胞，血海深仇，不共戴天！但是，我们大中华民族的女儿是不甘侮辱的！我们有忠义不屈的回民母亲马老太太，我们有顽强殉国的妇女干部李秀清、杨美亭等卓绝的榜样，我们有无数不受敌寇侮辱，视死如归的女英雄、女烈士！他们高尚的民族气节，是一切边区妇女全国妇女的模范！在此敌我斗争异常尖锐的形势下，纪念三八国际妇女节，必须进行深入的气节教育，提高广大妇女抗战胜利的信心。目前敌寇正在各地采取极其卑污的自首政策，好多地区，首先抓着我妇女同胞与妇女干部开刀，我们必须高度地警惕起来，迎头粉碎日寇此种毒计。

在纪念三八国际妇女节的时候，我们还愿意在全边区妇女同胞与妇女干部面前提出一个重要的任务——这就是认真地加强自己文化、政治的学习。几年来边区妇女在冬学中、民校中已经学习了一些东西，培养出大批坚强干部；但是严格地讲来，成绩还是有限得很，宣传教育工作是妇女组织中比较薄弱的一环。某些妇女干部与广大妇女同胞在政治水平上显著的落后现象，如不加紧克服，则更大地开展妇女工作是不可能的。当然，我们提倡的学习，不是关起门来的教条主义，而应是和实际斗争密切联系着的。

（《晋察冀日报》1942年3月12日）

大沙河畔的欢送会

——抗属新战士都发表动人讲演

丁风

新兵的母亲妻子，纷纷提着红枣鞋子来欢送自己的儿子丈夫，希望他们赶走鬼子再回来。

一个年轻的面孔红润的女人，随着她的婆婆来找她的丈夫，自己是有些害羞的样子，两人见了那样亲切地谈了一番，在她那年轻的面孔上，露着欢笑，她的心里是那样快活。

“那是你的老婆吗？她是来拖尾巴的吧？”我故意这样笑着问。

“你在怪哩，她是早愿叫我参加志愿义务兵的，这回听说咱们快走了，她来看一看，又给我送双鞋子来!”说着，这个年轻的小伙子，也不好意思似的走了。

“他妈的，日本鬼子可把咱们欺侮够了，我的爸爸妈妈是死得好惨呀！这回咱们到了军队上，非和它算个总账不行!”这小伙子又跑到队伍里，气愤地对他的同志这样说。

一会儿，会场上的人渐渐多了，附近的群众，都整齐行列锣鼓喧天地来欢送他们入伍。

开会后，主席热烈地恳切地致了欢送词，说明入伍是无限光荣的。政府代表也向战士们保证抗属不受困难：“有抗日的民主政府和抗日群众组织，抗属的一切困难，我们都会有法解决的。”抗属与新战士们听着，几乎兴奋得流出热泪来。

“拥护政府优抗法令”的口号在激荡着，人们对抗属呈现出无限尊敬与羡慕。

各团体代表以母亲般温柔的话，亲切地安慰与鼓励着新战士，并寄予以热情诚挚的希望。

一个白发苍苍的老太太，以光荣抗属的资格走上台去向大家说话了：

“你们首先入伍是打了先锋，是大伙的模范！我们在后方的小伙子，要继续入伍，响应聂司令的号召。当父母妻子的要继续送自己的儿子丈夫入伍，当抗属是最光荣的，我们的困难有咱们政府来解决，不要想自己的丈夫，想自己的儿子。入了伍的新兵也不要想家，家里的什么也不愁，当志愿义务兵是光荣的，这时候还不打鬼子还等到什么时候哩？……”

这话，代表着每个抗属的心，这动人的讲演，激起了台下的无数的入伍新兵。

新兵代表也跳上台向大家致激昂的答词：

“……我们为了保卫家乡，保卫边区，响应聂司令员的号召，自动地入伍。今天，我们已经开始过着部队的生活，很快就要到八路军里去了。到了八路军，绝对加紧工作，努力学习，坚决打日本！都做八路军的模范战士，用咱们的实际行动，来回答同志们对我们的希望。”

散会时，大会投入了“欢送新战士！”“响应聂司令员的号召！”“拥护中国共产党！”的巨雷般的吼声中。

三月八日于阜平

（《晋察冀日报》1942 年 3 月 20 日）

一个志愿义务兵的母亲

——盂县游击区行进小记

戴烨

雪越下越大，于是我和同行老崔商量了一下，到前面的庄子上休息一会儿，等等雪停再走。

敲了一个靠街的院门，开门的是一个二十多岁青年。当他听了我们的来意后，很乐意的便把我们引进了一座正房，这时房内已坐着一位白发苍□的老太太，见了我们，立刻就非常亲切招呼我们喝开水和烤火。

都没有客套，我们便和这老太太谈起来了。老太太已七十三岁，这个青年叫高荣保，是她的二儿子。她还有一个大儿子和两个媳妇。谈到志愿军义务兵时，高荣保便告诉我们，本村已有十几个人报名了，而他自己就是其中的一个。现在还有很多人报名呢！谈着，老太太便亦插进嘴来：

“同志，你们是从县里来的，你们给评评这个理，说是志愿义务兵，就应让人家志愿呀！我送我两个孩子报名，可是区里就不准高荣经（她的大孩子）报名，说是过了岁数啦！”

“娘，我不是和你说过吗？这是咱们政府的规定分个岁数，好不影响生产呀！谁说不是志愿呢？”高荣保羞涩地解释着，觉得他母亲不应该这样说。

“怎么！不许和这几位同志学告学告（谈谈）吗？去年三拴子不是入伍了吗？那时他三十×岁啦！”

“明明告诉你，今年和往年不同，怎么你又要这样说呢？”高荣保一边埋怨他的母亲，一边就告诉我们说他母亲一定要送他们弟兄俩报名的。

老崔便趁着这个机会向她解释了志愿义务兵役制限定年龄的原因。

我想老太太执意要送她两个儿子报名，一定是有原因的，便问了一句："你为什么一定要送两个儿子报名呢?"

"这有什么原因，就是为抗日呀!"老太太用力向我瞟了一眼，也许觉得我提的问题太幼稚吧!

"抗日和种庄稼一样，没有家伙干不成，咱们边区拿家伙的人多了，还怕小日本赶不走吗?"

"你舍得离开你儿子吗?"

"唉!"老太太叹了口气，"这有什么舍得舍不得，去年秋季我们叫鬼子追得三天没见米粒。要是咱们八路更多更多的……唉！想起去年那光景来，我恨不得再有一个儿子去参加志愿义务兵呢！再说青年人在家中待着叫日本捉住还不是死，当志愿义务兵拿枪杆保险多呢!"

"听说东会里的敌人又要壮丁哩!"

"哼！你看鬼子们会让咱们松一口气吗？依我的意见，边区的八路越多越好，鬼子不打是滚不了蛋的!"

"你愿意参加义务兵吗?"谈了半天，我又向高荣保提出这个问题来。

"想起那几间破房和一群牲口，我就想和鬼子拼命，哪个孙子才不愿意呢?"高荣保手指着被敌人烧毁的破房，在气愤愤地说着。

外面雪早已停住了，于是我们便告别了。

（《晋察冀日报》1942 年 3 月 22 日）

他终于逃出来

——一个模范村长的故事

周游

×××村是涞易线旁的一个村庄，并且离王安镇和大盘石两个敌据点很近。照敌人的企图，这个村早该是“爱护村”了。可是全村的群众在×村长的领导下，始终和敌人顽强地斗争着。虽然敌伪用残酷的烧杀和捕抓来威胁，用各种阴谋来引诱，但是这个村的人民没有丝毫的动摇；相反的他们抗日更坚决了，在去年统累税工作中，这村获得了模范村的荣誉。这位工作积极的村长也就成为大家爱戴的模范村长。

一月二十五日的夜里，敌伪六十余名，包围了村子，先把东村口包围以后，几个鬼子就绕到西村口去打枪，这是多么狡诈的诡计呵！这样，村长和几十个老百姓就被捕了。

敌人把村长关在一个黑屋子里，对其他的群众讲了一篇鬼话，就放了。

“你说吧，‘太君’问你们村中谁是干部？谁是共产党？区干部是谁？”一个汉奸说了，接着一个鬼子又说：

“‘皇军’调查清楚的，说了的，大大的金票的有。”

但是，他一声也不响。

敌寇愤怒了，挥动了皮鞭就打，血从村长光着的背上迸出来。但是他回答敌人的，依然是坚毅的沉默。

当天夜里，有一个汉奸捧着饭和菜殷勤地送来，想来再次地引诱，但被我们的村长拒绝了。他说：“我是中国人，决不吃鬼子的饭！”

第二天，敌人又用冰水浇他赤裸着的身体，用辣椒水从鼻子灌到肚里去，又用烧红的烙铁烙他的周身。

可是这一切毒刑都没有使我们的村长屈服。

最后，敌人宣布明天要杀死他。

夜里，村长计划着怎样逃出去。他慢慢地退下了绳子，假说要解手，看守的鬼子给他开了门，他乘机把鬼子打倒，一直冲了出去。

十几个鬼子马上追了出来。因为两天没吃饭，加上身体的创伤，他力气很弱了，结果又被鬼子捉了回去。

不过他并没有灰心失望，他在想尽一切办法，利用一切机会打算逃出敌人的手。

后来，日子多了，又因为他受伤很重，敌人就对他不大注意看守，于是在一天深夜，我们这位村长终于拼死冲了出来。

现在区里已经派人去慰问他，并设法医治他身上的创伤。

（《晋察冀日报》1942 年 3 月 24 日）

欢迎新的子弟兵

吴羊君

这是礼拜天，但一早起，抗敌剧社和七月剧社的同志们都忙开了。小同志们将一朵朵红纸花，绑在一小片一小片青绿的柏树叶上，那边几个大同志在挂着幕布。吃过早饭，那好长一条子的大红布制的标语——“谨向我们的新同志致敬”也随着飘扬在大路旁了。从画片展览上，从各色标语上，从一切准备上，给我们带来了一个最好的消息：第一批入伍的志愿义务兵，新同志要来了。

我是多么的兴奋呀！在河对岸土坡上，七月剧社第二座化装鼓动棚旁边，看着新同志一个个笑眯眯地过去，那一色的新黄绿色的军装，那闪闪的发光的三八大盖，那一个个健壮丰润的脸，那整齐的背包，简直是不像一个才换上军衣的人。

抗敌剧社几个女小鬼，打扮得更加天真可爱，她们站在道旁，每一个新同志过来时，她们都抢着给他们插一朵光荣花。有几个新同志，个子很高，插不上去，但她们毫不放过他，她们几乎是趴在人家身上，好容易插上了才微笑地放了他走。

容纳千人的广场上，不一会几乎被新同志们坐满了。他们帽子上是花，口袋上是花，枪上也被女小鬼们给插上了一朵。平山的新同志是很活泼的，他们一坐下，就学会了老八路做文化娱乐工作，一个小个子在喊：“我们叫盂县来的唱一个好不好?”“好”，“盂县的同志”，“来一个”……盂县来的新同志，大家合在一起唱不来，最后还是平山的新同志自己唱了。他们多么高兴呀！唱完一个又唱一个，惹得许多人在旁边都说：“这简直不像新来的……”

这时，政治部招待他们的稀饭，挑上来了。他们分成一个排一个排地吃着。

趁着这时，我走进了盂县来的新同志的行列里，一个新同志在笑着，我问他：“你们为什么不唱歌呢？”他说：“我们那里离敌人才二里地，谁敢唱歌呢？我们要是在平山，说不定比他们还唱得强呢？”接着他又得意地告诉我：“你看，才来两天，就给发这么多东西，两套衣服、一顶帽子、两双鞋、一条手巾、一个饭碗、四个手榴弹、一条大枪、一条子弹袋……”他一五一十地在数给我听，他数来数去都好像忘了一样东西似的，最后他忽然想起了，原来是他打成背包，现在正坐着的那条新棉被子。他高兴地说：“这被子真好，我活了二十一年了，也还没有盖过这么一床好的。”另一个才是十九岁的小伙子，在用手摸那支才发给他的新三八大盖，我问他：“你会打枪吗？”他说：“我现在就来学呢！”他抱着枪，爱极了，后来轮到他吃稀饭时，别人都把枪放下，他却不，我看见他是抱着枪喝稀饭的。

开会了，汪主任代表了分区全体指战员，欢迎他们，向他们致了欢迎辞。

汪主任向他们说：“你们是第一批光荣的志愿义务兵，你们现在如果有谁不是志愿的，可以出来，我们仍然可以送你回家。”会场上没有一个在动的，他们用高大的声音回答了：“没有。”他们都是边区的好男儿，他们都是边区新的子弟兵，他们都是志愿地入伍来的。

接着，抗敌剧社的五个短小精悍的欢迎节目，在舞台上出现了。那小同志的跳舞，那女同志的花鼓，特别使得盂县游击区来的新同志们欢喜。我夹在他们的行列里，我和他们一样高兴地在看着，当演到每一个精彩处，他们激昂的叫好声和响亮的鼓掌声都使我的心更加兴奋。我想：我们边区子弟兵伟大的新的力量呵！就是这一阵叫好声与鼓掌声，也将要把敌寇的胆子吓破呀！

（《晋察冀日报》1942 年 3 月 29 日，《子弟兵》副刊第 38 期）

从黑夜到黎明

——我第一次看见八路军

引之

是夜里三点钟——我离开北平的第一夜。

我迷迷糊糊地从睡梦中被推醒，揉一揉两眼，灯花闪摇着，房内显着异常黯淡，炕上的人们都起来了。我匆忙地脸都没有洗，大家共吃着一锅面条，可是兴奋和担忧充满在心内，我连半碗面条都吃不下去。

自己拿了毯子，一个同志替我背上包袱，这样我们便出发了。

疏落的星和挂在枯枝上的月伴随着我们，几个黑影在田野间移动着，一点钟，两点钟溜过去，寂静的步调已经把村庄远远地落在背后，前面和两侧出现了黑而雄壮的层山。在我们走进山谷里的时候，为了避免遇见敌人或伪军，我们分做两批，我和那位替我背包袱的同志远跟在后面，其余的走在前头，假若遇见敌人或伪军，他们便会通知我们了；并且，真要不能避免检查盘问的时候，我们也准备好话怎样去对付。因此，我们看见火光或人影，和听见犬吠或步伐声，便停留片刻观察动静，或者另寻其他山路；我们有时走在凹沟里，有时走在山坡边，有时走在碎石上，有时走在河滩中，忽高忽低，忽左忽右。我只是机械地紧跟着前面的人的步子，不知道越过多少山岭，待月儿失去光辉，立在最高的一个山头，向周围被朦胧的黎明覆盖的群山环望，只见层层叠叠，与鱼白色的天际吻合，屹然隐立在那里，其余任什么都看不见——没有一间房舍，也没有一棵树木，这对于生在长在都市里的我是一个奇景，可是这样超远的跋涉也是颇难的课题呢?!

饥渴与疲劳是无法解决的，在这危险的地带不能停留，必须继续翻下山去。他们的脚步没有停留，我也不得不硬着头皮紧紧地跟随了他们。在下山的当儿，遇见一个老乡赶着一头小驴和我们同走，我的毯子和包袱由小驴驮了几里，自己的确感觉轻快，走得也快了些。不久我们又走在山沟里，天光已经大亮，突然对面迎来一个穿棉军装的兵士，我想："糟了，这一定是伪军。"可是他们仍走上去，那兵士没有带武器，从我们身旁走过只注视了一眼，我暗问他们，才明白那是八路军，我高兴得说不出话来，泪珠含在眼里。呵，这是抗战以来第一次看见卫国的战士！呵，祖国，我又投在你的怀抱了！

我不再担忧了，同时饥渴与疲劳也不能再使我多走一步，虽然他们催促我再走五里地便达到××村，可是我仍然坐着不动。一位同志只好去山坡上找到一家老乡（因为别的房屋都被敌人烧光了），替我拿来一碗冷水和一块小米面饼，这是我从来没有吃过也不愿吃的东西，可是现在却变成美味的早餐。这时，脚下是一片蜿蜒在山沟里白光光的碎石子，天却是蔚蓝的，简直浓得化不开，一片金黄色的朝阳斜抹在耸立的峭崖的顶端，远远的白杨树丛中冒出一缕炊烟。几个八路军兵士背着篮子，老乡赶着羊群，他们向山上去，渐渐走在一起了；没有风，四周是安静。这美丽的清晨——我从来没有见过的，甚至想都不会想到的美丽的清晨，象征着这美丽的正在发展着的抗日根据地和不久即可实现的新中国。

吃早饭的时候，我们便到了××村。他们恐怕我吃不来小米，替我特别做了白菜汤和大米饭。饭后，我躺在炕上休息，川流不息地有好多人——穿军装的也有，穿便装的也有——来问我敌占区的情形，我也向他们发问了好多关于抗日根据地的情形，又谈了些太平洋战争爆发的国际情势，接着也涉及到思想理论方面。这表现了他们思想正确，认识清楚，热爱学习以及那种努力工作任务的无我的精神。使我最惊讶最敬佩的地方，是文化最落后的农村，现在竟变成全中国最前进的区域了。

现在，经过一个短短的时期，我也穿上军装，打上背包，走那所从未走过的道路，吃那所从未吃过的饭了。记得《反投降进行曲》里有一句是：“钢铁是从烈火中锻炼出来的。”我已经从自己实际经验中认识了这是真理，而每一个八路军的战士就是“从烈火中锻炼来的”“钢铁”。

四二年三月二十日

（《晋察冀日报》1942年3月29日）

父亲的话

邵华峰

十五号那天，我们正在做游戏，李元喜同志的父亲来看他了。他是一个五十多岁的老汉，瘦瘦的脸上长着花白的胡子，他那身蓝衣服已经补上了好几块了，脚上那双山鞋的底子上，钉子反正是不少，你看他一走路，底子就在路上碰得叮叮突突的乱响。他背着一个有十多斤的大布袋，这天走了四十多里地来看他的儿子。

“辛苦吧？你老人家，这里坐下！”指导员慰问着他，一边把李元喜叫来。李元喜，他刚打过球来，脸红红的，他伸出了双手接过父亲那大布袋，这时，可把老汉欢喜得不知道说什么好。

“你走这么远来干什么？”还是李元喜同志先说了一句。

老汉微微笑了。他解开了那大布袋，取出了一个包袱，解开了。他拿出来一包北瓜子，一包核桃仁，然后是大红枣、黄花菜……还有一大块豆腐。

“元喜！”老头用深沉的声音说，“你现在长高啦！你去年反“扫荡”打了几次仗？”

“哪还记得清楚？！”李元喜同志微笑着说。

“好！孩子！你比我强！我可叫鬼子欺负得半个多月没敢下山，咱们家里那几只小鸡，还有那口猪，都叫鬼子吃啦！我心痛得好多天都没睡着……”

老头的脸儿都红了，他又接着说：

“唉，还有你娘，告诉你一句话：你在外面要学好，不打跑鬼子别想回家！”

“好！爹，我一定给你出这口气！”李元喜同志说，安慰着他那受了惊的父亲，他心里在愤恨着。

第二天，老头临走的时候，拍着李元喜同志的肩膀，嘱咐说：“好孩子！记住我的话。”

（《晋察冀日报》1942 年 3 月 29 日，《子弟兵》副刊第 38 期）

庆祝儿童节

张有福

小朋友们：

四月四日是儿童节，这节日过三四天就到了，儿童纪念儿童节，该是多么快乐的事呀！准备好吧，到那一天，大家一定要尽情地乐一下。和自己的小姐妹、小兄弟、小同学们，手拉着手，唱歌、跳舞，跑到小山上，到河川里，到田野里。你看：杏花已经开了，白吞吞的；桃花已经打了苞，就要开了；柳树、杨树，都已经发出了嫩芽；阳光满地，天色蔚蓝。一切都在笑；一切都是光明的，愉快的，活泼的。

人们再也没有比儿童时代更快活的了。爸爸是爱自己的，妈妈是爱自己的，哥哥姐姐是爱自己的。爱，如同一块雪白的丝绵，温暖地包围着自己整个的身体。自己的心灵是纯朴的，什么叫做忧愁，烦恼都不知道；笑，什么时候都拉开着自己的小嘴巴，使自己的小脸，真像正在开放着的花朵。跑呀、跳呀、嬉呀、戏呀；乏了，一倒头，叉开脚，枕在母亲的膝盖上，睡着了。真是：黄金似的童年！

世界上，再也没有比儿童更宝贵的了。儿童就是未来，这个世界就是儿童的。青的山，绿的水，广漠肥沃的大地，丰富的宝藏，一切的一切，都在等着欢迎自己。如果世界上要没有儿童，这世界也就不成为世界了。

正因为这样，所以在儿童时代，你们一点也不应该马虎。做人的基础，就是在这时候打定的。房子根基不好，就要倒塌，人的基础不好，也是不行的。玩是玩的，乐是乐的，可是在这时候，你们一定还要好好学习的。在学校里，好好地认字，好好地听先生讲解道理。

□□□□，都是□人离不了的。如果你们这时候能好好地学□□□□自己长大了，也就能更有用处；这个世界，也就会更□□。

再一件，就是学习劳动，参加□□。世界上再也没有比劳动更光荣的了。懒惰的人，是最□□的；世界上也没有他的位置。既然世界是儿童的，那儿童□□未□□□所负的责任，也就更加重大。而只有用自己⧄世界弄得更好的。比方现在，正是春耕的时⧄忙得很，你们小孩子，就应该准备好帮忙，⧄地……这不只学习了劳动，解除了爹妈的一部分劳累，同时，增加了生产，对于打日本的事，也是有很大的帮助的。

最后，还要说一件：儿童既然是这样宝贵，可是世界上竟有吃儿童的恶魔，这就是日本鬼子，这就是德意法西斯！你们听到么——恐怕还有见到的吧？日本鬼子把儿童挑在枪尖上，把儿童摔在石头上，使他们脑浆迸流；把儿童用火烧死，用机关枪打死。德意法西斯在西方对儿童的做法，也和日本鬼子对咱们中国儿童的做法一样。不光是这样，在敌占区里，日本鬼子还硬抓儿童，硬给儿童一些奴化教育，想把你们的小兄弟小姐妹们，乖乖地训练成他们的奴才。卑鄙呀！可恶呀！德日意法西斯们是吞食儿童的鬼怪，是毁灭世界的凶煞！为了未来儿童世界的光明，你们一定立定志向，粉碎敌人对儿童的奴化、残害，和这些东西们英勇地决斗。

在这儿童节就要来到的今天，祝你们快乐，祝你们健康，祝你们在学习、劳动与鬼子斗争等等上的完全胜利！

（《晋察冀日报》1942年3月31日，《老百姓》副刊第96期）